U0636603

杜建文◎著

我行

辽海出版社

序

我行，故我远

人生不过是一场旅行，你路过我，我路过你，然后各自修炼，各自前行。

在路上，不为求索，只为在未知的旅途中，遇见未知的自己；

在路上，不为目标，只为沿途的风景，以及欣赏风景的心情；

在路上，不为愉悦，只为离开太过熟悉的环境，享受信马由缰的自由；

在路上，不为收获，只为关上自以为是的家门，获知不曾拥有的经历。

杜建文，就是这样一个永远在路上的人。

此前，我和杜建文先生并不相识，但当看到他的《我行》书稿的时候，顿觉似曾相识，心有灵犀。

谁不想一袭风尘、踏遍青山？谁不想一路高歌、走遍全国？几十年来，我走遍了全国几百个城市和景区，并写下了几百篇旅行随笔。为此，香港《大公报》为我开设了《中国城市印象》专栏，中国文史出版社也给我出版了《城市印象》一书。历次出行的所见所闻、所思所想，已经成为自己的一笔宝贵精神财富。

读过《我行》，我发现，杜建文先生的经历，与我惊人地相似。也是50年代出生，也曾从事宣传工作，也热衷于写作和出行。而且，他的许多足迹，比我踩踏更深；他的许多思考，比我想象更远。

或许，生命即一场修行。红尘一世，品一番悲欢，担一肩风雨，是我们的责任，也是我们的乐趣。

所谓"旅行"，是另外一种形式的"出走"，是对自己熟悉环境和心情的暂时逃离。于滚滚红尘、繁华人世间，寻一些心向往之佳处。或者说，"出走"是生命的拓宽和延长，是灵魂追寻答案的永恒方式。

杜建文先生的"我行"，往往"意不在行"，而在于"人生角色的变换"和"对庸常生命状态的调整"。他认为人世间的诸多困惑和无解，答案或许隐喻于山水之间。

杜建文先生的文字，道出了人世间大多数人心中有而笔下无的一种境界。这是丰富的人生阅历之下，沉淀出的经验和智慧，是历经岁月跌宕之后，迸发出的深邃洞察，是对语言文字苦心思考之后，精心雕琢出的云淡风轻的表达。

虽世事沧桑，繁华如云烟，杜先生心中却是一番散淡自在和简单明了。笔下流出的，也是不娇柔、不夸大、不刻意粉饰、不讨好媚俗的"爱"。

智者爱山，仁者爱水。因为爱山水自然，所以把看到的一切，都一一记录下来；因为爱家乡故土，所以在异地人流中，感受到一次次撞击和新鲜；因为爱生命本身，所以"出走"，去休闲身心、开阔视野，实现"对人生局限的畏惧和挣脱"。

由此观之，所谓"我行"，亦是杜先生心中之"爱"的表现和张扬；所谓"我行"，其最终方向是抵达和回归。因为时常把自己置身于"行走"的过程，所以得以视接千里、视通万载，得以胸中有丘壑，笔下有风雅。

比起"读万卷书"来，"行万里路"是一个更加艰难的奋斗历程。多彩的世界，给我们每个人都设计了一条独特的人生之路。但眼前的路有千条万条，自己的路究竟在哪里？这就需要迈开双腿，一条一条地去试，一条一条地去找。这一条走不通，再走下一条。寻找是一种磨炼，也是一种积累。等找到最适合自己走的那一条路的时候，经验就丰富了，信心就提高了，成功就不远了。

四面湖山归眼底，万家游乐到心头。感谢杜先生行走不止，笔耕不辍。对这个世界的珍惜和大爱，成就了这些颇具"大散文气魄"的文字，并赠于世人共享。

中国新闻奖一等奖获得者　汪金友

2019 年 8 月 31 日

前面的话

我行，我的行走。我是个喜欢出去行走的人。

或许可以算作旅游，或许也未必。多数的行走没有明确目标，只是到哪里随意走走。甚至，不一定非去什么地方，只是把自己置于一种行走的过程。

为了什么？满足好奇，休闲身心，开阔视野……这样解释也行。然而，不是全部。甚至，不是主要。似乎还有另外一些缘由，比如，对人生局限的畏惧和挣脱。

人生无非转瞬之间，一个老话题。岂止时间的短暂，亦在于范围的狭小。古人所谓"白驹过隙"，生命所能经历和把握的，就那么一条缝隙的空间和一闪而过的时间。于是总想在白驹还没逝去之前，走出所在的隙缝，去看看另有怎样的生存模式和生存空间。这"看看"，大体算作一种比对，是否因此而可以意会一己在芸芸场景中的微小位置，抑或领悟常态之中生命的珍贵与无奈？

我行，往往意不在行，在于调整，对我庸常生存态的调整，哪怕短暂。习惯或者固守，有极强的腐蚀性。久住其中，会以为这就是世界的全部，这就是最正常的人生，这就是只能如此的生命过程。

而出走是最简单的角度变换，起码可以让自己睁开眼，呼吸不一样的空气，看看别处的风情。陌生地域陌生人群中的游走，总会让我意识到庸常之外还有别样的空间，习惯之外还有另外的道径，亦步亦趋之外还可以标新立异，攻略计划之外还可以心猿意马。被窒息的呼吸还可以畅通，被程式的步履还可以随意，被功利的目标还可以漠视，被常态默认的规则还可以踩在脚下。

我行，走向自然，走进永远读不够的课堂。人世许多困惑，生活许多无解，答案也许隐喻于山水之间。或者，山山水水不过是导师，一座山、一条江、一片树林，只要用心领会，往往可以从某种角度解开我心头迷障，让自己更接近清明自在的内心。

我行，之于我，有时还是一种以行走为道径的修行。身心都需要活泼泼的气场，身心都需要水淋淋的沐浴，身心都需要吐故纳新的精进。离开习以为常的住所，拉大与现存环境的反差，让身心流动起来，在流动中洗刷因凝滞而积淀的尘垢，或多或少，又似乎向那个圆润鲜活的自我走近一步。

广义而言，人生之路，人生之旅，无非天地大运作中的微小行走。大体行走于定式，也似乎行走于无常。无数层出不穷的物种个体，自生，其实也大多于定式或无常中自灭。

可能有另一种意义的行走吗？希望。

目　录

出逃——我的第一次旅游

三岁时，随父母到四川大巴山区的巴中市住过一段日子。巴中，是《三国演义》中张飞战严颜的故事发生地，城里留有一座严颜庙即是这"演义"的证据。幼小的我当然不知晓也不关心这方面情节。听母亲讲述，我那时贪玩至上，虽有几分乖巧可爱，但不时就能玩出点劣行。确凿的事例是我曾在巴中制造过很悬念的"出走"事件。

过程虽然属于我，但要恢复一个三岁孩童所作所为的准确经历，已经不大可能。别人说不清，我更稀里糊涂。半个世纪之后的自述，也只能推理加揣测了。

起因是不是被幼儿园新结识的小伙伴煽动？说城外不远有一可玩之处。初来陌生地，语言还都结结巴巴，没人给我讲，怎么会知晓城南山上，有个叫"难看坡"的地方？名曰"难看"，好像还似乎很好玩，如果不好玩，我应该不会下决心费气力独自去探寻。说不清了，一笔永远的糊涂账。总之是在某天午休时分，我偷偷溜出幼儿园（当时的部队幼儿园实行全托），开始了个人历史上第一次目标比较明确的"旅游"。

我的成功出逃，第一说明那所幼儿园的阿姨太缺乏"严防死守"观念，第二也看出我是何等的不"遵纪守法"，第三是让我事后回想，古人所谓"三岁看大"的说法或许有几分道理？几十年后，老母亲或其他亲人对我外出非议时，我总会以此事为证，说明自己的不可救药。

关于这次旅途的细节，我曾几次询问母亲。老人家的回答是：你自己走，没人陪送，谁晓得？想想也是，毕竟是我独自出游，没有录像，没有导游。谁会想象出一个三岁小儿在路途中可能发生怎样的故事。

现代科学证明，母体中的胎儿就有记忆，但我觉得那肯定是有点仙气的胎儿。

起码我自己回想，三岁的脑海中，这次旅游的过程基本没有太多印象。但也不是彻彻底底没有，仿佛一张严重曝光不足的胶片，在似乎什么也看不出的空白中，还隐约可见几处星星点点的印痕。

比如，我依稀能回想起，出县城向南，有一条水流湍急的大河。后来父母帮我回忆，说那条大河没有桥，只有一叶任过往行人自己摆渡的小舟，这面的人划过对岸，那面的人再划回来。如此情景我后来在江南水乡许多地方见过，复制过来就行。当然我肯定无力胜任荡舟工作，那么，我是怎样混上小船，又是哪位好心或并不怎么好心的先生女士把我携带过河的呢？对我来讲，又是一个不解之谜。庆幸的是，那年月，小孩似乎不怎么值钱，一个三岁顽童独自郊外漫游，竟然没遭掳掠，没被拐走。

总之是我毕竟过了河，而且还不知退缩，兴高采烈地走去，走过稻田，走上山路，喘吁吁攀过直上云天的石台阶，果然出现了"难看"。这场景，不完全是我现在的推测想象。成年之后，我有过几次很清晰的梦游"难看"的经历。梦中，我沿绿树掩映的小路上行，然后，见到了石阶，走上去，就看到崖壁洞窟中的造像。若干年后，我旧地重游，几分惊诧地发现，小路、石阶、佛像……几乎与梦境一模一样。那次游览，还是在我记忆深处留下些许数据。

那个三岁小男孩居然顺利到达目的地，但他肯定大失所望。有什么好玩？不过是崖壁上许多大大小小的石洞，洞里是龇牙咧嘴确实"难看"的石像。对一个孩童来讲，观赏摩崖造像艺术，理解其宗教或历史的内涵还有点为时太早。

后来我查资料，所谓"难看坡"，确是大巴山中一处有名的游览胜地。资料说：巴中市南一公里，有化成山，山岩险峻，风光秀丽。岩石上刻有密如蜂房的佛龛，多系唐代刻造。佛像最多处为佛爷湾，又称"神仙坡"。因其在城南山上，故又俗称"南龛坡"。我这才清楚，"难看"者"南龛"也。

"南龛坡"自古即是骚人墨客的游宴场所。与我同姓的唐代杜甫老头，就曾来此地"难看"过一把，还在岩壁上凿刻下他的游南山诗。此外还有岳飞、郑板桥、祝枝山等许多名人雅士的题词刻字。看了资料，我才后悔，怎么自己当时竟没把石洞里的"难看"放在眼里？朦朦胧胧能记起的，是敬香叩拜的人群和许多卖小吃的地摊。肯定是我在长途跋涉后觉出了饥饿，下意识地从礼拜如仪的人堆穿过，一双色眼直勾勾盯着小吃摊就蹭了过去。

母亲后来说，我的失踪在军营大院引起一场小轰动。尽管那时已解放多年，但川蜀一带大巴山腹地，仍不太平，时有零星土匪作乱。父亲当时是驻扎巴中市的剿匪部队的最高长官，军营里甚至有人猜测，我会不会成了土匪与剿匪部队摊牌的"肉票"？

好在这种推论没成事实，也就一天之后，父母对我的生还已经有点不太抱有希望的时候，我却若无其事地跟着一位卖糯米粥的大婶走进了军营大门。

倒叙回去的情节是，前一天下午，我蹲在"难看坡"上这个甜粥小摊前，目不转睛盯着人们喝粥，卖粥大婶被我固执的观摩所感动，只好给我盛了一碗品尝。到天晚收摊时，大婶才发现，喝饱了粥的我已在她身后酣然熟睡。据说我是被大婶抱回她家的，据说我在大婶家很悠然自得地大睡了一晚，据说我被大婶送回军营时还十分不乐意。这些小片段，我是完全没有印象了。

数十年后，我生病住院。闲极无聊，躺在病床上，难免回忆往事。我想到了儿时，想起那个"难看坡"的故事，突然就非常非常想去巴中看看。于是故伎重演，像当初逃出幼儿园一样，悄悄离开医院，登上开往成都的火车。

是暮春时分，潇潇雨丝中，我来到大山中这个已经开发得很有规模的县城。大革命时期，巴中市曾是红四方面军创建川陕革命根据地的中心。红色力量割据一方，山里称王，在旧城区留下许多红军政权的遗迹。我没费气力就找到了当年出逃时的幼儿园，它居然也是一处革命历史纪念地，门前的石碑上刻着几行字：川陕省工农兵第二次代表大会旧址。

巴中南龛石窟

不远处即是昔日的军营，现在已成了县武装部办公大楼。楼前的文星街依然是父母给我描述过的旧样：窄窄的巷子，破旧的木板门面房。那些在门前佝偻着腰身坐在竹椅上抽烟喝茶的老人，没准有我许多儿时的旧相识？我忽然怀念起那位给我粥喝抱我回家的大婶，她老人家是否还健在？

　　从幼儿园门口，我沿着自己第一次出游的路线，穿过小街，走出南门。可惜的是，这里已没有当初河流稻田的野趣，那条曾经水声喧哗需要小舟摆渡的大河已经干涸，只留下一座破烂的石桥还依稀向我证实着当年这里确曾有过河流。过石桥再向前，就是绿树掩隐的南山了。我缓缓走过去，走进葱茏，走上石阶，走向梦中数次出现过的"难看"。我在想，从那以后，我又有了多少次冒险之旅？今后呢，我还会有多少机会出逃？

出　行

一　走出长街

走出长街，为自己的游走释义。或许，不过是寻找一种理由，遮掩自己的落伍和逃遁。

世间事，往往不是不美好，而是不适意。心所喜，往往不是很美好，而是很投缘。

城市长街有自己的道理，它流淌着文化与前卫，蕴积着人气与新潮。然而，我始终没能心境舒展地融入其中，我不属于城市。置身于街舞般喧闹的剧情，总有挤不进人堆的失落和踩不准步点的惶恐。

渴望走出长街，挣脱钢筋水泥堆建而成的都市丛林，走向外面另一番难以忘怀的天地。记忆中，或者，想象中，多少年前我的来处，是蓝天白云野草闲花溪流新月勾描出的乡野自然。在那里，视野会开阔，空气会清新，繁华乱眼的喧闹中日渐蜷缩萎靡的灵性或许就可以一点点复苏？

若干年前写过一首小诗，有几句稚气的话：
走去，走向街尽头的开阔，
让眼前跃起飘逸的云朵。
城市的灯光在身后熄灭，
棘莽丛燃一堆我的篝火。

憩息中，静夜里，远方，就隐隐听到原野里一堆"篝火"的召唤。

走出长街，走向远方，性灵的火苗或许就会在荒远的跋涉中点燃，腾跃的内心就可以找到属于自己的光亮和温热。

于是，一次次走出长街，去寻找以为的那堆"篝火"。有没有？不知道，或许，也不重要。

即使没有篝火，出走本身不也是活着的一点意义？最主要的，它给我快乐，适意。

二　风景

"风景"是从我背着旅行包跨出房门开始的。

下楼，出院，然后才能走到大街。

院里上百户人家，男女老少，高低胖瘦，杂七杂八。显有达官新贵，微至摆摊小卖，各式人物应有尽有。常常见到某男某女出出进进，或行色匆匆，或步履蹒跚。悠然消闲者有，无边风月归其享用的模样。表情庄重的也不少，正经历或操作着大事件大工程的姿态。

这画风，是不是可以算作新时代人文"风景"？倒退几百年的市井庸常，我们会看着稀奇。几百年后的子孙们回头再品读我现在眼前所见，作古的城市风情同样好玩如《清明上河图》。

我也是出出进进中的一个，我也就成了一道"风景"。我这"风景"虽然不够亮丽，却还略有自己特色。

据说，起初一阵子，院人见我隔三岔五背上背着、脖子挂着、手里提着行包相机食品，一副野营户外登高望远的野人模样，颇诧异过几回：这人，地质勘探队员？

后来，野人"风景"频频出现，邻里习以为常。且有熟悉者，偶见我止装正步于院内行消食游，还会惊愕一下：咋不出门？他们也渐渐觉得那才像我。

于是我又户外"本色"地背着行包走出小区大门。

街上——

骚动不宁，尘屑飞扬，噪声震耳。

各式各样的交通工具，匆匆得连红灯都等不及的脚步。

他们有目标，而且目标明确。但那确是有趣味的目标吗？

许多问题不可以深想，就仿佛对宏观或微观的探究。一层层走过那些可感觉可把握的真实，最终找到的答案也许只有两个字：迷惘。

离开娘胎，我们就被抛入漫长的迷惘之旅。

朋友说：某地域的风土人情历史沿革加那里的河流山川自然景观就是"风景"。

朋友说的不算错。所以我答：嗯……

我心里却不完全认可，或者说，我总想对风景做另一种解释。

我的解释是：不知道！

正因为不知道，我们才去寻找。凡是不知道的事物，才神秘才充满诱惑才让我们向往。从这个意义讲，不知道就是风景。

走向"风景"，你以为自己在寻找，但又很难说清自己究竟要寻找什么。

许多次，我走向一座心目中向往已久的山峰。攀爬、徘徊、汗水、棘丛中挣扎、悬崖下迟疑……然后再寻觅、再攀爬。总算跌跌撞撞登上顶峰，那里却再平常不过：小草都长得稀稀疏疏的，一小片缓缓的荒坡。

那么多汗水和努力，就为了巴掌大一片荒坡？

暮色中，霞云中，远处另一座山峰没准又诱惑着你的眼睛你的想象和你的激情。

这大概是生命或生存的一种宿命，一种追求"风景"的宿命。

许多追求"风景"的微细人生，合起来就可能成就一个具体时代。

三 信马由缰

如果不知道该走向哪里，那不妨先去火车站，随便打张票，坐进车厢再说。

这是我日记本里的一句话。

我常常这样很茫然很随意地把自己抛向一段没什么明确目标也无所谓行程计划的莫名其妙的旅行。这是一种真正意义的漂游，毫无拘束随心所欲心灵自在的漂游。

我原来不是这样，我也乖过，循规蹈矩。

从小到大，我和所有同龄人一样，被灌输过各种各样堂而皇之的说教，从言行举止到修身立命。当然我也曾经相信过许多圣贤伟人名流们只能这样不能那样可以怎样不可以怎样的说教。一个灵动鲜活敢哭敢叫的生命来到这个世界，似乎就是为了以后漫长的生命之旅走得不自在不轻松，似乎只有被改造、被扭曲、被涂抹、被管制、被一道道绳索捆绑、被所谓思想主义原则理论牵着鼻子，小心翼翼、战战兢兢、亦步亦趋、弓腰缩肩、诚惶诚恐地做磨道上的毛驴才算合乎传统的"好"人。

但我后来渐渐开始怀疑。睁开眼睛的时候，往往发现，他们许给我或指给我的"美好"不一定美好，就算不是骗局，也是肥皂泡的时候居多。

我毕竟是我，我怎么就不可以是我？

自己的人生为什么总要按别人的经验别人的道理别人的意图去规划去规范？这样的规划之后规范之后，我的人生就真的会很灿烂很幸福很自在很愉悦很有意义价值了吗？

我需要重新发现，需要挣脱一切语言的思想的羁绊，自己去寻找，自己去感悟。

为什么不呢？每个人的生命只有一次。这只有一次的生命首先要尽可能自己来把握。

信马由缰地游走，也许就会有信马由缰的思想。

出走当然是对现有生活状态的游离，但出走往往更是一种灵魂深处的回归。本质上，人应该是属于自然的，而生活也应该像大千世界一样异彩纷呈不拘一格。

路途之中，我见过许许多多"正统"常识之外的人生，他们的思维他们对世事的认知和应对，都不被通常的主流社会所理解。但他们似乎照样活得有滋有味，或者反比"主流"们更自由更本色。

我与他们是同样的生命，我也可以走一条自己的路出来，我也有可能寻找到真正属于自己的"风景"。

四　火车站

去火车站要路过一个大市场。市场的嘈杂混乱令人难以想象。

每天从凌晨三四点钟开始，那里就沸腾成一锅滚烫的米粥。数以千计的各式店铺排出迷宫般的格局，天南地北拥来的进货商，穿梭于狭窄的走道。运货的劳工扛着大出身体数倍的麻包一路碎步小跑。卖早点的，蹬三轮的，操不同方言的嗓门吵架一样讨价还价的，巨大的声浪嗡嗡回旋在市场的每个角落。

每次穿过这个市场，我都恍惚觉得自己进入了庞然怪兽的肠管。最原始的生存物质在这里被粉碎、分解，再通过密如蛛网的渠道输送到机体各部位。

这是幅我常识之外的所谓"底层"世俗风情图。

那些倦怠的、兴奋的、紧张的、汗水淌流的、可怜巴巴期盼着什么的各式面孔后面，有怎样的经历？有怎样的欲望？又有怎样的归宿？

我知道我永远走不进他们的内心，我是旁观者。我看到一点表象，我却无法深入。我只是随意路过匆匆一瞥。

本质上，我与这里的每个人，并没多少区别。他们也在路上，也在寻找。只不过，我与他们在某种空间中的位移方向略有不同。

我走向火车站。

感觉中，火车站有点像中医学里的穴位。触摸它，就会触摸到一些杂七杂八病态的生命信息。别以为生命总是美好的，更多时候生命显现得丑陋而低俗。

火车站通常都修建得堂皇美丽，那不过是一种招牌，一种诱惑。拥挤的人流和嘈杂的声浪，既让你内心痒酥酥腾跃着即将踏上陌生征途的喜悦兴奋，又让你多少有点畏惧地感觉到周围隐含的凶险和微弱个体的无助。你会忽然发现自己不过是一条微不足道且身不由己的小鱼，被潮水般涌来涌去的人流所裹挟，虽然方向明确，却又未必真能把握住自己。

等车是件很奇怪的事，我有过许多次等车经历，在喧闹嘈杂人头攒动的大站或冷寂荒凉乡村僻野的小站。焦躁和期待的心情中，总让我联想到人生。红尘之中，谁没有过多次这样的等待和守候？徘徊，眺盼，焦虑，还有身不由己的无奈。看表，算着时间，等候的那趟命运列车就是迟迟不肯到站。

二十世纪六十年代，我还是个只会憧憬美好的孩子，在郑州火车站，遭遇了终身难忘的一次等车。虽有目标，也知道车次，但选定的那趟车偏偏不来。我在拥挤得仿佛快要爆炸的候车大厅，足足等候了两天。恶心，疲倦，烦躁，脚从疼痛到毫无知觉，体力的消耗已经让我失去信心。

然而车来了。

一个十几岁的小男孩，细弱得像狂风骤雨中的草屑，双脚离地，完全由不得自己，被狂暴的人群抬起来又抛下去，晕头晕脑，连恐惧都来不及。能在已经基本麻木的意识中留存最后一丝清醒真是庆幸，我磕磕绊绊在左冲右突的撞击下竭力维持着身体平衡，终于穿过地道迈上站台。

事后才知道，那场拥挤，让五六个小"红卫兵"命丧地道。

谁能在抑或谁敢在一股狂潮涌来时坚守住自己的独立意志？

这是过去的故事了，而且那个已经久远的年代毕竟不算常态。

五　上车

检票进站，打冲锋一样。肩扛手提，你推我拥，相互妨碍着，好像不这样就会被甩在站台。总算上车，一头汗水，却还不能轻松。要有立足之地，要找到自己的位置，要把属于自己的大包小包安排妥当……这样的情节，在自己的生活中不知已排练过多少次。但每次都不是结束，一次旅行或一次生活方式的改变之后，又有下一次的再出行再改变。同样的情节还要重演，演下去，演到最后那一站。

起码这一次，应该不是我的终点吧？但谁说得准？人生存满了许多偶然与变数。不过，我们总以为自己只生活在恒定的必然中，直线式的风平浪静走过去就可以到达目的地的必然。而这一次"必然"，是车行前方的一个小站。

有时觉得自己不可理喻，为什么会喜欢乘车的感觉？那种周围都是陌生面孔与一片喧闹混乱中，用孤独把自己圈围起来的略带新奇略带惆怅又悠然自在飘忽不定的感觉。

有几次新元之夜，我到车站随便坐一趟末班车，不是去旅游，也没计划远走，只乘一两个小时，午夜过后随意在前面一个什么小站下来，再搭车返回。似乎列车的行驶能让我更深切意识到时光的急迫和生命的流逝。

还有几个农历的除夕夜，我独在异乡，从一个城市乘车漂流到另一个城市。路上，寂寞清冷中的过年，会让自己不得不面对内心，品味出新旧的悄然更替和人生的难以把握。

车厢是不是也算一种风景？列车是不是也是一种世界？

只要坐到车里，就仿佛前面永远有一个目标。这目标和你日常生活中各种各样的欲求一样，到了一站还有下一站，让你期盼，给你诱惑，直到终点。

车厢里的行程，有点像浓缩了的袖珍版的人生。虽然也有目标，但更有许多不确定性。你不知道前面会看到怎样的风景，你也预测不到前面会出现怎样的意外。你只是被一种力量携带着推动着裹挟着，沿着命运的轨道行驶而去。

有时候，你会因旅途的漫长而忘掉前面必然会有无法回避的终点。你把旅途当作"家"，你与周围旅客摩擦、猜忌、防范、客套而共存，你维护和固守着自己的位置，你细心料理自己的饮食和如厕。你忍耐着搅扰、噪声和污浊的空气，你淡然旁观着车厢里形形色色的人和事。

换一种角度，出行，车中，或许是用另一种目光去寻觅俗世风景。乘车的迷人之处是不是也在于此？

六　车厢里

开车前的混乱过去了。车厢里显出几分慵闲平和，是那种相较刚才剑拔弩张争座位争行李架的平和。人在旅途就像人在打拼生活的日常过程中一样，很难有心意散淡的平和。事实是，车厢里一片乱嘈嘈。

不过这种乱嘈嘈是接近常态的，生活气息很浓。不同装束，各类人物，你来我去，洗手如厕，吃吃喝喝，打牌取乐。人是一种适应性伸缩性很强的有趣动物，无论到什么地方，只要愿意，哪怕是方寸之地，哪怕是十几个小时甚至十几分钟，都可以立即给自己营建一个小小的生活天地。即使在车厢这样狭窄拥挤且动荡不宁的空间，一方小桌，一条长凳，几张报纸，几个书包，就足以铺陈出饮食起居吃喝玩乐的场所，让物质的乃至精神的生活都搞得丰富多彩。

人真正需要的其实并不太多。所谓平日里必不可少的许多东西，都可以减去再减去，简化到车厢里的状态。而所谓漫长人生，缩小了看，何尝不就是一次乘车旅行？

载着几百个欲望和目标，车向下一站驶去。

无际的植被迎着车窗扑面而来，起伏有韵富有弹性的土地连绵不绝。

喜欢这样的景象，看不够。尤其行进途中，一种略显虚幻的流动感，使本来有点单调的田野更显清新和活力。

土地，草木，汗水，劳作，春种，秋获，生命，轮回……许多念头，许多感悟，不连贯，隐隐约约，如云，如风。而身旁，车厢里，依旧上演着普通而世俗的旅行生活剧。

所谓"剧"，不仅仅是文字喻比。思绪稍稍越轨，就觉得也许真是在参与一场演出。以广袤的河山田园为背景，演一场有关生命永恒与短暂的哲理剧。

飞驰而过的列车，恰是生命的一种象征。如土地上一茬茬绿色而生机勃勃的禾苗。出现了，成长着，然后，消失了。而那些绿色的禾苗，尽管也是"草木一秋"，转瞬即逝，却毕竟该发芽的时候发芽，该扬花的时候扬花，该结穗的时候结穗。

车厢里的"演员"们呢？上场了，下场了。车开了，到站了。然而，会不会拥有一个沉甸甸的秋获？

七 凭窗而坐

凭窗而坐，车轮铿锵。

连绵不断的玉米地被半上午的阳光涂抹出一层金黄，沿途景象与前几次看到的已大不相同。造化之手总喜欢玩这种变来变去的把戏，不觉之间就把夏日那一片翠绿世界演变成另一幅秋气渐浓的场景。

闪动而过的画面似乎是一种背景音乐，节奏平稳缓缓流淌的旋律，正好惹动思绪驰骋翻飞漫无际涯。想北地的霜叶泛红，想南国的烟柳画桥，想其他国度的繁华热闹和弹雨枪林里的难民潮，想外太空的浩渺，想地球或现在还悬挂着的太阳的最后灰烬，时而心头一闪的是那句大注解：色即是空，空即是色。

真的看到过什么吗？真的有这一片秋色吗？哲人讲过，只能存在一次的其实都是不存在。世间万物，什么能存在两次？还会有一个"我"在车中胡思乱想吗？天晓得。而属于地球的这块"天"又何尝不是只存在一次？

想得远了，还是看景。窗外依旧一幅幅画图更替变换，峰峦，溪涧，草木，薄雾，很入画的乡野小景。自然是一本杂书，我现在正凭窗而读到的是略带旧式文人山水画韵的小散文。浅浅的美，没什么大意境，给人一点散发畅怀的淡雅轻松和若有还无的小惆怅。这是我旅途中独自享受的最佳状态，没人搅扰，放任思绪，胡思乱想，适意自在。

多少年了，喜欢一个人的上路，或许就是为了领略这种孤独状态的自在。记得曾经发过一个微博，说旅途中有人做伴大概也不错，但要有条件：若是一位壮怀激烈的战友与我谈谈长河大漠，若是一位阳光靓丽的美女与我说说青春放浪，若是一位百岁智者与我聊聊松月清茗，那大概又是别一番滋味？眼前的小散文小意境也许可以改写出另外的内容。

有朋友在后面跟帖发问，假使这三个人都与你做伴呢？我答，那我还是退到一边，做旁观者，看他们聊天。骨子里我还是习惯了独处。

不过，或许我会给他们说说列车正驶过的这片地域，它与我有点关联，关联着一段小情节。沿这条穿越黄土沟谷和一座大山的铁路线，我曾经独自步行几天。那实在是一次可笑的旅行，纯粹的自讨苦吃。除了困难和风险，似乎没有别的收获。最荒唐的，在夜半时分，错过了住宿地的我，还踽踽独行于荒村旷野的铁轨边，被铁路工人当作坏分子。想想也是，好人，正常人，谁会夜半三更在野岭荒山的铁路边游荡？

荒唐却不后悔，年少荒唐实在是一件让人回想起来就心头温热的故事。有了那场经历，这段铁路就记忆满满，不时勾引出我对自己劣迹的回味。人生，曾经荒唐过，真是一种幸福。反正，我们都只能存在一次，荒唐或者不荒唐，到头来无非都是一个"不存在"。那又何必缩着脖子不敢放浪几回？

八　思绪

旅途，总是有去有归。欣喜的前往，是一种美好。落寞的归程，也是一种美好。月缺月圆都是诗意，离合悲欢都有味道。只要用心品读，属于自己的遭逢都是不可再得不能重复的故事。悟透这一点，就离"惜缘"不远了。

透过车窗，越过树梢，我的目光落到远处的山巅，那里有我永远无法走进去的风景。不过这又如何？远眺也是一种缘分。瞬间的缘分，把握住了，给了我感动，且定格留存于心里，不也很美好？

车厢里骚动着的也是一种花花社会，这骚动水波般扩散开来，或多或少会影响到我们的心境。似乎是佛家之言，静下心，找到心，归于心，会回归美妙天真的世界，那才是我们真正的家园。但心已习惯了世俗喧嚣的浮沉，习惯如坡上稠密的野草，遮蔽了寻找和回归的道径。惶恐中我们常常游走于没有依托的异域他乡。

真的人生也许就在一念之间，一念却飘浮于天际难以捕捉。

望车外风景，却又似乎在做白日梦。梦里我变成顽劣儿童，欢叫着游走于目光可及的山间小路。密集的灌木丛花儿盛开，如白云薄雾飘逸在枝头。路的远方似乎隐藏着神秘故事，不知道我的探寻会不会酝酿一首小诗。事实是我从白日梦醒来，发现太阳已经偏西。人世间有许多有趣的事情可以做，人们却在琐屑的忙碌中被时间载着迅忽离去，把大自然许多美好的故事错失。

阳光在春天的荒野闪烁跳跃，一片寂寥中花儿在山坡摇曳。载满欲望的列车奔驰而过，那些人们以为存在的目标其实荒唐而可悲。外面的世界很不平静，我却在自己构建的幻梦中享受春天。闭着眼我看清人类的渺小和人类的丑陋。无谓和彷徨，只有在风月的温柔乡里才得以抚慰。

坐车时，我喜欢慢慢啃嚼一块馒头，在别人眼里这是很无味而简单到极致的进餐。事实是我真的满足而享受，我有过非常渴望吃馒头的艰难岁月。那岁月或许不堪回首，却给我留下品味平淡的味觉。能在简单和无味中品尝出乐趣和幸福，仅此一点我就感谢命运对我的那次不公正。

还是吃馒头给我的灵感，我想到自己无数次独自在外的旅途。那样的旅途也许单调乏味而煎熬，却又在单调乏味中，心里飞翔着许多有趣的想象。而所谓信息现代化时代，像周围人手一部手机刷微信的情形，弄不好就是思绪和感悟的迷失。怎么说呢？可笑的是，我也正在刷微信。

逼上"梁山"——山东行之一

第一回　"放翁"山东访叶弟　"时迁"车内施辣手

岱宗如何不足论，齐鲁青青就青青。

由来几许荒唐梦，邪说歪道一放翁。

列位看官，在下开篇就道出这四句"打油"，说的是太行山下汾水岸边，有个老头儿，复姓"天涯"（新版千家姓中第 N 姓），取个诨名叫啥子"放翁"。这"放翁"老儿，平日价浑浑噩噩不学无术不思上进，倒是有闲情东游西走，还时时给自己贴金，振振有词曰：这叫"阅历河山"。其实不过游山玩水消遣光阴。

看那"放翁"，无非一介干巴老朽，瘦得皮包骨，三根筋顶着葫芦头。却是甚不自量，时不时咋咋呼呼涂抹几句不抵吃不能穿的狗屁文章，偶尔还喜做一些混入绿林打家劫舍自封个山大王山二王之类的荒唐梦。

这厮去冬今春到新疆胡折腾半年，在亲友一片规劝声中瘸着伤脚灰溜溜回到家中。原本是指天画地发誓诅咒要当半年良民，谁知两月刚过脚伤未愈，就又故态复萌，心慌慌思量着找个理由外逸一段时日。

某日正午，"放翁"老儿长吁短叹立于晾台，凭栏望向楼与楼夹缝中那一线灰不溜秋的天空，没来由想到若干年前结识的山东兄弟小叶。白驹过隙，草木零落，忽忽然已不知多少时光流逝。"放翁"抓抓华发稀疏的头皮，哼哼一乐，是咧是咧，就去山东看看小叶兄弟。

说到山东，世人多称齐鲁之地，本是个河山壮丽人才辈出的好地方。齐之霸业，鲁之礼乐，都是汗青帛纸中惹人叹咏的篇章。至于奇山秀水，不胜枚举，泰山雄踞于中，黄河终其于北，尤其是一角峥嵘，半岛作飞龙之势深入大海，确是绝色。小曲唱道："谁不说俺家乡好哟，得儿依哎哟……"没有半点夸张。还有那大名鼎鼎孔夫子二名赫赫孟先生，还有那"壮岁旌旗拥万夫""恨古人不见吾狂耳""却道天凉好个秋"的辛稼轩，寻寻觅觅"应是绿肥红瘦""人比黄花瘦""新来瘦，非干病酒不是悲秋"的瘦成没样子的李易安……

但这"放翁"老儿，煞是可恶。一提山东，偏偏想不起至圣大贤鸿儒巨匠，先念叨的是叶小弟，再又浮想起的是水泊梁山黑旋风花和尚之辈，充分证明这老头儿的低级趣味不登大雅不成体统。

有了借口，定了行期。那"放翁"果然打点衣装，收拾盘缠，背了破烂溜丢一个灰行包，提了歪七扭八一架小相机，心花怒放，一瘸一拐，要去山东"放翁"一遭。

闲语略过，单说某日清晨，潍坊火车站走出稀稀拉拉十几个旅客。随即就有一大群恭候于出站口的"的哥""店姐""票阿姨"之流蜂拥过来，把那十几名旅客分而围之，有的请你打的，有的拖你住店，有的再三追问你坐不坐车到某某地，横拉竖拽，气氛热烈。

那"放翁"生就瘦弱，裹在人堆里，左冲右突，帽儿也歪了，鞋带也开了，满脸油汗，狼狈不堪，就是挣不脱包围。后来他刚刚说出"莱州"二字，即被两个虎背熊腰的汉子挟起，仿佛死囚被架上刑场，跌跌拉拉云云雾雾就被拉出围场塞进一辆大巴。

大巴的目的地：莱州，小叶弟弟就在那里。

购票，拭汗，长吁，整冠，"放翁"心安理得，摆出老江湖模样，靠着座椅享受这近两小时的旅程。车行飞快，窗外时而田园时而果林时而河塘时而沟坡，虽然寻常景致，毕竟自然风情，也让"放翁"怡怡然有几分陶然忘机。左右旅客，或劳顿或无聊，渐渐在车身摇晃颠簸中显出蒙眬入睡姿态。

杀机即在赏心悦目祥和安宁中乍现。半路有两位年轻人登车，途中常事，不足为奇。"放翁"不经意间一瞥，二人衣着普通，长相平平，实在没什么鲜亮特征，只是目光交错之际，似觉后面年轻人一双鼠目灼灼放光，闪烁不定。俩人仿佛屁股生疔，这边挤一下又换坐那边，带个破书包也是一会儿放上行李架一会儿又取下来，搅扰了好半天才坐定。但不出片刻又喊司机停车，满脸猴急跳下车，匆忙离去。

车又开出一截路程，后座一位农工模样人物，忽然嗷嗷怪叫，说自己钱袋被掏。这一喊把众人从沉睡中惊醒，大家慌忙检点自家钱粮，又有几位的钞票不翼而飞。最为可笑的是一位男士，后臀上的口袋被齐齐划开，方方正正开了后门，暧暧昧昧露出内里短裤。

"放翁"也不免啊呀一声，抬头张望，灰背包安然无恙，低视胸前，小相机仍然晃悠，这才松下心来，一面就暗自思忖，"时迁"之辈，代代繁衍，今亦不乏后继。看这二人手段，岂止了得，且甚狠辣，居然众多眼皮下，不一阵儿就窃去数人私银。此遭山东之行，怕是要时时警觉了。

一片咒骂和叹息声中，大巴开进莱州车站。欲知后事如何，且容小子下回再续。

第二回　群豪礼让排座次叶弟情切争副陪

且把莱州当梁山，庄生蝶梦舞翩跹。

太平花市风光好，韶光万年弹指间。

看官且莫见笑，这四句打油，无非是讥讽"放翁"老儿年老痴呆神魂颠倒，时不时就乾坤腾挪黑白不分，把南作北，将古论今。"放翁"乎庄生？庄生乎花蝶？花蝶乎"放翁"？搅到最后，搅得"放翁"连自己是谁都稀里糊涂。正所谓：梦当真时真亦梦，古作今时今即古。

其实，水泊梁山与莱州虽同属山东省，却一西南一东北相距数百里，偏偏"放翁"就生拉硬扯觉得自己正步入"水浒"场景。恍恍然立于莱州街头，就仿佛瞥见对面人行道一摇一摆垂头丧气走来刺配沧州的黑胖子宋江。黑胖子却又灰飞烟灭没了踪影，迎面笑吟吟立着的分明是叶弟。

"放翁"灵魂归体略略清醒回到现代，随叶弟踏进一家酒店。虽然"放翁"不喜饭局，但叶弟有其道理：大哥远道而来，能不接风洗尘乎？何况还有几位好友，久仰大哥之浪名，很想听你吹吹周游荒蛮的趣事。话说到这份上，"放翁"还有什么推辞？即使顾及叶弟情面，也不能不酒肉一把。

"放翁"散漫日久，本是个不习交往礼数不善场面应酬的家伙，所谓"上不了台面"是也，就抱了个听之任之态度。进得包厢，只听叶弟某人某人点拨一番，"放翁"噢噢点头，表示看清楚了听明白了。好在没有拥抱贴脸的西洋礼，无非拉手点头，含糊不清应对几声，总算也没太大失礼。

接下来入席，几人都指点一椅，说那里非"放翁"莫属。"放翁"却看，椅与其他座位未必两样，椅下地板牢固坚实，看不出下陷机关。头顶同是水泥板块，亦无利剑暗器悬着。"放翁"就放胆坐了上去。后来听众人嚷嚷，才知道自己臀下之位名曰"主座"。主座也得有人来坐，何况是把木椅，没铺虎皮。"放翁"没再推操谦让，依然弓腰曲背盘踞其上。

据说山东吃酒，主座两侧，要有主副二陪。主陪者好像是地主一方有德（同坐者愿听其酒令）有量（大家都爬到桌下他依然能喝）之人，不把主作陪成酒枣陪成酒桶即算失职。"放翁"斜瞥一眼，见那主陪C先生，白白净净胖胖乎乎文文雅雅，没一点酒场狂徒模样，也就心安不少。主座虽可以坐坐，而酒枣抑或酒桶，却非"放翁"所愿。

副陪之责，显然是主陪补充，轮番劝酒，必欲置主座及众客豪饮大醉，皆成一筐子酒枣醉蟹而后已。此位另有他人，但叶弟一瞧，"放翁"老儿被两尊陌生汉子挟于中间，一派不胜酒力可怜巴巴姿态，大不放心起来。于是嚷嚷，不行不行，我得依附大哥，边吃边叙才对。"放翁"自是赞同，赶忙颁发通令：对的对的，有你辅佐一旁，咱家才喝得带劲。

众人落座，"放翁"举目瞧去，有男有女，皆是叶弟般青春有为的年华。且听方才——亮明身份，搞金融的，办实业的，为人师表的，做政府官员的，各行各业，身份大有差异，却都一时俊杰，心内好不喜欢。忽然想起陆放翁的诗句：

哀丝豪竹助剧饮，如巨野受黄河倾。

平日一滴不入口，意气顿使千人惊。

……

"放翁"豪兴起来，呼一声：上酒！众人便叮叮当当举起酒杯。

席间细节略过，"放翁"听了不少当地人物风情，吃了一堆生猛海鲜，也差不多快把自己灌成酒桶，才先行告退。山东朋友的侠义之气，小叶兄弟的殷切情怀，自然让"放翁"深深留存于记忆。

这真是：酒助青春年少志，情满齐鲁富贵乡。只是好端端一桌生猛海鲜，偏让那"放翁"老儿享了口福，连在下也生出几分妒意，空叹可惜可惜。要问"放翁"还有什么艳遇，且听下回细说周详。

第三回　叶弟童心说旧事　放翁雨日上云山

嬉怒笑骂皆文章，不修儒雅学丐帮。

味无味处翻花样，才不才的自张狂。

列位看官，这四句打油乃"放翁"若干年前"明志诗"中一首，由在下偷偷抄录于此。想当初，那"放翁"倒也勉强算个略求上进半好不坏的青年。上过几天学堂，读过几本诗赋，有时还摇头晃脑背几句先贤语录。只是后来小遇坎坷，遭几场不大不小风雨，便把一腔儿"匹夫有责"的胡思乱想打包压缩，扔到一边，做起了游走四方的"放翁"。

走走走走走呀走，走到……后面的词忘了。反正"放翁"老儿走山走水，走天走地，乱走一气，走了过来。此次走到莱州，叶小弟说，不可不走一走云峰山。

那云峰山又称文峰山，就在莱州近郊，垂直距离不过几公里。因其主峰两侧各有一座略低的山头，整体山形酷似笔架，故当地百姓又称其笔架山。这倒不是此山亮点，毕竟如此形状如此名字的山峰，各地颇多。"放翁"亲自走过看过的"笔架山"就有四五座。

但这云峰山却另有深藏不露的宝物，便是刊于北魏的摩崖书法。"放翁"原与书艺无缘，从小读书就写得一手狗扒字，歪来倒去俗不可耐，后来年龄见长，也曾下过习习书法的决心，惜乎总是虎头蛇尾，三分钟热度，照帖描画几日就心生烦意，把笔一丢，仰目长呼，不如到野外闲逛好耍！所以直到现在，"放翁"字迹仍不轻易示人，非不愿也，实不能也，怕对方嗤鼻。

听小叶弟介绍，云峰山石刻字迹，乃北魏郑道昭所书，其结字颇有特色，虽主体还属魏笔，却又兼有隶意，而又近于楷体，挥洒自如，自成一家，是研究中国书法艺术和字体演变的珍贵资料，故被列为书法艺术三大宝库之一，与另两处龙门造像题记及邹县四山摩崖刻经同享盛名。据说此山石刻拓本流传东瀛，开了日本书艺先河，所以日本书法界人物对此山敬仰之极，凡来中国必登此山礼拜观摩。

只可惜"放翁"老儿爱的仅是山水，不懂艺术，不喜书法，所以也不甚热心去步日本小鬼子的后尘。加之那天阴云密布时有阵雨，就更提不起兴趣。心中所想，倒不如缩于屋内，泡一杯清茶更好。

但小叶弟弟的心意，总觉大哥一生游走，来莱州而不登此地名山，大有不妥。只好再三鼓励，许以午餐海鲜，终于才把懒洋洋的老人家拽入车中。"放翁"就这样被逼上"梁山"。

车出市区，略向东南行驶，在浓密的黍禾间拐来绕去，不一阵儿就看到了连绵山峰中分外醒目的云峰山巅。"放翁"想，当年是林冲雪夜上梁山，悲愤苍凉；现在是放翁雨日上云山，轻松好玩。不免引出几许风云际会人世代谢春花秋草的感慨。

一到山间，"放翁"就来了精神。山虽不高，登攀也不费力。然而小径崎岖，奇石嶙峋，芳草萋迷，野花烂漫，幽幽的密林款步而去，很让人飘飘然疑非人世。不一阵儿到了山顶，眼界顿觉开阔。群山俯首，田园铺陈，河流村落，历历于目。更幸天公作美，收住雨丝，艳艳洒出一坡阳光，山川如画，生动鲜活。"放翁"不禁赞一声：味道果然好极！

小叶弟的家就在山脚，对此地形胜了如指掌，自然要指点一番，山道如何，水库如何，果园如何，一面就回忆起自己儿时与少年伙伴在山中的嬉戏顽皮。

此次上云山，同行者还有一位人物，即小叶弟的小女儿，一个灵动可爱顽皮活泼的小美女，说是同行，其实她自有自己的道路选择，一会儿窜入密林，一会儿蹦到崖边，一会儿捧出一把山花开心嬉笑，一会儿又在蜘蛛网的纠缠中大声呼救，这一阵还给"放翁"念唐诗助兴，一不留神又小雀般飞到怪石丛中不见了踪影。

"放翁"边听小叶弟讲述自己顽皮生动的童年旧事，一面就联想到眼前这个小松鼠般可爱的小丫头。嘿嘿，真可谓：云山代有小顽童，各领风骚十数年。然而，又有几许人在还可以风骚的十数年间敢于真正风骚一回？人们有太多的理由让自己在所谓规范的传统的合乎世俗道德的重重围城内死水一潭活过一生。

"放翁"就立于云山头上，迎着大风对自己说：还是那帮水泊梁山的乌龟王八们，该出手时就出手，风风火火闹九州，毕竟痛快过几日，也不枉了萤光一闪的人生！

下得山来，"放翁"莱州之行也算是告一段落。敲一声醒木，打一个喷嚏，恕在下再用四句打油作为本文结束：

满纸浑蛋语，眼药当眼泪；

都云太牵强，谁解疯魔味？

欲知后事如何，却看"放翁"山东行之二：《自在成山头》

云峰山石龛

自在成山头——山东行之二

一 为什么去了成山头?

不是交代问题,是这个过程有几分好玩,说一说也无妨。

公元××年春季,在旅游论坛瞅到一个"烟雨平生"的帖子。主要是这个网名吸引了我,显然它出自东坡先生"一蓑烟雨任平生"。这词句我也喜欢,且差点也用来做自己网名。虽被此公占先,毕竟算有共识,所以就点开帖子,想看看此"平生"君在搅什么烟雨。

一看,"平"君描述了一番威海岸边赏海的美好,又要招聘共赴威海的驴伴。但招聘条件有点特别,不招美女不招帅哥,却招老头儿。当然也不是随随便便的一般老头儿,有附加成分:要比较帅气。单论"老头儿"的话,本人倒也完全彻底地算一个,但沾不上帅味。自知不够格,没厚起脸去挤报名队伍。不过心里还是希望"烟雨平生"能如愿拉到几个帅老头儿共赴威海,就凑过去帮着喊了几声。甚至自作主张,代"平"君许以拍海边写真的实惠。

记得当时我还依《满江红》字数,写过几句广告词,抄录如下:

烟雨平生,有几个风流夙愿。
去威海,拖着帅老,款步并肩。
俏目乎流连沧浪,芳心兮放飞沙滩。
果其如,山柔水多情,竟缠绵。

有佳侣,常相伴;拍写真,恣谑欢。
潇洒走一回,也不枉然。
要报名的快报名,过了此村没此店。

护照身份证都要看，俺把关！

那时，与"烟雨平生"素昧平生，还不知其"烟"雾后的真身是男是女是老是少，所以迟疑了一下，没贸然把这几句广告词贴过去。不过几天，发现已有天南海北的帅哥靓妹前去捧场，广告词已没有意义，我正好悄然撤退。

但从此之后，偶尔在网上见到威海相关信息，就会留意一下。去过的驴友，多有描述威海如何美丽住房如何便宜之类的招摇，诱惑得我也心猿意马，想去实地验证。正好今年自己刚从新疆远游途中溃逃回来，人力财力都不允许有大行动计划，就决定到山东半岛小走一圈，目标之一即威海。

从地图看，山东半岛深入大海的那一面，恰是直直的一横。我的路线就仿佛在写这一横，从左端起始处蓬莱开始，大笔一挥，经烟台而达威海。但到此，这一横并未完结，一横的收尾处应在威海的成山头。所以，"笔"至威海，总觉意犹未尽。

当然，就我而言，本是个随意主义者。写完写不完一横并不重要，尽兴即可。所以起初也并未把成山头列入非去不可非住不行的目标。

乘车去威海途中，我的计划还是先在威海市内住宿，问了售票员几句有关租房的行情。他甚是热情，给我不少提示。谁知我又不经意问了一下成山头，售票员立即回答，那里没意思，看都没看头还去住？我就有几分惭愧自己的见识浅薄，回答了一声：是吗？

这个"是吗？"或许也有疑问的成分，但主要意思还是：噢，原来是这样？售票员却偏认为我是不相信他的劝告，很不屑地又说：不信？不信你去住住就知道。这话倒让我真动了心思，即便是为了证明自己果然不解威海风情，何妨不去试试？

说来也巧，到达威海汽车站，恰遇一辆从成山头开来的中巴，车中走下七八个戴旅行帽的男女，我猜他们或许就是去成山头观光的。过去一问，果然如此。再问他们观感如何，他们齐答：巴掌大的一块地方，一小会儿就能逛完。于是我想，好，就成山头吧。

两个小时后，一个灰背包扔进成山头宾馆二楼的房间，而"放翁"老头已悠悠然立于一块礁石上，面对大海。

二 惊涛拍岸

我这人毛病多：固执，凭直觉行事，偶尔还故意给自己找点小别扭。因为这些毛病，大吃过许多苦头，但有时也得益于此。可谓"成也毛病败也毛病"，不好权衡利弊，所以也往往原谅自己，把毛病一直坚持到现在。

站在成山头的海岸边，我就庆幸自己有这样一堆毛病。否则我可能已经在威海市内住下。市内那些漂亮的簇新建筑当然也值得看，但同样的建筑别的地方也很多，大可不必颠颠跑到海边却又背朝大海去看城市建筑。还有一些与甲午海战相关的遗址和展览，但这些东西我以为不是到威海的主要内容，可看可不看，与培养爱国主义情操或回忆熟知那段屈辱历史没什么直接关系。威海市的海滩也很美，而且附近还可以租到很不错的民宅旅舍，这也是我去威海的初衷。但比较一下，如果从自在和面海的角度看，还是成山头分数略高。

我反倒怀疑那些匆匆而来又不屑离去的人们，他们是否才有毛病。来海边不是为了看海吗？不是为了最无障碍地贴近大海吗？不是想尽可能放纵自己的身心而融入辽阔无垠的海阔天空吗？那么就威海市范围而言，或者再扩大一点，就山东半岛沿海岸而言，还有哪一处比成山头更适宜的地方？

成山头不仅是山东半岛沿海岸那一横的最右端，而且也是半岛向东伸入大海最远的地方，甚至有人说它是中国大陆入海的最远处。成山头的所谓"天尽头"，若断若连的几块巨礁，如一柄残断的长剑直刺大海深处。

立于"天尽头"，眼前无遮无拦，大海浩瀚无际，脚下巨浪拍岸，涛声轰鸣。那种激荡、广阔、久远、无涯的场景和气氛，真让人痛快得忘乎所以。

沿石阶小道下行，直走到海水涌动处。最近距离地欣赏巨浪拍打悬崖的场面，又是一番情趣。我喜欢那种涌动，喜欢那种一波又一波，渐渐积蓄能量，然后气势磅礴雪浪排空的一扑！柔弱与刚强，凝固与躁动，短暂与永恒，都在这一扑中得以体现。

我来的真是地方，我来的真是时机。偌大的海面就我一人游来荡去。我可以在浪涛拍岸时狂呼怪叫，可以顽童般在滚圆的石块上跳上跳下，可以无人搅扰侧耳聆听涛声，可以随意选择任何角度拍摄浪花……

惊天动地的一个大浪扑来，扑向我的镜头，我大叫一声，向后摔倒在礁石上。

这就叫得意忘形，这就叫仰天长啸，这就叫……摔在礁石上才知道什么是腰痛。这一扑真有气势，这一扑真是潇洒，这一扑让我难以忘怀，这一扑也太情意热烈了吧。自在成山头！

我的腰哟……

三　红红火火的升腾

我看过许多次大海日出，但最灿烂最壮观的海日，却是成山头看到的这一次。美得令人销魂，美得让你真想朝远处的画面走去，走入大海走向霞云，融入那种红红火火永生不熄万古常新的自然升腾。

我往往自信自己手中的一支秃笔，自信自己驾驭语言表述感觉的能力。然而，面对"天尽头"那一轮升腾的海日，我还是深切体会到自己笔力的笨拙和语汇的贫乏。

那种仿佛专为迎接天日到来而铺陈的绚烂晨曦，那种瞬息变幻无法捉摸的五彩霞光，那种由淡而浓令人热血上涌的鲜红云阵，那种终于在期待中企盼中突然艳丽夺目光芒四射的灵动一跃，那种自信的大气的无法抗拒的令人震撼的缓缓升腾，还有大海的沉稳、肃穆、迎候和突然间波光闪烁涛声喧哗的欢呼……

任何语言也无法描绘得清。

四　海之夜

有两个夜晚，成山头"天尽头"这一小角山包，只有我一人徘徊走动。海面幽暗深沉，海风轻拂脸颊，身后灯塔射出的光柱柔柔滑过海面。远处有游动的船灯，神神秘秘，渐与稠密的星光汇成一体，分不清海上天空。涛声依然在哗哗作响，更让人觉出四周的静谧。

我在长廊里坐定，面朝大海面朝星光，被一种过分的幽静、浅淡的忧郁和浓重的神秘气氛所包容。朦朦胧胧，身后那两组秦皇汉武的塑像似乎正在复活，甚至我都听到了他们沉沉的却又是隐隐的走向我的脚步声。

心头掠过一丝恐惧，但随即又是一片空灵。嬴政刘彻是古之人，但他们究竟距我有多远？我不知道有没有时空隧道这种东西，也不知道灵魂的生灭究竟如何。但我想，人们对过去时光的敬畏，人们忽然在某种特定场合的心灵感应，或许有某种我们还悟不透的缘由。

生命的奥秘不能细想，但又不能不想。秦汉时代距我们，好像已经是久远久远的过去，但摆到成山头这块小山头，这点时间算得了什么？人生代代无穷已，江月年年只相似。来过成山头的人太多太多，来了去了，成山头依然，去了的人呢？

　　成山头宾馆在我独自享用了两个晚上后，终于入住了新客。一对重庆来的小恋人住到我右边，一对河南来的老夫妻住在我左边。那天晚上，我为了记录这几日看海听涛的感受，没有下楼，只在夜幕降临后搬着椅子出阳台小坐了一阵。

　　成山头宾馆最佳的住所就是二楼，房间面海，距海的垂直距离也就几十米，夜间涛声仿佛就在枕下，很是催人入睡。最好处是前面开一扇门，门外是一个舞台般的大阳台。如果偷懒，只需出房门走几步，靠着阳台栏沿，即可象在海轮上一样观赏大海。

　　我出了房门，才发现今晚这"舞台"颇有内容。一对小年轻恋人，在右边一角无所顾忌地缠绵，而一对老夫妻则在左面一角依偎着看海。从右到左，恰是大段人生故事的两端。有意思，我转身退回住所，还是不要打断和影响这个似乎悠长却又转瞬即过的优美剧情吧。

　　不远处的涛声，又送我一夜悠悠长梦。

成山头日出

另一个青岛——山东行之三

人都有多面性，譬如我，或许基本还算率直诚实的人，但也免不了见人说人话见鬼说鬼话，因时因事扮演出不同面孔。不同的人对我就有不同的理解，起码而言，老妈眼里和女儿眼里，我是非常不同的两个人。

城市不能与人完全类比，但城市也有多面性，不同的人看到它不同的侧面，便有不同于别人的感受和认识。拿青岛而言，去观光旅游的人与生存于此地的人，看法恐怕就有差异。即使是同住于这座城市，市长眼里与小摊贩眼里的青岛也未必完全一样。当然这不过是推测，我不是他们，我又岂能肯定他们眼里的青岛是什么？

我只能说，我看到的青岛与当初许多游客写过的青岛不大一样，我眼里有另一个青岛。

在青岛，我没有很在意旅行社宣传的什么市内十几大景观，看那些图片和介绍，我觉得噱头的成分很大，主要是为了掏观光者的钱袋。栈桥附近的海滩和海滨浴场，我去了一下，但只是匆匆而过，一湾拥挤而促狭的海滩，如果也能叫作海滩，实在是青岛的无奈。恕我不恭，连我家乡水库的开阔敞亮都不如。

最后剩下的旅游点就是距市区很远的崂山了，这本也是我去青岛的目标。但看了街头到处张贴的崂山风景图片后，我打消了去游览的念头。一般来说，这些经过精心选择的图片应该反映出崂山的精华。而这些推销图片上的景致却很让我失望，与想象差距太大。我是山里人，看的山多，对山色山景比较挑剔也比较在行。图片上的崂山景色实在寻常，没多少特色。我这人不重名气而重实质，实质引不起我兴趣，再有多大名气也掉头不顾。

不过后来有个朋友批评我犯了自以为是的错误。崂山其实值得一看，只是不要随旅行团，要自己去。毕竟是周边一隅最贴近大海且海拔最高的一座山峰，

027

毕竟有源远流长的历史文化，怎么可以凭街头几张照片轻易否定？他的批评有道理，我听进去了，可惜的是我已经坐上离开青岛的列车，只有等下一次再来青岛时好去纠正我的错误。

在青岛一天半时间，我最后选择的是去看老房子和街道。我想绕过那些所谓的城市亮点，看一看实实在在的青岛。这期间，先请一个出租司机做向导，拉我转悠了半天，熟悉环境。那是个健谈、快乐而又很聪明的司机，边开车边给我讲了许多老房子的典故，某某德国商行，某某老外水员俱乐部，某某人物曾经住过的别墅，头头是道，比街头导游毫不逊色。而且时不时就停住车指点我选择拍照角度，好像很担心我把青岛拍不出味道。

他还把我拉到距火车站不远的中华路，神神秘秘指点说，这是日本人当初开的妓院，里面一间一间小房子，现在做了旅舍。他又问我，这样的地方还有，你要不要都去看看？我斜着眼看看计程表上骇人的数字，坚决地摇摇头。现代活生生的此类场所我都看不过来，何必花大笔车费去看我也不清楚究竟是不是的昔日风月地？尽管那是小日本的，又如何？

我说，你拉我去一个普通百姓最集中的有老屋子的街道，好不好？他略想一下说，那就四方街吧。于是，我就走进四方街。告别了司机，我想自己慢慢踱着步看看青岛普通百姓和他们的宅屋。这以后的一天时间，我就从四方街开始了在青岛的走街串巷。

青岛是个美丽的海滨城市，这个评语从一般意义上讲应该不错。站在栈桥附近三面环视，海湾沿岸绿树婆娑，别具风格的粉红色欧式小洋楼一幢一幢，依山势而错落有致点缀其中，古色古香又带着异国情调。

中山路、海滨路和火车站附近，高大簇新气派的新式建筑与二十世纪上上世纪古久的欧味建筑很有趣地组合成一体，既有现代韵味又不失怀旧气氛，确是青岛特色。

青岛的街道很有意思，因为环海和依山而建，街道基本没有直南直北直东直西的，弯曲回环如八卦迷阵。我自以为方向感比较强，但走入青岛的小街，绕几个来回，照样晕了个一塌糊涂。

还不仅如此，街头的高低落差也很大。比如北京街河南街一带，以一个小广场为中心，向四面辐射出几条路，这几条路延伸出去，有的上了半山坡，有的下了沟谷底。同一水平线出发，最后分化成高下有别的阶层。有的沿街楼房，这条街看到的是顶天立地的伟岸形象，转一个弯到另一条街，却发现成了低矮的小平房。我拍一个旧楼四合院，先从一条街的正门进去，按了一气快门，然后退出来继续走。绕了几个圈，忽然在另一条街发现一个小门洞，里面的台阶通向一个地下院落。沿阶而下，到院中一看，似曾相识。仔细辨认，不禁自笑，正是我刚才从前门进过的大院。

　　除几条主要的繁华商业大街，青岛市的大多数街道陈旧气息浓重。依我的眼光看，危楼危房太多，百年前的许多旧式洋楼依然被使用着。拿四方街而言（其实后来我发现不仅是四方街），那种墙皮剥落窗棂破裂的衰朽楼房到处都是。偶尔近旁怀旧一下可以，作为日常居住，我是不太认可。总被陈腐氛围所围困，谁敢相信会有开朗阳光的生活？当然，这或许正是地产商们日后大有作为的战场，没准过不几年，一幢幢现代式样的摩天高楼就会把这些留存着历史记忆的老街小巷彻底颠覆消灭，那样的青岛应该又会演变成另一种风格了吧。

　　后事天晓得，我只能看到我眼里的青岛，这也就够了。

　　离开的那天，瓢泼大雨，火车在一片迷蒙中出站。山东之行结束。

青岛街景

"长安"古意

一　杜陵

到西安，理由是去探寻"长安"。自欺而已。西安就是西安，长安在哪儿？隔了八辈子，早就两码事了。以前古长安似乎是大体存在于这块地域，这能说明什么问题？你现在站的地方或者你现在居家的地方，先前不知站立过居住过多少人，那能说你就是那些人吗？人往往喜欢自欺，自欺中找乐子。所谓"思古之幽情"，不过如此。

当然我还是计划自欺一下，在想象中让平淡无奇的西安行变得多少有点趣味，到古长安大体存在过的地方走一走，做一做"长安"人。其实我也明白，长安人又如何？不是谁都可以在那里秦皇汉武唐明皇的，哪朝哪代，草根都同样低贱，活得沉重。何况几千年的"长安"，被蹂躏摧毁焚灭了不止一次，乱世之"长安人"，按老祖宗说法，不如狗。

行程第一站是"杜陵"。

杜陵二字，唐风宋韵中，常常会很"艺术"得冒个泡出来。有朋友百度了一下，说涉及"杜陵"的古诗词居然有五百多首。一个地名引出这么多骚客吟叹，起码说明这地方已经具有了某种文化符号的意味。

随手找几句：

"挟弹飞鹰杜陵北，探丸借客渭桥西。"卢照邻《长安古意》的场面。那地方还这么有危险色彩？黑社会啸聚，时不时策划个"斩首"行动。平民百姓去闲逛，要小心点啰，见那些开豪车戴墨镜摆螃蟹步子的人物，最好绕开点躲远点。

"泾水桥南柳欲黄，杜陵城北花应满。"宋之问的句子。文人就是文人，与"挟弹飞鹰"的杀手大不相同，到哪儿都眼里只盯着花花草草，还自以为很诗情很画意。不过也说明长安那时候，读圣贤书的雅士们会来杜陵走动走动，采个路边野花什么的。

白居易也来。比较扫兴，他非要表现自己关心草民的胸怀，写出另一种内容，"杜陵叟，杜陵居，岁种薄田一顷余"。杜陵那时候有种地的？白夫子眼见为实，姑且信之。但我以为，未必是杜陵的主流景象。

有个刘言史同学，名气不响，他与白居易观点不同："杜陵村人不田稷，入谷经谿复缘壁。每至南山草木春，即向侯家取金碧。"这儿的人们才不去种田。天子脚下，何况是旅游风景区，养养花，采几把，就可以到城里换显贵人家的银两。我倾向于此说，这才可能是杜陵的常态。宋之问不也说此地"花应满"吗？他那个级别的，结伴驾车来，购张门票进去，现场观玩。再上层的呢，不屑到郊外与百姓比肩，直接让"杜陵村人"把花送过去，无非掏几个小钱，也算侯门扶贫的一项举措。即使现在，杜陵遗址公园里也不种田，我进去时，虽然没有花满园，却也几树桃花灼灼然开得正艳。

古诗文中，杜陵即指杜陵，这没问题。还用来替代长安，估计是长安人喜欢来这儿游玩，外地人进京跟风，也把到这儿观光当作必选项目，像现代人去看兵马俑一样。久之，成了地标，比大雁塔华清池还有名。此外，另一用意，即指代大诗人杜甫。

杜甫先生混论坛，有两个常用网名：杜陵布衣，少陵野老。老杜这称谓凭据什么？首先是他在这里住过。仅此？不够。其次，老杜以为，杜陵是杜姓的起源地，所以他这个"居民"才最有资格把地标注册到自己脑袋上。反正后来大家都认可，没人和他争。其实也不是很吸引人的好名堂。此"陵"者，山陵的陵倒也罢了，偏偏是陵墓的陵，几分鬼魅衰朽气。难怪杜诗人惹一身骚，晦气一生，颠沛流离，死都死在流浪途中。

杜陵是杜姓起源，说清楚是很复杂的大文章。要追溯到上古，从杜树（据说是当地一种野枣树）成为氏族图腾说起。简言之，西周时这里是杜伯国的领地，杜姓因此出现。后来的枝枝权权七拐八绕，难以理清。概而论之，抹去中间细节，全球杜姓华人的同一血脉，即发轫于小小的杜伯国。网上看资料，杜伯国遗址前些年被考证出来，即在杜陵旁边的杜城村。

此地风水好，滻浐两河流域一带景色如画。风景好未必是好事，起码惹引闲人的践踏。若是沾染上皇家，那就更麻烦。可惜大汉皇帝的贼目就盯到了这里杜陵遗址公园内有一块大石碑，上刻"大汉上林苑"几个字。严格意义讲，有误导之嫌。所谓大汉上林苑，几乎把西安和咸阳的南部区域都包括在内，绵延几百里。那个皇家园林的规模，不是我们可以想象的大。汉帝国的皇帝老儿，挥霍民脂民膏，实在毫不心痛。

杜陵这一块，应该囊括在上林苑之内，仅从这个意义讲，把"上林苑"标志竖到这里，勉强说得过去。上林苑内，起起伏伏，各种建筑，各式风光。到了汉宣帝，他喜欢的是杜伯国旧址这一块，常来嬉戏，流连忘返。越玩越开心，索性把自己陵墓也建到这里，生死都想占有的意思。好端端一块自然风光，变成黑社会老大的墓地，从此有了杜陵之名。所以"杜陵"二字，打心眼里讲，我是看着不怎么舒服。老杜大诗人却要用它做自己的网名，受害了吧。

引我注意的，是"杜姓起源地"，因为本人正好就姓杜。没得选，爷爷姓杜，父亲姓杜，我跟着来。也不是什么了不起的事，我对什么"行不更名坐不改姓"不怎么当回事，大丈夫不大丈夫都无所谓。只是有时候有点好奇，天南地北一帮子人，往回看，在某块土地上，居然埋藏着一个根系。由这个根，日新月异，渐渐生长成枝叶繁杂的一棵大树，杜树。多好玩。

早春时节，杜树的一个小叶片，杜姓的一个后人，怀着几许好奇，走进杜陵遗址公园，想看的，就是衍生出自己的那个"根"。

杜陵公园

二 曲江

我坐在水池边一块很讨人喜欢的洁净而光滑的大石头上刷微博。

眼前是一道迤逦而行的类似小河的流水,水上架几座石桥,水畔植一行河柳。柳枝已渲染出春天的嫩绿,正是诗人所谓"万条垂下绿丝绦"的景象。

这片水域,现在已基本处于闹市,夹在东西向的两条大马路中间。环境不是太好,有几分车来车往的嘈杂。但拉开距离,还可以忍受。或者转移注意力,头稍微下垂一点,大体可以让我感觉到处在一种较为自然且春情荡漾的氛围中。

这就是唐代许多诗歌提到过的曲江?

曲江,名字有诱惑色彩,带一点缠绵柔媚和未必一下子让你窥透的迷离。若是直来直去奔泻而过一望几公里的流水,意境或许就是另一样了吧。我接受诱惑,想来曲曲的"江"岸边感觉那漂浮着欢乐和惆怅的流水,推想它又是如何婉约秀美而又虚缈浅淡地带走许多曾经很"真实"的岁月影像。

已是半上午时分,阳光暖暖地照在身上,颇有催眠效果。隐去远处车辆的嘶鸣,隐去近旁游人的哗笑,只需轻轻合上眼,就可以走入梦乡。这大概也是一种"穿越"?"梦境"里,我已立在大唐长安的街市上。不,或许还要更久远,秦时?周代?说不清了。无非梦境,任它时光颠倒。

我看到街头的喧腾热闹,看到小巷里各户人家的嘈杂忙乱。官吏在上班,钩心斗角;商家在售货,争争吵吵;百工百业运作有序,好一派热气腾腾花团锦簇。似乎日子永远如此,一天天一年年不会走样。人人都忙得很辛苦,人人还都有那么点小梦想,梦里是美好的明天……睡一觉醒来,明天出现了,画面变成刀兵和杀戮。尸横遍野,鲜血淋漓,残砖破瓦,一片废墟。

然后,开始重建。然后,有了繁荣,又是热气腾腾花团锦簇,又是钩心斗角争争吵吵,又是没完没了的忙乱和明天的美梦。好像拿错了图片,刚才看的不就是这张吗?翻过来,果然,刀兵和杀戮……

我不知道人类的健忘和短视是优点还是劣根,是益处还是弊病。曾和一位朋友聊南京大屠杀,聊着聊着扯到四川,我说就四川而言,不也被屠杀了个差不多精精光?现在哪还有蚕丛鱼凫的真正后人。我们怎么可以轻轻松松把这些惨烈的历史忘掉呢?

友人反问一句：要记住这些干嘛？

我顿时语塞。是啊，要记住这些干嘛？对黎庶布衣而言，活得本来已经够累了，求自身的生存和发展已经够不容易了。而且，杀戮也好，惨剧也好，百姓总是承受者，再让挣扎过来的人背起那些沉甸甸的腥血泥污，寻常生活还有多少快乐可言？何况历史那一页已经掀过去，掀过去就再难翻回来。记不记得，对历史，对历史场景中曾经真实存在过的生命个体而言，有多少实际意义？

忘却往往是抗衡苦难的一剂良药。因了忘却，或者说因了阿Q式的自欺和麻木，这个民族才能不被血腥所湮没，才能视而不见地把那片血肉横飞的场地略作清理，然后欢欢喜喜热热闹闹忙忙乱乱开始下一轮重建。再然后……不能往下说了，别又绕回去。

想起儿时听大人讲故事：从前有座山，山里有个洞，洞里有个和尚讲故事。讲的是，从前有座山，山里有个洞，洞里有个和尚讲故事。讲的是，从前有座山……

这就是历史。

真的应该忘记？真的只能通过忘记和麻木来维系血泊与废墟中的生存？我常常有一种疑惑，轻易就能忘记罪恶忽略血腥，恐怕正是不断遭遇戮杀的一个重要缘由。

曲江风景

在大石上我坐得太久了,看表,已近午时。微博上我刷了一句:做"穿越大唐"梦,费了半天劲,没有穿越成功,感觉肚子饿了,需要去吃点东西。

吃点东西,才是我现在最迫切需要解决的大问题。"大唐"旧事,与我何干?站起来展展腰身,忽然却又想到当年杜甫老头在曲江游走时写的两句诗:三月三日天气新,长安水边多丽人。真好,春光明媚,美人巧笑,那时候的那些人,多幸福多开心。只是丽人们和杜先生都没有想到,几天之后,曲江就被安史之乱的鲜血染红。

怎么又绕到这里了?我得去找饭吃。

三　大明宫

在"大明宫"遗址晃悠了一个下午,看倒也随意看看,大多数时间是在胡思乱想。

所谓遗址,实在只是一个概念性区域,游览观赏的趣味不大。"遗"下点什么?残垣败壁都见不到,它毕竟早已毁灭于一千多年前,而且几经扫荡,而且世事变迁。

不论"专家"们如何炒作它是世界上最大的宫殿建筑群(一说"最大"有些人就会打鸡血般亢奋和自豪),反正是破砖烂瓦也没留存几块。说它当初如何如何壮观堂皇,也许吧。但谁能确定那时究竟什么样?园内有个"微缩"出的"大明宫",比较精致,仿若儿童积木,但也无非是现代几个"专家"自己的设计。究竟几分像,天知道。那时数码相机还没有发明出来,留不下真实影像。也只能几个"专家"东猜猜西猜猜说什么是什么了。信可以,不信也无所谓。我属于不信派,偏与专家们找别扭。这大概也多少算点乐趣。

我的观点,仅从某建筑曾在某处存在过,就规定某处是它的遗址,本身就很牵强。"大明宫"之前之后,这里都有过其他许多建筑,为什么不是别的遗址,而偏要算成"大明宫"的?谁的规定?按什么逻辑推理出的"规定"?世间事,大多只能含含糊糊人云亦云,稍稍问个为什么,就能看到几分荒唐。

不过,非要说成"大明宫"遗址,也不是毫无道理。历史也有潜规则,百姓和官员,那就官员为侧重;贱民和皇上,那就皇上为主导。翻开历史书看看,通篇无非帝王将相的张牙舞爪,没几个贱民能到"青史"里混市场。一座房子,小民草屋与皇家宫殿,专家们毫不犹豫就会为后者投票,还要诚惶诚恐表白:

这可是我投的票哇！过去如此，将来也还这样。所以，此地，"大明宫"遗址是也。

其实，究竟算谁的"遗址"，无非是现代人的自作多情。大明宫起由，据说是太宗李世民计划在这里给爹地李渊盖座别院，表面堂皇的理由是让老人家舒舒服服安安静静享受晚年，用我这"小人"之心去揣度，或许也有把碍手碍脚的老东西挪出正院另搞个地方圈养起来的意思。尽孝道也罢，撵出去也罢，完全是李家的家事，李世民才不会去想要整一个为国争光为民争气的高大上建筑。房子建多好，纯粹是出于人家自己快活自己排场的考虑。

皇宫建筑，从古到今，从享用的角度而言，与草民百姓半点关系都没有，受其害倒是事实。后来高宗在正院住腻了，想换个地儿住，所以重启大明宫工程。你自己住自己花钱不行吗？不行，天下百姓捐钱。

好了，有上面铺垫，现在可以缩小版地举个例：村主任盖房，强迫全村人出钱出力，这房子本身就体现着霸道和血腥。如何豪华如何奢侈，村主任自己受用，是全村人的幸福和骄傲吗？值得为村主任扬名立传吗？千百年后村人的后代们还有必要直着脖子炫耀，俺村这地角曾经有个世界第一的大房子哟，围起来插个标识，让那些没见过世面的人都来流口水。

二十一世纪了，我们这个民族的皇权崇拜意识依然相当浓厚。

大村主任的这些屋子辉煌灿烂成什么样姑且不论，单说其围墙，考古专家们测量，大明宫的墙基宽到 13.5 米，实际墙壁底部是 10 米多。想象一下，10 米多宽的墙，够厚实的，在上面跑跑奔驰宝马也不成问题。客观而言，确是可以算作奇观。

但是，你不妨在心里暗问一个问题，如此宽厚的墙壁意义何在？

墙，高墙，有防御作用，反映的不过是一种内心的畏惧和保守。哪里有高墙，哪里就存在着恐怖和阴暗。若要说一点用没有，也不客观。现实生活中，起码可以吓吓安分守己的小老百姓，别说走进去，靠近点都有身家危险。但真要是此强盗与彼强盗互掐起来，或者顺民们被欺压得没活路起来造反了，墙高一尺，盗高一丈，再高的墙能管啥用？

不是调侃，事实真相比这严重。几经战乱，唐朝还没灭亡，巍巍乎哉的一座李家大宅院就先行被摧毁、被拆除，化为一片灰烬。

再高的墙有用吗？

可惜的是，唐以后的漫长岁月，皇家造墙工程和造殿工程并没有停止。一面在造墙，一面就有推墙和翻墙。一面在造殿，一面就有破坏和毁灭。打打斗斗，没有消停。

不过我想，光明得看，正能量得看，随着人类文明的进步，任何禁锢草民的高墙和震慑百姓的圣殿都将不可能存在住。

至于这个"大明宫遗址公园"，虽然没多少景致，我还是觉得应该进去走一走。正版的真实的大明宫没能保留几天，其遗址又能存在多久？能看到的时候就赶快看看，且最好拍几张照片以做证据。若干年后的人们，推倒或踏过一道道高墙，看到和感知的是另一番天地，视野开阔，思维活跃，他们才不会在意老祖宗垃圾堆里拨拉出的"遗址"。不过他们偶尔翻翻老照片，发现二十一世纪的人们还热热闹闹依偎在祖宗坟茔边发嗲撒娇洋洋得意，没准能惹他们一通吐槽，也算一种意义？

大明宫微缩景观

商与阏

——从久远与内涵而言，有几个地方可以与商丘 PK ？

一

上午九时二十分，走出商丘站。随后找酒店，随后泡茶写笔记。

从旅游的角度看，商丘实在是冷门，而且现在又是冬天，冷上加冷，有没有游人都是问题。但或许正因为这个冷清，我才喜欢。没有花红柳绿派人士的搔首弄姿叽叽喳喳，尽属咱家日月，独自晃来晃去，多好。

此地其实很值得来一次。翻开中国版图，从久远与内涵而言，有几个地方可以与商丘 PK ？

只要学过历史，都晓得燧人氏，一帮很久很久文字出现之前发明钻木取火的高科技牛人，他们最初的焰苗捕获试验场就在商丘。

燧人氏的玩火科研，玩出一个火上加火的骨灰级高手：炎帝。

扯远一点，炎帝和黄帝，是具体人物还是职位称呼？似乎史学界还有分歧。我倾向于职位称呼说，相当于后世的主席总理头衔。换言之，炎帝黄帝不止一个，张炎帝王炎帝，李黄帝赵黄帝，他们只是两个不同地域的氏族领袖称呼。

炎帝一族，最早活动于以商丘为圆心的中原地区，黄帝一族大致在黄土高坡折腾。

商丘，现在看，实在平平又平平，没特色。然而，这块地域，若干年前可是相当靓丽青春。

商丘之属的河南简称"豫"，豫是什么东西？大象中的大象，巨无霸大象。现在被人类挤压到云南西双版纳的野象群，其雄赳赳的豫祖先，在并不久远的三四千年前，依然成群结队气度轩昂地活跃于商丘一带。那时候，这里应该河流纵横森林稠密，较之亚马孙热带雨林毫不逊色。

拐个弯多扯一句，商丘的现况就是亚马孙热带雨林的明天。我查过资料，亚马孙雨林正以每分钟五个足球场面积的速度锐减，也许下一个千年时代，亚马孙那里光秃秃的地面也能出一个"亚丘"市。人类的胡搞最容易创造此类成果。

二

商丘雨林的没落，应该与火焰革命有相当密切的关联。炎族同胞天天在这里纵火，收获大大，一把火过去就十天半月烤肉吃不完。大森林的资源，丰富且易得，燧人氏后代的日子过得好不惬意。然而，满嘴流油的富态总会惹人眼馋，搞不好就被仇富或羡富的邻家盯上。

隔壁黄土坡上的黄族，天天在泥巴堆里刨食。种种谷子大豆，还得看老天脸色。苦巴巴一身尘土，也只能勉强求个温饱。艰辛就思变，变的最直接办法是抢墙那边的富豪，于是种地的黄老二带着小弟兄杀向火堆边吃烤肉的炎老大。

这种革命模式从此成形，为以后一代又一代贫困户奉为圭臬，山穷水尽了就复制一次，几千年没有太有新意的发展。

据说黄二大军中有一部分特殊的野兽战士（熊罴貔貅虎），这也侧面证明了那时这一带森林覆盖的稠密。专家们认为不过是以此为图腾的部落，哪可能有那么多动物被驱赶到一块儿参战？

他们实在缺乏穿越五千年时空的眼光和想象力。

我以为，那时在丛林里打食捕猎的先民，对动物习性的了解绝对高于现代城市人，此其一；而那时的原始森林中，搜捕一批野兽也并非难事，此其二。

翻翻历史，以兽类投入战斗不是孤例。说近点，宋代，赵家大军南攻广粤，就遭遇过南汉大象兵团的攻击。也就一千多年前，广东一带还可以轻轻松松组建大象兵团，这说明什么问题？

黄炎之战的结果是贫农斗地主，炎姓服输，把家产让给黄姓庄稼汉。但毕竟他的起家更久远，后人还算公允，承认自己为炎黄子孙，仍把满脸烟尘的炎帝排于第一把交椅。

其实也应该，华族百姓最早的一支细根，或许就是从那时商丘密林中某堆野火之后的灰烬处抽芽的。

三

商丘古城，传说五帝的颛顼帝喾就在这里建都，的确够得上古久，古到文字都没出现。所谓华夏文明五千年，只有从这个时期算才能凑足数。它若不是华夏第一都，排于其前面的怕也很难找到。传说靠不靠谱？我以为还行，民间口口相传，未必比官史失真。

商丘后来又成了商汤都城，这似乎可考，仍然古得不得了。国际史学界认可的华夏文明三千五百年，就是从这里算起点。然后又做了春秋时期的宋国都城，也古古的，起码公元前的事。有这几块招牌，在古城或古都中，商丘都可以毫不客气站到前排位置。

然而眼前的商丘古城就是另一码事了。城门城墙还有，估计北城门附近城墙下半部的老砖可以追溯到明清？其余应该是近期农民工的作品了。

入北门，一路向南，沿街破破烂烂机器轰鸣，正在大拆大建。出租司机说，你应该再过两年来，那就有看头了。

那时这里会出现的，将是一座合乎现代旅游观赏要求的崭新的宋国"古城"，也许就更没看头了吧。

其实，有没有些许残存的古味，这是个问题却也不是问题。无论如何，脚下，大体应该还是燧人氏践踏过的那块土地。

走一走，让思绪鲲鹏展翼，或许又会涂抹几行自得其乐的文字。对我而言，很不错了。

鲲鹏？忽然想到，庄周先生的《逍遥游》，正好就写于商丘。可惜不知道老人家做门卫的园子具体方位，要不非过去踩一脚，沾沾浩然之气才带劲。

商丘市政对几处古建投入的大手笔，规模之宏阔，不到现场没法想象。

也正因为这一点，几乎把还有的些许古意也涂抹得愈发变了味道。

仿古群建，辉煌靓丽，或许算是政绩，却未必能为商丘原本内涵增添多少新意。

这只是我这种闲散人士的看法，人家搞市政的人肯定另有道理，且是大道理。

四

商丘二日游，最大收获，是认识了"商"字。

它如何从一个很玄幻的但又难免让人浮想到色情意味的玄鸟生商传说演变成人名再转化为地名国名，最后成为一种交易经营行为的称谓，实在是一门很八卦的学问。

还不止，商字要上天，变作一颗商星，与他弟弟"参"千年万载地扯皮。"人生不相见，动如参与商"，星象学和文学界也离不开对此字的纠缠。

不过这都是专家学者没事找抽。如我之辈，知道有个作为华夏文明起点的商朝和买来卖去的商业行为就可以了。

还有一个字：阏，到商丘也是绕不开的。阏伯台是我游览项目中的重点，名曰商丘的那个土堆（商丘城之名即得之于这堆土）。然而去之前，我百度半天，也没最后确定两个读音中究竟该选哪个。

一字之师是出租车司机，他坚定地告我：反正老人们都念"饿"，我才找到正确答案。

阏伯现在成了"火神"，民间百姓封的，与他任职"火正"有关。火正之职，祭火星，行火政，在那个崇尚火也离不了火的时代，主管祭祀火种，了解火星活动，且负责民间用火事宜，应该是很显赫的高级官位，差不多总理级别？

阏伯台（也就是所谓"商丘"），一个不是很高的土堆，据说是阏伯夜观天象与火星对话的天文台。台下有一大批知名学者联名考证的石碑。

姑且相信专家们的考证，反正老百姓已经这样认为了几千年。

这个很可能确是古迹的土堆，现在被围在新建的商祖祠内，算是打包景点。外围商祖祠的规模很大，祭祀广场容纳万把人轻轻松松。莫非还要动真格时不时祭祭商大王？这可需要一大批人力物力财力做铺垫。我看悬，恐怕又是心血来潮的产物。不过，谁说得准呢？

一墙之隔即商丘博物馆，规模不小，馆藏文物还算丰富。耗费了大半天时间，也仅仅是走马观花。我这人对破铜烂铁的古文物不甚来电，看一阵就觉倦怠，只好作罢。看到点什么？出馆没几步已经丢在脑后。

我向来的观点，最好的出游其实是一种随缘。而且，看到什么与看出什么，往往未必一回事。这是我给自己找的偷懒取巧理由。意思是，看到了，也看明白了，不枉此行，很好。没看明白，或没看到，留个悬念，没准下次还来，也蛮不错。

其实，商丘之行，我最感兴趣的，是在此地生活写作的庄周老先生。一块看起来实在平常的土地，如何孕育激发了他浪漫无羁天马行空的文笔？

阅历风云汴泗，无限山川故国。

兴衰轻若一梦，且听鼓盆而歌。

商丘阏伯台

游走于京城街头

莫名其妙走了一趟京城。本来有目标,陪女儿去她联系的单位现场考察。此计划没兑现,便失去方向。只好信马由缰,走小胡同,逛大市场,看几处人文古迹,算是没浪费往返近千元的车马费。

一

到京第一晚,为省事,入住动物园附近的一个地下旅店。虽在地下,阴冷潮湿,官标房价却毫无商量。老板娘一副皇家贵族的傲然模样,气昂昂得让人不敢仰视。后来发现,周围一大片区域居然独此一家别无分店,又近邻京城服装批发市场,进住者川流不息。生意红火,自然有鼻孔朝天翻青白眼的资格。

几十间大大小小的房间,绕成一座很有趣的地下迷宫。初次进入,连我这方向感很强的人,被老板娘带着左拐右绕看几间房,就昏了头,不识东南西北。更有特色的是卫生间,隐在一大堆水暖管道深处。阴暗的光线中,那些湿漉漉七拐八绕的管道让人看着格外胆战心惊,弓腰缩脖走过去,顿时生出走入警匪片的感觉,更添几分尿意。

我的外出生涯,常有比较恶劣的住宿体验。类似的地道战也经历过十几次,但这种"入地"并不浪漫,我对躺在地洞里过夜总有一种心理上的厌恶。那种浸透了霉味的气息很容易让人联想到坟墓。头上的世界,虽然依旧喧闹嘈杂车水马龙动荡不宁,而遁入十几米深的地下,你就恍若隔世,什么都无从感觉。如果不用吐纳呼吸来证实自己的生存,真有点入土被埋的滋味。

那几位经年管理着这个"地下王国"的女同胞实在不易,气粗加傲然或许也是一种心理平衡?

二

清晨去逛服装批发市场，场外的混乱就让人头皮发麻。天南海北的口音在耳边声嘶力竭地飞动，采购和运工红涨着汗津津的面孔，打冲锋般或拖或扛着大大小小的货包，在狂鸣着喇叭的来往车辆中穿来串去。一种很难分清是欣欣向荣或是世界末日的喧嚣景象。

从涌动的人流中走过，走进市场，又是一番天地。市场超乎想象地大，一排接一排一间挨一间的摊位没完没了走不到头。体汗味、衣料味和别的什么说不清的腐腻味混杂一气，令人窒息。店主从铺天盖地的衣堆深处探出亮亮的双眼，盯紧每个从摊前走过的人，把他们设想成可能的顾主，用最殷勤的语言介绍着自己的商品。

我知道自己也是他们撒网捕捞的目标，被拽住时就用坚定的口吻砍价，一下子砍到底。对这些艰辛的小摊主，我的砍价近乎残忍，砍去了他们寄予我的渺茫希望。望着这里那里摊位上虚虚实实你来我往互不相让的价格战，说不上该让你兴奋还是畏缩。辗转于这样的生意场，也不是谁都可以胜任，没点坚持性没点忍耐力怕是不行。

谁能说那些推销衣物的一个个如花女郎们没有美妙的人生幻梦？她们在窄窄的摊位守候着算计着，把青春消耗在这样的战场，也是一种人生。

三

几次路过新文化街的鲁迅中学，都动过要看一看的念头，却都没有实施。此次是为陪女儿才真的看了。其实我心里明白，任何与名人相关的旧址，大都早已不会是当初本来面目。看一看，无非是依物寄意，越过时间的跨度，聊慰怀旧之情而已。

站在这座当时曾是女子师范学校的建筑物前，首先想到的，是态度温和常常微笑着的刘和珍君与她的一群女伴是怎样从这里走向十数里之外执政府门前的"死地"。一代代怀着追求光明正义的虔诚信念的青年，抛洒热血，踏出棘丛中的弯弯小路，后人有多少还记着他们的献身？

人类有善于遗忘的天性。再浓重的血腥，再惨烈的情节，随时间推移，都会渐渐淡若轻烟，消散在历史的滚滚尘埃之中。这座曾经有过愤怒有过激情有过泪水有过鲜血的建筑物,现在是多么安详平和。楼前的马路上,槐枝已经绽绿,来去的人们依旧奔波于自己的小烦恼。更何况,即使是这座已经很不相干的建筑,又能存在多久?

四

第一次去鲁迅故居是在 1975 年,已经几十个春秋。当年的轩昂少年,现在已两鬓斑白。阅历深了,心境大变,再看鲁迅故居,是否会有另一番感悟?

这里也有变化。记忆中周围低矮的民房拆去不少,建起一座不太大却比较现代的纪念馆。馆内收藏颇丰,照片实物底稿书样……都很仔细地看过。发现自己仍然被鲁迅先生的才学文笔思想和人格所感动。尊他伟人,毫不为过。

人们常叹人生苦短事业难成。鲁迅先生的生理年龄应该不算长,但他却能留下那么多文笔灿烂思想深刻的著作,而且这还仅是其生活的一部分。他描图、就学、拓碑、抄书、练字、记开支账单、复朋友信件、授课、演讲、谈恋爱、开书店、办刊物、做小官、养家糊口,还自己设计盖房……他就忙得过来?我想起鲁迅先生那句"我是把别人喝咖啡的时间都用来工作"的自白。岂止岂止。

让我深感震动的是一篇篇鲁迅先生少时的手抄书,一笔笔工整秀美的蝇头小楷,直看得我额上冒汗。仅此细枝末节,我就一辈子望尘莫及,遑论其他!正是在这样认真刻苦一丝不苟的扎实功底上,才有可能营建坚固的大厦。现代浮躁派们恐怕未必愿意搞清楚或认同这一点。

鲁迅的伟大,最主要还是他的参与意识。他可以做个鼻孔朝天的小官僚,也可以去做很不错的考证家小说家,更可以四平八稳做一位教书匠。他偏偏不愿无视雾霾深沉的现实,以弱小文人之身,握一管细笔,去做绿林事业,直面豪强,抨击黑暗,煽风点火,狂呼呐喊。他让自己双脚紧踏泥地,盯住那些人间毒瘤丑劣,不妥协,不低头,冷峻,尖刻,一次次举起投枪。这样的战士,古今能有几人?那些惯于奉迎粉饰的御用文人,那些杀伐贫苦百姓的刀笔吏,那些吟咏着一己小小悲欢的才子淑女,面对这样一位遍体鳞伤横眉冷目的"匪棍"文人,该做如何心情?

五

去找菜市口的"鹤年堂"老药店，主要是好奇心驱使，也有几许凭吊谭嗣同的意思。是否确凿，我缺乏考证，只是据说，这座老药店前，曾是清王朝秋决犯人的场所，戊戌六君子即是在这里人头落地。

同样也是据说，当年这里是城乡交接之处，尘土飞扬坎坷难行，但又距煌煌天朝的中枢甚近，距喧闹熙攘的大栅栏商业区更是几步之遥。刑车不必远行，围观百姓也便于集聚，实在是行刑示众的好地方。

还是据说，行刑仪式颇有戏剧性的热闹，甚至刽子手的操作，竟会有许多精妙技巧。读过几篇名家描绘此类场景的大作，从犯人入场到最后脑袋滚落，程序细节一一考证，操刀者的刀功手法也描绘得生猛鲜活。刑场成了舞台，杀人成了功夫，这在华夏古国的土地上是否也算一份文化遗产？

意外的是，一路走来，菜市口已变作通衢大道，"鹤年堂"也没有踪影。问一位老人，他说早已拆除了。真的吗？不确切。有一点遗憾，而更多的却是释然。如果这地方真的还是阴风冽冽血浸埃尘的景象，我或许倒不得不惊诧一阵。就算看见老药店，满足一下好奇心，最多留在记忆中的还是悲哀和感叹。人类进化的行程，本来就一路伴着血光剑影，何必还要再忆起和回首这样一种砍杀同类的排场？不过反过来也可以说，反正我们已经存留了熟记了许多篇人剁人的光辉史诗，再多一项行刑斫头的行为艺术又有什么不好？

返回途中，居然灵机一动，生出小小联想：会不会有人创意一下，在这里建造出行刑博物馆之类？木槛车、鬼头刀、监斩官、刽子手，比比划划一表演，肯定大有闲人前来观赏。谭嗣同地下有知，发现自己也可能变成赚银钱的卖点，怕是再难写出"我自横刀"的诗句。

六

又是丁香怒放，二入法源寺。

理解这座位于低矮民屋中的小寺，很受李敖《法源寺》的影响。那本哲理证论式小说，我认真地读了两遍。感觉书写得很有男儿气概，在绮靡妖艳男欢女爱的当代文坛中，也算难得。由书而及寺，便对法源寺也多了关注。

去年这时节，第一次来。独自坐在寺内最里层的小庭院，联想李敖书中的课题，沉思良久。生与死，善与恶，出世与入世，短暂与永恒……李敖的结论未必准确，我的思索更不见得深刻。千百年来，仁山智水，谁敢说他的见地就是绝对真理？但我们总想勘破一切表皮，寻到大法之真源。身居"法源"之中的僧人们，是否也作如是想？

没在别的季节来过法源寺。但我觉得，丁香花绽的现在，应是这座小寺最具活力的时候。一种新鲜、向上而又略显世俗的气氛冲淡了古寺的沉郁呆板和离世的虚缈。佛的本意应该不是洁身自好弃世远遁，如果那样自私，佛连下地狱的资格都不配。地藏菩萨"我不入地狱谁入地狱"的直白，似乎浅俗，也许才道出了佛法真谛。

佛学院办在法源寺，是偶然还是果有深意？真能在这里寻到佛法源薮，这批后生佛子的肩负可谓重哉。看他们宿舍门上贴的名片，尽管未脱出明慧性空一类老套，但也略显新意，用词范围似乎更大，组合也有变化。他们的生活显然就更接近时髦和新潮，门前廊下，是一排最新式的山地单车，家用电器，健身器材也为数不少。此次入寺，恰遇学僧们用餐完毕，一个个吃得心满意足，油光可鉴。丁香花下，时不时就冒出个红润粉嫩肥头大耳的小僧人，实在可爱。说明佛界（起码是现实佛界）也在变化也要随俗。这未必是坏事，高高在上的佛法很难深入人心。

七

走进大栅栏，仿佛走进剪接错位了的胶片。时古时今，亦旧亦新，颇有蒙太奇效果。仰头看那些陈旧的门栏屋檐，时不时还可辨认出二十世纪的字号招牌，你只需稍稍想象自己脑后拖了条大辫，就俨然步入清代的街市。

但事实上我们毕竟回不到旧时。同仁堂药铺里虽然依旧是浓浓的百草芳香，而内里的设施已完全现代。张一元茶庄里或许还是我们品尝了数百年的那几样品种，恐怕施过化肥喷了农药的叶片与昔日味道已相去甚远。步联陞摆满了高跟皮鞋和旅游鞋，瑞蚨祥正在减价促销一个什么牌子的衬衫。再往南，曲径迷离，当初红灯隐绰莺啼燕语的八大胡同现在是一片破败萧条污水横流。而西去不远，琉璃厂一间间店铺，仍旧摆满了古玩字画，却似乎生意并不红火，光顾者寥寥。

人们大都有怀旧心理，或许也是因为失去的才珍贵？其实怀旧心理未必健康，尤其对我们这个有四五千年历史的老民族而言。总生活在旧时代，总愿意向后看，总舍不得把那些熏染了僵尸气息的坛坛罐罐打碎扔掉，我们活得多么凝滞沉重！

　　当然，换个角度，我们在这部蒙太奇影片中扮一扮穿越时空的角色，也倒是一种好玩。我们时而是康乾子民，时而是新中国主人；时而随风流公子六部大人去寻八大胡同的窑姐，时而又看政要显贵老总款爷携小蜜搂情人步入星级宾馆；时而瞪圆眼瞅菜市口康党乱臣的脑袋落地，时而侧耳听广场上迎来送往的礼乐欢呼……变来变去，花样似乎翻新，骨子里究竟变了多少？稀里糊涂，千万不要幻梦颠倒，搞错我们究竟生活在哪个朝代。

　　电影还要拍下去，下结论为时尚早，那就继续在这亦旧亦新的大栅栏走下去再说。

法源寺

开封——历史原本也可以这样轻松快乐地演义

风驰电掣下太行。出山西时，在车上想起这样一句土得掉渣的话，其实当时感慨还不少。时而盘桓于崇山峻岭之巅，时而又穿行于刀削斧斫山崖陡峭的太行大峡谷，自然会联想到数亿年前的什么造山运动，联想到这条贯穿晋豫两省的道路上曾经演义过无数次金戈铁马的旧事，还有许许多多被他们自以为的目标驱使而在此往来奔走的各式人物。旅行的魅力之一，就是能让你从转瞬即变的陌生画图中感悟世事沧桑。不过，这种沧桑感有腐蚀性，会让人与现实剥离。一般说来，那些一事无成的书呆子才拿这种泛酸的感慨装模作样，譬如我自己。

沿途所过，孟津县、会盟镇、虎牢关、伏羲台、旧荥阳……都是与故纸堆里的某某事件有关联的地名。眼前所见景观，肯定与那些记载相去甚远，河东河西，劫灰几度，地名其实早已成了落满尘埃的符号。然而，朦朦胧胧之中，又似乎总会在现实的早春大地上感觉到不复返的历史闹剧在重新上演。行进在烽火硝烟的古战场，泛酸的沧桑感开始起腐蚀作用了，我品味到一种淡淡的苍凉。幸好这种苍凉就如车外小景，一晃即逝。正午的炎热和条件反射的饥饿让我回到现实，而现实的魅力会让人从一切不实际的虚幻情感中清醒。

到开封恰是正午十二点。出高速路，眼前是花团锦簇的画面。我惊诧这座古老城市的新面孔。早熟的春阳里，开封显得气温偏高，单衫裙装者已经满街可见。走到所谓的御街，人声鼎沸，喧嚣得仿佛要开锅。中国人一下子这样热衷于旅游观光，也是奇迹。但想想自己也在其中充数，就不敢妄论曲直了。人性毕竟好奇，而且国人当初又被制约得那样呆头呆脑，有条件活泛放肆一下，哪怕是形式上，也应该算是进步。

为午餐，一行人沿御街几家餐馆打探询问，才在震天的叫卖声和拥挤的人群中落座。结果还是被后来进去的这家最热心的饭店老板狠宰一刀。古色古香的古都，在金钱问题上绝对与现实同步。这应该算是好事，历史的开封毕竟已经没入地下，眼前的开封完全新潮，同许许多多暴发户般的新城市一样，在浮躁的快节拍中呈现出一种略显病态的热闹繁荣。

导游讲，我们脚下踩着三个开封。但她没有说明，这十几米的黄河泥沙是从太行山那边我的黄土地故乡裹挟而来。黄土高原被冲刷得七沟八梁荒凉贫瘠，却在黄河缓缓延伸而去的两岸生成一大片肥沃平原。这或许也是一篇物质不灭能量守恒的文章。总之吧，大自然信手拈来，给了祖先一块风水宝地。于是，开国建都，无中生有，出现了一座城市。但大自然又搞恶作剧，轻轻一抹，人们数代汗水辛劳即被一层稀泥涂去。这让我想到稚童们用唾液浇灌蚂蚁窝的游戏，一群小生灵在突然间遭受灭顶之灾，它们慌乱、挣扎、死去。过不多久，后继者又在废墟上辛辛苦苦重建家园。于是，另一座开封出现。

几千年来，大自然就这样顽皮而冷漠地与人类开着玩笑。好在人类健忘，重来就重来，依旧忙乱如一团蚂蚁。而且，泥巴下面先辈的血汗，还可以成为骄傲的资本炒作的材料。行走在现在的开封街头：簇新的龙庭——宋朝皇宫、相国寺、开封府……导游讲得眉飞色舞，游客听得津津有味，似乎真回到地下第几层的时代。最亮的景点，当然是清明上河园。人类不简单，一下子造出立体的清明上河图。古装男女在"图"中走来走去，这叫品味大宋汴京生活。喜欢演戏也喜欢看戏的国人，有时也真让人觉得好玩。最忌讳死亡的同胞们或许忘了，这岂不是在过死人瘾？

来开封就为了返回地下的古董岁月，当然是暂时。别人是否达到目的不清楚。就自己而言，倒似乎更时时觉出这毕竟是现代。铁塔肯定是很久远的产物了，而铁塔下却有一台看相算命的电脑，老祖宗的江湖骗术都走上科技轨道，现代气息真是扑面而来。听导游吹嘘鼓楼夜市如何如何古风古韵，很动心地去了，却不过是与其他许多城镇无甚区别的小吃排档，电灯泡下尽是烟雾腾腾灌啤酒吃烧烤的场面。更有趣的是在大相国寺，瞅见一个什么佛法培训班。心想，古寺，而且是佛界，该可以稍许与现代拉开距离了。进去，迎面一堵墙壁贴有守则条例引我注意，读几行就觉可笑：不许迟到早退，不许无故旷课，旷课若干次处以罚款云云，似与时髦院校学生守则同一式样同样档次。佛界学子尚且现代到要迟到要旷课要用罚款制裁，遑论其他。

这年月，新建的复古景观实在数不过来，经得起认真推敲的有几个？换角度，倒也无须认真。游览其实就是游玩，嬉戏而已。真以为到什么古都就可以品古，那是天真。抱一个假作真时真亦假的心态，权当看戏说版的电视剧，或权当做一回影视城的群众演员。看了什么听了什么，噢一声点点头，完全不往心里去，这游览就很成功。如果真要考证，真要从一堆马马虎虎不伦不类的新新建筑物里去发思古之幽情，说明自己呆得可以，不怨别人。

　　古都开封之行，很开心地结束。这就好，起初还真怕被来时的沧桑感淹没。历史原本也可以这样轻松快乐地演义。有点明白，难怪开封被埋了一次又一次，我们仍然能兴高采烈地在开封街头晃来晃去。

开封府

山不在冠而在野

被朋友小石拉到冠山住了一段时日，几乎脱身不得。他恨不得让我立即落草为寇，伴他过一段山大王生涯。山中光景，倒也确让我动心。小石很狡猾，看准了我的弱点。我这人本就该是遁隐山野的懒散派分子，见如此原汁原味的山林古寺风光，能不屈服于他的算计？

山距山西省的平定县城极近，有很不错的柏油路直达售票处。山之所以名"冠"，据说是因其外形如冠。但我没搞清是像何年代的哪类冠，平民草帽？王公贵冠？存疑。在车上远眺冠山，很平常，与周围一座座丘坟状山包差别不远，只是略高而树多。后来小石告我，要到某角度看才能稍见冠山丰韵。他带我去了一次，从售票口向东，沿一山梁走去，拐到与冠山平行的另一小山上看。果然，古寺石阶、苍松密林、怪石悬崖，有了几分看头。

第一次上冠山是在早春时节，枯叶遍地一派萧条，气象就大打折扣，没给我留下太深刻美好的印象。此次刘郎二度重来，已是盛夏。遍山碧绿，草深林密，古寺怪石隐约其间，很有点让人流连的意味了。

小石的山寨总部驻扎于三十多年前的旧鸡场，坐西朝东。当地旅游局长不无炫耀地告我，这可是冠山的风水宝地。我的感觉，形势确实不错。一排小屋，四面茂林环抱，背后是名为卧虎岭的石山，满山披翠，气势峥嵘。前面有一大块开阔地，鸡场的圆形鸡房旧迹还依稀可见。当年平定县府在这里办鸡场，是巧合还是故意？有趣的是，或许虎气太盛之故，宝地偏偏不利于鸡辈生存。据说那鸡都长得一个个蔫头蔫脑发育不良，偶有几只鸡很努力地生几颗蛋，也小得可爱，足可创吉尼斯纪录。倒是山上一群黄鼠狼大快朵颐了一段时日，每夜都结队而来，横拖竖拽拉去几只享用。不出数月，鸡场关门散摊。幸有此情节，小石上山初创，正好旧物利用，把一排砖房重新粉刷装潢，再添置几张老板桌几条大沙发，也还蛮有点新气象。

冠山进山处有一资福寺，初建日期已不可考。从现存石碑看，起码金元时期已颇具规模。可惜我看到的不过是一座农家四合院般的玲珑小庙，几级石阶进山门，两厢排房，正面大殿，仅此而已，很紧凑。而且泥塑全是近作，平淡无奇。只有山门前一株大约五六百年树龄的古槐和院内一株应是同年代的古柏，给小庙添了几许幽幽的韵味和苍苍的古意。

说到该庙，小石与他的几位下属向我大讲一通庙内仅此一人的住持，法号一荣的和尚。他们的介绍很有戏剧性，说此僧假冒伪劣，不敲钟、不诵经、不传道度人、不出房门，甚至连吃东西都懒得往嘴里送，全靠周围山乡的信徒居士豢养度日。居士们携各类食物进奉，又给他做几顿饭，再洗出高高一摞碗。居士们撤走，此僧便先用剩饭，再泡方便食品，洗干净的碗挨个使用过去，堆聚一旁，留待下轮信徒们来时清理。

介绍让我好奇，脑内很难勾勒出这种怪怪的另类和尚模样，便决定亲去目睹一下他的状态。走进那套里外间的小屋，我的第一感觉是到了垃圾箱。发霉的蔬菜，乱扔的食品袋，破衣烂衫，破盆烂碗，还有满地乱窜的肥硕老鼠，景象果然骇人，看样子善男信女们已有些日子没光顾这佛国圣地了。踏入内室，看见一条长桌，桌上情景，很难用脏乱二字形容，总之，出乎想象，尽管事先已听了许多近乎漫画式的解说。

我自作主张在靠窗的一张油腻的简便椅上坐下，而桌那头，隔着说不出名堂的杂物，从更为油腻的小床上懒洋洋坐起我的采访对象。初步印象，面对我也面对着窗户的脸谱并不奇特，圆胖，稍显浮肿，很平和，有笑意，鬓角须发显白，双目大而有神，并不浑浑噩噩。

我们随即开始了近两小时的长谈，佛义、宗派、修行、开悟、仪式、手印、咒语、公案……我竭尽全力卖弄自己的佛学知识，引他发言，探他虚实。起码，他未必不通佛义。而且，他又拿出在安徽凤阳龙兴寺剃度时的大照让我过目，证实他正牌的佛家身份。还很大言灼灼地自我介绍是某市佛教协会的副会长。我先是暗笑佛家人也如此热衷于用大招牌唬人，又感叹不如此怎能与世人沟通？炫耀标榜不过是手段，只要目的不错。

正当我竭力想把这位副会长形象在我心中竖得高大起来时，却出了点颇为有趣的变化。怪我不识时务说出自己与小石的关系，可能那一瞬间潜意识是要拉大旗作虎皮（石毕竟是所谓冠山风景区现任总管）？却不料一荣大师立即沉了脸，僧人面目瞬间消失殆尽，一副黑道哥们的口吻，大讲小石如何要收进山居士的门票，而居士进山，是给他送食品的！这位自以为是佛祖在此地的替身，连连恶狠狠断言小石及其部属肯定得下地狱。我觉出几分滑稽和可笑。很想反问：斤斤于世俗的恩怨合乎佛义吗？以度人面目骗吃又骗别人劳力的做法下不下地狱？一己小私受损就心存报复恶念算不算孽障？

第二天下午我又去访他一次，意思是再与他心平气和交换一点为人或修德的观点。他已冷若冰霜，眼帘低垂，自顾自从布满尘埃的抽屉里抓出几块饼干大嚼起来。过一阵儿才对我说：现在最主要的是吃饱肚子，没兴趣谈别的。他的话或许没错，我只能起身，结束了与这位副会长大师的来往。

冠山据说又号文山。理由是山间有两座古代书院。资福寺旁的槐音书院只存残迹，那种槐叶森森低吟于风中，书声琅琅回旋于古屋的场景已是想象中的情节了。半山腰的崇古书院保存还算完整，内里有几块很不错的古碑。可惜，几位现代政要想在这里表现自己的修养，用公款在院门外砌了几件粗劣不堪的装饰建筑，大煞风景，令人扼腕。继续上行，最有价值的是夫子洞。几尊怪石围成的小院，正中巨石的洞里，有一尊明代石雕孔夫子像，国内罕见。此处是学子们的圣地，年年高考前夕，来叩拜许愿的学生娃络绎不绝。灵否？天晓得。我在山中期间，适逢全国大考。几乎每天晚上，夫子洞里都会腾起一片香烛红光，在山色幽暗中显出几许神秘。

凡所谓名山胜景，免不了与这样那样的名人显贵有关联，冠山也不例外。比如什么元朝中书左丞吕思城，明朝南京兵部尚书乔羽，明末清初的傅山先生等。但这类故事我一般不甚留意，印象轻浅。倒是山中自然景色，哪怕是荒坡野草，丛林小路，却让我格外在心。随意漫游几次，我的感觉，冠山最有趣处，是在很少人去的山巅密林。郁葱葱的野生灌木丛和几片小松林，因了人迹稀疏而保持良好生态。有一处，两厢树木密荫相连，自然形成数百米的绿荫长廊。盛夏之际，踏着柔软落叶徜徉其下，袭袭清风掠过，耳畔啁啾鸟鸣，真让人飘飘然不知所以。

山中多鸟雀，所谓林子大了，什么鸟也有。但冠山丛林中，最引我兴趣的是一种当地人俗称的麻燕雀。此鸟学名我没搞确凿，做饭师傅讲，似乎叫灰喜鹊。看它体形，倒极似喜鹊，但较喜鹊美丽，而啼鸣声也不同。此鸟可谓冠山鸟霸，占尽了林中优势，且容不得别类小鸟共处。小石讲，他几次目睹一群麻燕雀围追攻打小黄鹂的场面，蛮不讲理得令人愕然。

此鸟不仅欺侮弱小，竟然还敢与人类较量。几位职工提醒我，在林中散步时最好躲开有麻燕雀窝巢的树木，否则很可能招惹它们的群起攻击。他们初来时没太留意，都因此而体验过麻燕雀的抓啄。最甚者是守寺庙的一位老人，不小心摇动了有鸟巢的树，一群麻燕雀扑来乱啄，把老人直赶进自己的卧室还不罢休，几十只鸟落在老人住所檐上，叽叽喳喳，连叫骂带恫吓，把老人吓得一下午不敢出屋。听这些故事，让我好奇心动，也想尝试一下被攻击的乐趣。于是，到林中一株有麻燕雀巢的大树下坐定，拿一本书读起来。时间不长，枝头叽喳声频繁，抬头，十数只麻燕雀在树上跳跃飞舞。我不理，仍旧坚持。突然就有大团稀粪落下，其中几摊准准命中手中的书和我的衣裤，而周围还有鸟粪炸弹连连坠落。我不敢顽固了，只得抱头逃遁，落荒而去，身后还听见一片胜利的叽喳声。

山上伙食，最大特点是顿顿有野菜。苦不苦，想想长征两万五的岁月，野菜属忆苦思甜反修防修的饮食教育内容，现在却成了雅士款族或豪贵们显示风度气派的食谱。每有当地什么头面人物上山叨扰小石，必点名要吃山中地道野菜，我自然也跟着沾光。冠山沟壑中，多产扫帚苗与人参菜，我在山之时，正是这二味野菜生发阶段。饭前，小年轻们跳下某处小沟，不一阵儿就鲜嫩肥美的采摘一大捧。开水一泼，马上调味上桌，爽口之极。偶尔，小石还钻进幽林，摘几枚新努出的野蘑菇，稍稍烹炒一下，含在嘴内细嚼慢品，清香隽永，令人怡然。莼羹鲈脍，不过如此。东坡老儿语：人间有味是清欢。确是。

山中夜晚，清幽凉爽。常与小石在院中凭几而坐，心不在焉地听他侃发展规划，一面就仰头眺望满天晶亮小星，很觉畅意。但美中不足者，林边崖下，蚊虫飞蛾成群。院中央一盏大照明灯，几乎被各类飞虫围成一个闪动的光球。屋内是不敢开灯的，否则，一小会儿，窗玻璃上就密密麻麻布满向往光明的飞虫族，而后继者依然噼噼啪啪扑过去，仿佛一个小型飞虫展览橱，倒也是前所未见。第一晚，我稍不谨慎，寝室亮灯且出入数次，睡时室内已到处飞舞着从小如针头的细蚊到大如手掌的巨蝶，景象壮观，未被叮咬已肌肤发痒。赶忙点起数枚蚊香，连人带虫一并熏得昏昏然，才安然入梦。

山中最惬意的时光是半上午之前和半下午之后。清晨外出，朝阳泼洒，百鸟欢啼，林间草上，露水依稀。沿山路缓缓走去，心中满是悠闲飘逸之趣，毫无尘世杂念萦绕于怀。即是排泄腹中浊物，也要择一向阳而草鲜处，自自然然大大方方展示男人的丑陋，可谓快哉快哉！

半下午后，则是另一番光景。浓烈的骄阳已缓缓退到卧虎岭背后，小石的寨所被清凉掩隐。拿一副旅行吊床，步入近旁的洋槐林中，把吊床随意在两棵树间挂起。当然，要避开麻燕雀窝巢，省得上演人鸟大战的喜剧。爬上吊床，让自己晃悠起来，手握一册古诗，在上下左右的绿叶嫩草簇拥中，嗅着林内清幽的气息，平平仄仄地进入若干世纪前文人雅士的字里行间，心怀散淡，意趣邈远。

冠山脚下的山坳里，有一数户人家的小山庄。我没走去过，只在小石的指点下远眺了一番。绿树婆娑中，青瓦炊烟隐约更辨。后有几层梯田，前是一片果园。小石的规划中，要把整个山庄收购，修葺成农家田园别墅，也确是极好的引客游览项目。他使出对我最具伤害力的撒手锏，说要留一方小院，把我供于其中读书写字。我还真沉吟良久，想那种晨夕交融于青山绿禾的乡野生活，再稍稍改良，加点红袖添香的情节，五柳先生再世，又何能于此！

然而，想起十数年前与小石在另一山头共事的荒唐经历，我毕竟心有余悸。所谓历史教训不可忘，我对小石空手套白狼的投机方案并不认同。以朋友兼老大哥身份，我依然劝诫他，投机行险，可一而不可再二再三。把发展规划构筑于投机的基石上，一旦某个小环节出问题，肯定引来多米诺骨牌的大崩塌效应。我留了一策，劝他以冠山这一巨大有形的国有资产做底，搞一可行的融资方案，从半官半民的角度切入，集几十万启动资金，就可堂堂正正开始初期新建项目了。我说，到那时，我再来不迟。自然，我也清楚，到那时，小石基本走出困境，没必要再在田园别墅供我这尊济癫般又黑又瘦的丐僧。

我终穷还是下得山来，继续受用自家的人间烟火。

冠山崇古书院与牌坊

第一次领略南海岸的波涛

　　回头重述若干年前的第一次南海岸之旅，细节不必说，心情感受肯定是大打折扣也大为变味。好在有半本子当时的"流水账"日记，零零星星，随感随涂，多少存留下几许较确切的记忆。而且，无非一介草民的怀旧，毕竟不是考证历史，稍有出入也碍不到大是大非，所以还是写了下去。

　　时间是 1988 年 5 月的中下旬，水利电力部在广东省珠海市举办思想政治工作研讨班，理由是让内地思想政治工作人员去实际感受特区开放精神，让思想政治工作上台阶合潮流云云。说白了其实不过是水电部的什么部门与特区某酒店联手搞的创收工程。我们这批不甚开窍的内地土八路，当时还很慎重，按部里红头文件指令，派各单位的宣传部长和分管政工的领导前往"研讨"。我那时恰好顶着宣传部长的小乌纱帽，侥幸合格，于是参加了这次南海之行的公费旅游。

　　5 月 11 日，乘飞机前往广州。惭愧，这是我生平第一次正儿八经"上天"，很有几分钟新鲜感。尤其是飞机离地瞬间，感觉有股什么力把人平地拽起，心意悬悬的，好一阵才平复。看窗外，房屋田野已经缩小得可爱，但并没有想象中那么奇异得让我惊叹。享受现代科技的结果，似乎把人类许多美妙梦幻都变得平淡无奇。

　　那天，北半部中国晴朗少云。黄土高原一览无遗。大造大化的沟壑山川，被距离抹去了气势，静静地在我俯视中延伸铺展。黄河也清晰可辨，仿佛一条弯曲闪亮的细带，在黄绿相间的棋枰上轻轻扭动了几下，就迅速滑出视线，连感叹的机会都没给我。有一阵子，我还胡思乱想嫉妒许多想象力丰富的名人，他们怎么就能在同样情景中感慨万端生出许多奇文妙语？或许是我登机前把此次空中飞越设想得过于浪漫？

黄河以南，云层渐渐增多。起初还时有时无从云雾稀薄处瞥见浓绿的人间，后来就终于被云层阻隔了探索地面的视线。现在，是名副其实飘飞于天际了。眼前是云海苍茫云峰突兀的另一番情景。这景观初看还动人，几位摄影爱好者端着相机放肆地浪费了一阵审美情趣。但绵延下去，人们很快被这种单调的云图弄得生了厌倦。大家开始把注意力转移到空姐送来的简易小吃，并把这种热情一直维持到广州上空。

飞机在午后准时到达广州，但似乎没有马上降落，地面正演义大雷雨故事。又悠悠地让我们盘旋了几个来回，开始向下冲锋了。接近云层，钻入云层，刹那间机内昏暗，窗外是乌沉沉的云雾，似乎有点潜水的感觉。机身开始飘摇颤动，耳鼓膜一阵作痛，腾云驾雾的神仙滋味并不好受。幸而时间不长，地面出现了，市区街道楼房历历在目，心里有了重返人间的熨帖。

雨还在倾泻。我们在停稳的飞机肚子里又孵化了片刻，才钻出舱门，躲躲闪闪从细雨和水洼中蹦跳到出口处。湿热和兴奋让一群黄土地汉子汗流满面，我与几个同行者挤在运送行李的传输带旁两眼贼圆恭候一个多小时，却没看到自己的行囊，大家更加汗流浃背。正不知所措，听到广播里柔声细语的召唤：太原××航班行李，请到行李车上自行提取……赶忙奔到指定地点，黄土佬的提包之类果然都在，横七竖八扔在平拖车上，早已被大雨浇得一片水湿，包内东西更是天翻地覆。广州机场，不，是广州，立即给了我很恶劣的印象。

由于不熟悉地形，再加上取行李的折腾，第一晚我们就住在离机场不远处的广东航空中专学校小招待所。楼房陈旧，条件简陋，时不时就有飞机轰鸣着掠过头顶。而且那年月空调还属高档消费，无缘这类小招待所。七八条汉子挤在一间大屋，臭汗不断，仿佛什么战争片里蹲坑道的士兵。楼下不远处又是稻田，这给敞开窗户的屋子招进一群群兴奋不已的飞蚊，没多一阵儿，大家脸上身上都争先恐后生发出被叮咬之后的红包。

"雨声、蛙声、蚊声、飞机轰鸣声、同室黄土汉子雄壮的鼾声"……日记这样描述广州第一晚的诗情画意。还好那时我毕竟年轻，又有赴南国的新奇感做精神动力，所以也并无多大抱怨。其实，广州并不是此行终点，它不过是我们往返的过渡站，来回待了三天半。从日记看，这三天半我利用得相当充分，基本市内可去可看的地点，诸如南方大厦、广交会、东方宾馆、越秀公园、中山纪念堂、黄花岗、海珠广场、沿江大道、光孝寺、六榕寺、南越王墓地……都印上我疲惫的脚踪。甚至还乘渡轮在珠江上往返了几个来回，当然也稀里糊涂乱逛了许多寻常街道小巷。归纳的印象是：喧闹、紧张、躁动、闷热、多雨，潮湿。前三项涉及市况环境和人们心态，后三项属自然气候。

那时的北方大环境，或许还是坚冰未化，而珠江三角洲一隅的开放已经如火如荼。广州是南部沿海窗口，大革命时期，曾在这里演绎过许多惊天地泣鬼神的故事。一个甲子的岁月风雨，似乎并没有销尽它的锐气和活力。当我凭栏于立交桥上，漫步于珠江岸边，徘徊于人头攒动的小巷闹市，仍能深刻感觉到这座城市的躁动不宁。

我曾很长时间地观察立交桥下那些从周边乡村蜂拥而至的打工大军。他们疲惫不堪衣衫褴褛，在极端困厄的环境中坚守着暂时容自己睡卧的一席水泥地板和打入大都市追求另一番生活的信念。他们挤来拥去鹄立眺盼焦虑惶恐的形象，在我记忆中留下极深的印痕。我常不由自主把这群黝黑肮脏顽强坚韧的乡下男女想象成大革命时期汇入北伐大军投身广州起义的民众。谁能说这股民工潮不会为眼下的经济改革带来许多推动和变化？

较宽松的开放政策，在正儿八经的现代化企业中引发的变化，普通人起码在当时未必非常关注。而倒是某些街头巷尾的小场景，却往往给人们以很开眼界的感觉。民工潮之外，日记里更多提到的是地摊各类禁书和墙头治疗性病广告。对一个在极端禁锢的氛围中正统了十几年的政工干部，一下子看到地摊上那么多归属于"绝密内参"和"性开放"性质的地下图书，心灵受到的巨大震动可想而知。同行中几位很德高望重的领导人物（其中有分管我的一位副校长），简直是大开杀戒，在住所附近的黑书地摊上疯狂采购一番。诸如全版《金瓶梅》或《素女经》之类，我都是第一次目睹。而墙角电杆上到处张贴的性病治疗广告，那时也似乎还属南海一隅的专利。在广州喧嚣沸腾的街头，面对这类广告，会给人一种世纪末日和暧昧刺激的奇怪感觉。直到后来，当这类广告星火燎原般由南向北泛滥到整个中国的城市乡村后，我才多少从中悟出点另外的含义，延续数千年的封建道德文明和世俗价值观念，恐怕真的面对着一场翻天覆地的严峻挑战了。

即使在这块热气升腾杀声震耳的商业都市，也有宁静平和的另一面。我在光孝寺和六榕寺消磨了大半天光阴。这两个同属佛界的寺院，风格并不相同。六榕寺要稍显局促而世俗，光孝寺则更古朴而幽静。这种感觉或许与体能消耗有关。入光孝寺时，还是半上午精神饱满赏心悦目之时，而半下午再进六榕寺，我已累得横眉冷目尽剩脾气了。

在光孝寺那株据说是华夏引进最早的大菩提树下，我很悠然地微闭双目独坐良久。想禅宗六祖慧能在此树下剃发时的少儿无赖样，想他"菩提本无树"的顽皮偈言。清幽碧绿的寺院与周围尘嚣热闹的世界形成巨大反差，让人有点无所适从的感觉，甚至在眩晕的半瞌睡状态中对渺小如轻尘的自己，对这株古老的菩提树，对周围杂乱动荡的街市产生刹那间的怀疑，这一切都是真实的吗？这许许多多姑且算是的真实有什么意义？

游六榕寺，只是觉得应该把这个寺名从我的观光计划中一劳永逸地划去。略显怠惰地踱入寺门，只略略小走一下，没去登攀那座高耸入云的九级古塔。在一金身菩萨的近旁，有僧人使用的竹椅，我毫不客气拖过来置于自己腚下，靠着微凉的椅背观赏俯身参拜的众生相。我发现礼仪虔诚且慷慨捐银的人物，多是衣冠高档的款爷款婆或海外来客之类，他们才有闲情和闲钱到香烟袅袅中寻求寄托和庇护。而阿Q小D之流的乡下打工仔们，此时正焦虑万端翘立于立交桥下或某某工厂门前的招工告示前，决不会来这里与金饰佛祖过虚招。

当时广州去珠海有条一百五十多公里的公路。即使按内地速度，三小时到达完全可以。但那天我们在汽车上却颠簸摇晃了五个多小时。许多地段正在改建，残余公路也是坑坑洼洼。开放的起步阶段，新旧交替时期，艰难和无序都可以从这段行程中感觉到。5月13日下午两点多，我们疲惫不堪腰酸背痛地在珠海市拱北区下了车。住所的名字让我喜欢：云海酒家。这是一座新建不久的楼房，内部设施还算不错，而且步行十几分钟就可以走到海岸边，让我很是欣喜了几天。

这座在开放试验中由渔港小镇变化出来的南海新城，当时还在初建，到处是簇新的楼群和新拓的大街。但工厂企业极少，显得有点静悄悄。尤其云海酒店周围，较为空阔，入夜后，楼前池塘里蛙声一片，存留了几分天然情趣。

研讨会安排得很紧张，每日不是请某某人物讲课，就是分组"研讨"，蛮正规。除此之外，业余内容，只安排过一次乘船环澳门游。有没有人坚持不懈按规定走完全部过场的不好说，我反正是几乎没有全须全尾听完过一次演讲，也更少加入"研讨"行列。偶尔外界倾盆大雨，无法出逃，才在组内蔫头蔫脑亮亮相。大数时间，我都游荡在风云变幻的大海边。

以前读过许多描写大海的文章，也看过不少电影电视里的大海镜头。总的想象，我站到大海边，面前应该是碧波万顷、浩瀚无垠、海风拂面、海潮轻涌、蓝天白云、海天一色的画图。这画图虽然还有许多不准确的细节，但现在我不是已经真实地躺在大海身边了吗？那一晚我睡得极不安心，急切地要见到大海，要印证充实从黄土高原带到南海岸边的这心底的大海场景。

第二天一大早，我独自外出。遗憾，天色阴沉，乌云低垂，还飘飞着小雨，天公是这样跟我作对。但我丝毫没有迟疑，依然快步走向海岸。日记里这样描述："离海还有几百米，便觉咸涩的海风扑面而来，隐隐听到沉缓而厚重的涛声，仿佛在向我宣示着它宏阔博大的存在。心里泛起一点激动，我近乎小跑地跨过遮隔自己视线的小沙冈，我站在大海边了，看见真正的大海了。时间：5月14日清晨7时02分……"日记本上被雨水打湿的印痕依稀可辨，歪斜匆忙的笔迹还能让我回想起当时内心的冲动。

第一次真正看到的海景，与想象中的画图差距甚远。天空堆积着浓厚的云层，低低地逼近大海，雨阵时时掠过海面，浑浊的海浪在乌云下翻腾。风大浪急，涛声震耳，飞溅的浪花扑过礁石，直冲岩岸。给人一种略显沉郁又澎湃起伏的感觉。大海就这样走入我的记忆。

珠海八日，小本子上匆匆涂了许多关于看海的记录：

正午时分，天依然未晴。独立于礁石上。云雾苍茫，海浪涌动。触景而岂能无思？居然惹出几许往日记忆，如云如浪，翻卷而从心头掠过。（5月14日）

暮色缓缓而来，海水闪动着柔和诱人的波光。脱鞋，下海。清凉轻轻渗进肌肤渗入心底。远处有欢快的笑声，几个姑娘的剪影正追逐着浪花。轻松和自在的感觉包围了我融化着我。（5月14日）

晨光绚烂。向南，到水湾看海。一片浩瀚的蔚蓝铺陈于眼前，正是我寻找的大海图景。真想大喊一声：海啊！我欣喜于它的诱惑，沿曲曲的海岸，踏着细软的沙滩，走出很远很远。

有趣，空阔的沙滩上，一个美丽的女孩在挖沙洞。她玩得那样专注认真，晨光中，飘拂的长发闪闪发亮。她与大海有怎样的故事？

沙滩尽头，是礁石，是不高的崖岸。周围是一片醉心的静寂，身后是美丽的花草，只有海浪涌向礁石的轻轻喧哗。现在，偌大一片海域完全属于我了。（5月15日）

清晨，傻头傻脑去爬山，钻入一片茂密的丛林，几乎走不出来。但忽然发现，居然闯进海滨公园。在渔女塑像前，被飞溅的浪花吸引。浪潮涌动在曲曲的石块间，发出哗啦咚咣声，甚是有趣。但接下去的情节却不甚温柔，我正作一副远眺沉思状，石间的大浪突然扑面打来，把我浇了个周身透湿，嘴里品味到海水的咸涩。大海的玩笑让我狼狈不堪，赶忙落汤鸡样返程。（5月16日）

傍晚七时半，依然云白天蓝如画。坐于一块突兀而褐黄色的礁石上。正值涨潮，海浪如墙，气势逼人，从远天滚滚而来。湿润如油的晚风中坐了很久，辽阔空寂的海岸只我独自一人，欣赏着赞叹着那铺天盖地的涌动。（5月18日）

热极，太阳尽情地向大海倾泼着激情。耀眼的海面一览无遗展示着它的宽广。我从滚烫的沙滩撤退，躲进崖岸边葱绿的荫凉。远眺大海，虽听不到哗啦啦的涛声，却依然从闪烁的波光中感觉到它骚动着的活力。（5月19日）

晚九时半。浅浅的云絮中飘起一弯娇嫩的新月。海面波光起伏，远处渔火闪烁。如洗的天空星光粲然，引人遐思。还有澳门岛上繁密灯光，也在海水的映照下飘浮不定。海风拂面，清爽之极。真疑身在缥缈，不复人间。面对大海，长啸一声……（5月20日）

风大，雪浪排空。长长的海岸，又我独自一人。就要离去了，向你告别，水湾的海！你展示了浑浊和碧蓝、平静和狂怒、清浅和深湛、沉郁和清朗、嬉闹与庄穆……你给过我清晨正午和黄昏、风雨阳光和月夜、惊叹喜悦和沉思……我会永远记住你：这一泓曾经属于我的大海。（5月21日）

除了研讨班组织的乘船环澳门游，我自己还去了孙中山故居，逛过所谓的九洲城、拱北海关区、香洲凤凰老街，游览过几个美丽现代的度假村，观赏过九洲港很诗意的夜景。这座秀丽清静的海岸小城，给我留下很美好的记忆。5月21日中午，研讨班从珠海九洲港乘船出发，一个多小时后，转移到深圳蛇口登陆。

那时的深圳已如日中天声名赫然，在我们这些于闭锁中混日月的黄土佬心目中，它已被传闻炒作成很神秘奇特的城市。据说来这里跳海淘金之辈多如蝼蚁。就是公费到这里"取经"者也是天天成群结伙，我们便是其中一支土头土脑的小分队。

与珠海比，深圳显得格外火力旺、人气足，即使是气候也热出许多。街头的喧闹拥挤亦不亚于广州，连住所都不易寻找。我们本与市内某旅社有约定在先，放放心心前往，却不料半路插入某地一批出手大方的第三者，一下子就挤走十几套房间。那时的黄土汉子们还没有维权意识，干瞪眼干发急一阵，还是只能自谋出路。几经折腾，才在总后勤部的一个小招待所找到一处挤十几人的大房间，总算勉强落脚。其实，那简直不能称之为招待所，楼下就是一个什么加工厂的车间，机器轰鸣，彻夜不停。楼房又简陋单薄，入住者基本等于是躺在剧烈震颤的机器上，而且屋内甚是闷热，没有高超睡功，恐怕很难入眠。

住处危机把这个"研讨班"割裂得支离破碎。组班者正好宣布原定课程取消，学员们更乐得自由放任。于是，深圳六天，就全部用来逛街和购物。

许多有作为的大男子，往往视逛街购物为无聊小女子行径，这当然不无道理。但从心里讲，我并不像这些伟男子那样对此道深恶痛绝嗤之以鼻。旅游他乡，我常喜欢走街串巷进商店，这恐怕也是自己终究不成气候的原因之一。但我给自己找借口，觉得逛街购物是了解某地经济人文特点的一种捷径，也是接触认识现实生活的一种方式。所以，迷途不返照逛不误。

不过，深圳六日的逛街行动，印象很浅。如果没有日记上的流水账，我甚至都忘了在深圳做过什么。即使是面对"流水"，也觉得值得重述的内容寥寥。如果非要勉强，大概也只能挖掘出如下几小点：

一、数次到长龙般的集贸市场闲逛，从羞怯到大方学会了与摊贩的砍价。觉得这样买东西未必比面对内陆大国营商店的明码标价更心中踏实痛快利落，说明我还是顽固守旧派，有待进一步解冻软化。

二、观光了国贸中心之类的若干大商店，骇人的价格让我看到小温饱族与"先富"那一部分的巨大差距，也想到太行山坳里扶犁的老农，他们会相信十数年辛劳耕作不值一件皮衣的事实吗？

三、到所谓"香蜜湖""西丽湖"人造景观游览，很觉乏味，为这种乏味损失的钞票颇为不值。

四、第一次见到荔枝，想试试"日啖荔枝三百颗"的豪迈，结果是啖了不足三十颗，滋味也好像平常，第二天就拉稀如注，付出代价。以后对荔枝没了好感。

五、到国贸大厦最高层（第49层）的旋转餐厅享用生平第一次"早茶"，并学会用指头点桌面的所谓南国儒雅礼节。可惜那顿"早茶"吃得风卷残云迅猛异常，连滋味都来不及细品。而所学的点指礼，自那以后再没有使用过。

六、连续几晚，在市青少年宫见打工族们挤看业余歌手的拙劣表演（那时还不知道这叫卡拉OK），很感叹此地普通百姓业余文化生活的贫乏。

七、5月26号被拉到沙头角，27号上午进"中英街"。在中国土地上装模作样"过境"游。没劲，也没购物，提前独自撤出，回旅店边养神边记"流水"。

演完"中英街"采购这场戏，此次南海之旅实际就算虎头蛇尾结束了。什么东西，接近了，了解了，不过如此。没有真正神秘的事物，也没有永恒不变的热情。再浓厚的兴趣，经历半个多月南国炎热闹市的嘈杂和迁移颠簸的折腾，也早就变成疲惫。27号下午返广州，30号中午进广州白云机场。程式化地验票、安检、登机。飞机又在云层中飘荡，只不过把目标换作二十天前的出发地。这群黄土汉子又将回到旧日场景，续演中断了三星期的老角色。而太原机场上，依然又排满那么多即将腾起的飞机。

去"西天"入"地狱"

省电力局宣传工作会议全体人员。

目标：隰县"小西天"。

蒲县东岳庙。

洪洞广胜寺、大槐树、苏三监狱。

高高的黄土梁，窄窄的石阶。

尽头：一座小巧的庙宇，那就是"小西天"？

正殿楹联：

果有因因有果果有因种甚因结甚果，

心即佛佛即心即心即佛欲求佛先求心。

我对庙宇的结构不感兴趣，也没有被精美的雕像所吸引。

我注意着女讲解员。

准确讲，是注意到她 1968 年到此插队的北京知青身份。

几十年了，那一代人……

柏山，山在蒲县城西，满山多柏。

一座气势宏阔的庙：东岳庙，

——东岳大帝黄飞虎的行宫。

讲解的小姑娘说：

黄飞虎来这里巡视休息。飞来？飞机吗？

县太爷携家眷在庙内二层看台观赏歌舞，

"笑破肚"的木中之王——古楸树，

黄飞虎那两位规矩谨慎的秘书，

还有让人想入非非的"天桥",是否通天?
当然当然,最隆重的节目:游览地狱!

清秀而口才极好的小女孩带路,
鱼贯而入,十八级台阶,井然有序。
有玩笑声,宣传部长们兴致勃勃走下地狱。
果真赴地狱时也会这样?对恶人而言真是太好了。
先到东曹地府报到,再去西曹地府接受审判。
丰都城门,望乡台,迷魂汤……
嗯,呵呵。人们,鬼们。
十殿冥君,忙得不亦乐乎。
锯、劈、磨、炸、炮、烙、刺、挑……
牛头、马面、小鬼、判官、黑白无常。
面对自己同类,
人们有这样丰富而阴暗的想象。
而轮回呢,不过是弱者无奈且自欺的抵抗。

苏三当年离了洪洞县……
现代人却跑进洪洞县。
连监狱都沾光:苏三监狱!
当然不是苏三开的监狱。
苏三玉像娉婷袅娜立于监狱正门。
巨商达官显贵才子无赖都依偎苏三合影存照。
苏三很累吧?
时间居然会把沉重的悲剧导演成轻喜剧。

广胜寺的琉璃塔依然绚丽多彩,
心境却大变。
第一次独自前来已是几十年前的故事,
当初那个身无半文心向天下的少年早已不复存在。
他随众人出入,看别人留影,始终一脸淡漠。
心里却有野火般的感慨。

古塔依然，松柏依然，峰崖依然。
逝去的不复留存的：岁月！

大槐树遗址可是天翻地覆。
记忆中，这里一片荒凉萧瑟，
好像是 1975 年晚秋时节，
我在枯草丛中面对古槐。
眼前的大槐树公园却光辉灿烂。
人来人往，热闹非凡。
各地游人，海外同胞，
寻根的，祭祖的，
商家还可以卖你一张返乡纪念证。
柔柔的乡情能在这里得到维系吗？
其实，何必！
人类都无根，地球都无根。
倒不如上"西天"下"地狱"的实在。

隰县"小西天"与蒲县东岳庙

策划失败——集宁至让湖

大半年没出门，似乎又觉得该有行动。冲哪个方向？看地图，北部是我的空白。于是，效仿时尚旅游族，查资料、选路线，很费时日策划了内蒙古之行。意思是要动就大动，来一次当初背大行囊独闯大西北那样的北部草原持久战。

很慎重地搞一个出游计划，在我也算破天荒。这种开头，就已经不是我的风格了。所以计划出笼，却又延宕了很长时间，心绪和体能都有点不那么积极向上。或许也另有原因，居家几月的偷懒散淡，要恢复若干年前独步天下的旧态，已稍有不适。

后来的行程，果然轰烈开始，草草收尾。内蒙古之行成了一场很无谓的自我调侃之旅。

此次出游虽然趣味不多，得意处甚少，但也未必一丝也无。只要挣脱习惯场景，就或多或少会看到一点陌生面孔和异地风光；无聊单调的车上熬煎，也会引出几许重新审视自我评判生活的"一闪念"。记记这些，从无谓中挖掘星星点点意义，也算没白耗精力与时间。

对自己的批判是从整理行装开始的。不过是出游，而要背走的却是很沉重的两个大包。摄影包不能不背，毕竟是多年习惯。但其实也大可简化，未必非沉甸甸携三部相机。起码可省略一部，一单反一卡片足矣。但迟疑再三，最后还是全部上背。后来的情况是，小卡片略有用场，两部大单反基本成了背去又背回的"砖头"，毫无贡献。另一大包的情况较为复杂，换洗衣物，应急食品，洗漱用具，常备药物，日用小件……应有尽有面面俱到，小山般驮在我瘦弱的肩上，再浪漫的旅行也要减色，我毕竟不是去体验负重拉练。

这样沉重的负荷，我真怀疑自己能坚持几天。于是就想，少年时代的外出旅行，没这么隆重复杂。背个小破书包，内里一笔一本外加一小壶凉水，奢侈点再添两个馒头，即可兴兴头头上路。当年独闯华山不就是这样吗？似乎也蛮有味蛮成功。

后来呢，自己自然是日趋老成，出门一趟，谋虑周详，好像我会遇到多少艰难险阻。未启程就来一番精神自扰，准备得天衣无缝，这种心境，恐怕未必健康，似乎更像锐气消磨失却自信的表现。

人生的大智不在敛积背负，而在舍弃。只有从舍弃下功夫，把无可无不可的、能替代的、较少用到的、纯粹装饰门面的统统舍去，也许才可能活得轻松自在悠悠然走得更远。

而物累很容易让旅途变味。

终归是上路了，8 月 26 日（2002 年），乘车向内蒙古进发。恰值大专院校学生返校高峰，有我的判断失误，也因了网上信息的误导，第一站定为集宁。我的想法是避开大城市和热线，从集宁这一小城镇向东穿越偏远的内蒙古边缘地带。网上数据显示，集宁至内蒙古最东端通辽，有几趟车次供我选择。很窃窃暗喜了一阵，以为自己毕竟是经验丰富的旅游高手，加上现代科技提供的信息，还会出错？

起初九个小时的汽车行程，时间虽然漫长得超出了预计两倍，但总体还算令人愉悦。尤其是车出原平，并未走熟悉的大运路段，而从东面雁门关山路盘旋前行。车内观赏这一带绵延峻岭，这是第三次，依然新鲜感人。同时还回忆起前两次到这一带拍雁门关拍广武城的旧事，颇生几许感触。几千年风雨沧桑兵燹狼烟，转瞬即逝。自己当初来拍摄古城古关的小事又算得了什么？看雁门关处，已新建旅游标识，那座矗立于萧条和冷寂中的废圮古关，重新为世人记起，幸乎不幸乎？

雁门关至广武城之间的山坡，一段古长城起伏回环，尽管没有了砖砌墙面，但城堞和箭楼依然清晰可辨。苍苍峰峦之巅，蜿蜒而去的一道黄褐色土墙颇显遒劲古朴，令人神往。

几年前在大同市新荣区拍古长城时，曾随着草坡上曲曲的土墙走出很远，直走到连接晋蒙两省的公路近旁。此次入蒙恰就走这条路线，自然还想在车中看看我走过的场景。但也许角度不对，没有眺望到穿越农田和野草的那段残断破损的长城。在我左顾右盼之际，汽车已把这一带著名的边塞五堡甩到身后，驶入内蒙古。

长城内外，就山西北部地域而论，没有明显区别。尤其大同至集宁，全是起伏不大的草坡土地，几乎平缓得接近平原。难怪当初"外夷"铁骑，每每从此处汹涌而进，倾泼般冲向中原。也难怪大同会成为历代汉族王朝抵御边寇的重镇，得了"天下兵马甲云中"之称谓。

现在，我就逆历史潮流而动，迎当年冲向中原的金戈铁马，驶向集宁。本以为一入内蒙古就会看到草原，但车行很久，公路两边依然只是普通农田，不见"风吹草低"迹象。即使后来已接近目的地，渐渐看到几片野草萋萋的土坪，但也与"草原"二字绝对无法关联，不能不让我生出一点遗憾。

到集宁火车站，我才发现网上列车信息的不靠谱。哪有起始集宁发往通辽的车次？仅有两趟可达通辽的过路车，别说想象中的卧铺，连硬座号都没有。而且，又因这条偏远线路车次太少，据说车内拥挤状况骇人，我的如意设计全盘出错。

但也只能走了，总得离开吧。在车站小招待所休息恭候六七个小时，近午夜时分上车，开始了长达二十二个小时的煎熬。好在没有出现最坏的"站桩"考验，一进车厢就发现座位。把行李和自己全部安顿妥帖后，才在心里暗暗叹气，被极不负责的现代网络开了这样一个玩笑。

其实，景况并不恶劣。不过是这两年养尊处优把自己宠坏了。回想一下，几年前去四川，游九寨黄龙之后又马上游乐山峨眉，尽管累得弓腰曲背，接着连夜坐了个硬板两夜一昼返程，似乎也很平常就挺了过来。诸如此类，从临汾乘夜车在车厢厕所门前蹲到黎明，从京城返回通宵硬座……也没觉得受苦受累，甚至有闲情观赏夜半时分车内酣睡众生相，还作过一篇观察描写。那不也是本人经历？一想也就心平气和，果然找回几许娴雅之情，开始举目扫描前后左右东歪西斜昏昏然的瞌睡造型，且慢慢想起那年从京城返并（即太原，古称并州）时在黯淡车灯下写的描述小文。

列车的最开始行程，反我上午来时的方向，铿锵铿锵撤回大同，费时若干，耗银若干，换来的教训是：可别轻信不太完善的网上信息，现代科技开起玩笑也很顽劣。从大同向东：张家口、沙城、官厅、丰台、北京南……这一大圈绕的，直在肚里暗笑自己的自作聪明。

对面坐着一个大兴安岭林场工人，他的旅程比我遥远，要到牙克石，时间几乎是我两倍。与他一比，我也就索性打消补卧铺的念头。这个精壮的山里人，是去呼和浩特送女儿上学的。任务完成，独自返程。自备酒肉，时不时启瓶小酐，脸红舌蹇，自得其乐，话语滔滔，完全不把四十多个小时的"硬座"当回事。我问起山里生活林场状况之类，俩人絮絮叨叨，颇解旅途寂寥。当然也很有一些启迪。听他感慨：当年老一辈是闯关东闯林子，纷纷到大林甸子讨生活。而现在却恰恰相反，林子一禁伐，野兽也禁猎，林场工人的生活大受影响，年青一代已纷纷向外流动。可谓河东河西的现实剧情。即使祖辈于林中的鄂伦春人，生活习惯也受不小冲击，起码狩猎一业已不可为。大猎那会违法，小捕小射也得偷偷摸摸，不是英雄行径了。

所乘这趟274次快车，有一雅名：草原列车。很让人浮想联翩的名字。只是名不副实，起码终我行程，都未曾瞥到一片真正意义的草原，倒是崇山峻岭看了不少。实际上，从大同开始，直到隆化，"草原列车"就一直在燕山丛岭中绕行。尤其是过了京城向东北方向行驶，古北口长城前后至围场那一段，列车几乎一直暗无天日地穿行于没完没了的山洞。闪闪烁烁之际，看到了碧波万顷的官厅水库和密云水库，途经了所谓青龙峡之类京城近郊新辟的若干旅游景区。岭色青翠，山涧清澈，小村绿禾，一片山野之趣。这样悠悠然乘车在悬崖幽谷中实地考察观览，也算长途硬板的补偿。

出河北境，终于挣脱大山和隧洞的困扰，眼前开阔敞亮了许多。但景观似乎无太多特色，也就是黄土高坡见惯的田园景象。诧异的是，此地较之山西，纬度高了几分，却并不显秋杀气象，玉米水稻葵花之类，依旧生机勃勃如在盛夏，一幢幢簇新的红墙红瓦农舍错落其间，也还有几分耐看。

车过赤峰，渐渐接近黄昏。地势已非常平缓。只要把密丛丛的庄稼当作牧草，当年的辽阔草原就呈现于眼前了。无际的"草原"尽头，红得令人心悸的夕阳已紧压住地平线。观赏着这次"草原"落日，一路煎熬劳累荡然消失。何须太多？真正的美好，只要偶遇一两次已是人生大幸。无谓的旅程中毕竟让我把握了几分价值。晚九点半，我走出通辽车站。

28号清晨，乘6003次列车继续北上，又是十一个小时的旅程，但很优哉游哉。这是趟名副其实的慢车，慢出我的常识。它不仅是每个小站都停，而且每次停下来都漫长得让人以为从此不会再向前挪动。起码前半行程，车停顿的时间远过于行驶的时间。邻座有个列车检修工人模样的老头告我，这是单行线，来往车辆多，只能让这趟似乎不很重要的载人慢车站站给别人让路，这种状态要持续到中途的太平川才会改变。后来的情形果然如他所说。

车虽慢，好在乘客稀少，实际人人都是"卧铺"。我也很舒服地享用这种待遇，迷糊了几小觉，恢复一下前两日的疲劳。

出通辽向北行驶一个多小时，景象已渐有变化。看见了大片大片的"草原"。但草少，大多是低矮不过寸的植被和裸露的灰蒙蒙的盐碱地，草原退化得令人心痛。"草原"上渐渐有了水塘（当地人称之为"泡"），稀疏草薄的草坪上，偶见几匹孤零零的老马，却看不见想象中大堆大堆的牛羊。若干年前，这一带应该就有"风吹草低"的景象。但再现那种场面，还有可能吗？要经过怎样的努力？

过了太平川，车停顿时间变短，像趟正常的慢车了。车窗外的风景也有变化。"泡"多了，不时还有略显浩渺的草原湖泊。草也渐有密集成丛之态，葱绿一片。羊群较多地出现于视野，可惜都脏兮兮的，哪有"白云"般诗意？有几次，远远地瞥见几群洁白的"羊群"，但随即发现，我概念大错，那是从水"泡"里泡出来的一群曲项向天歌的鹅。谁会想到草原上游走的竟是白鹅？不能怪我。这也是对我固有概念的一次小小冲击，浅草丛中鹅鹅鹅，有趣的草原啊。

愈接近目的地，愈有了湿地和油田的气息。田野显得富有变幻和色彩了。大面积的芦苇在风中摇曳，一个个小水塘里漂浮着鹅群，还有这里那里一片片葱绿的玉米和褐红的高粱。抽油机出现了，在草滩和水塘边，彩绘一新的抽油机正朝大地不停地三叩九拜，让人感觉着人类的某种虔诚，也让人联想到人类的某些小手段。三五成群的抽油机旁，游荡着悠闲的羊群。这种亦油田亦牧场的画面，应算此地特色。赏阅之外，又多少会给人一点疑惑。我们终于把原始和混沌消灭，我们为了强盛而不停地向地下能源进攻。这是业绩吗？

我想到那个伐木工人，他和他的父辈曾在大兴安岭深处砍倒一棵棵钻天巨松，他们的劳动是功还是过？抽油机的三叩九拜也不能不让我心生感慨。大地会永远宽容和慈爱地对待我们的贪婪索取吗？

　　其实，感受最深的，还不是这里的风光，而是沿途那些颇有性格的地名：革志、立志、壮志、兴无、独立、创业、向阳、太阳升……一个个蕴含着历史信息的字符扑面而来。那个特殊的年代，芦荡丛中，荒草滩上，曾有一批建设者，在这里抛洒汗水播种希望。人去了，时代变迁了，却又用这一串风格独特的地名，把他们的一部分生命永远凝结于此。然而，他们的付出，意义何在？

　　我是怀着些许怅然和更无谓的疲劳走出让湖站的，时间：下午五时半。旅程到此，可以算是小小画出了句号。

自然之绵山不复存矣

一游绵山，过程小不顺。很久远的事了，绵山开发之前，那里还一片僻静冷清，没有进山的正式公路，少有游人。

本来目标是名胜辞典上介休城内的"后土祠"，去了一看，大工地，一片尘土飞扬，脚手架把建筑围得严严实实。工人们干得很起劲，立在旁边都碍人家事，哪可能观赏。一遇不顺。

返程的火车晚上才来，发省城的班车刚走。二不顺。

我向来的观点，出游不要太顺。缺少情节，没有悬念，直奔目标，一碗白开水。

不确定性其实是一种设计，引我或者逼我走进某个我也不清楚的过场。街头徘徊一会，忽然抬头望见城东的绵山，想想，这么近了，与其等车耗时间，还不如去爬山玩。那或许正是"不顺"给我的目标？

赶忙返回火车站前的租车市场。路程不很远，据说绕来绕去有二十多公里。我心理价位在五十元以下。然而，问了几个司机，车价都离谱，没一百五十元不考虑。他们有理由，乡间土路，往返路程，总之是看不上我这趟活儿。又遇不顺。

不想费口舌了，二十多公里，徒步过去总可以吧。这点路程，对那时的我不算高难度。

走出两三百米，刚绕过一个路口，运气来了。身后追来一辆农用拖拉机。司机喊住我说，他家就在绵山脚下，正好驾自己的拖拉机回村，多少给点钱就可以把我捎过去，如果再加点钱还可以在他家过夜。

小不顺后面的欣喜。交通吃住一并解决，这实在是我想要的最理想结果。赶忙爬进后拖箱，被拖拉机突突着，颠颠奔向绵山。

司机家在绵山脚下兴地村，三间亮堂堂土窑洞，院子宽敞整洁。

拖拉机一直开进树枝捆扎而成的大门。司机指点，从门前小路向东，没岔路一直走，几十米出村，再几百米就到山前。落脚于此，从攀爬绵山的角度而言，好得出我意料。

进村已是半下午时分，不宜突击登山，只去村外小走。

一条大河从绵山奔涌而出，顺山势流过村南，再向西汇入汾河。水流清澈清凉，岸边草木葱茏。时值盛夏，坐于树荫，涤足长流，看山看云，倒也畅快若仙。去不去绵山，先有这一番观玩享受，已觉幸甚。

村内有一古庙——回銮寺，据说因唐太宗欲登山礼佛未成，至此回銮而得名。当时并未引起我太大注意，外面绕了一圈，不过破破烂烂几间古建筑。谁料想几年后它竟成了旅游景点？

所在农家极热情，专腾出一间窑洞，晚餐又有实惠的大碗河落面招待。夜里有雨，寂静山乡，飘荡着轻柔的滴答之声，很催人甜梦。

然而，这一晚却没法入眠。不是激动，窑洞我住得多了，不稀奇。而是遭遇了幼时在乡间的熟物：跳蚤。这小东西的可怕，只有与它们打过交道的人才知道。叮一口奇痒无比，哪容你细雨声中酣睡？心里发笑，本以为顺利了，却又惹出这么一道小考验。双手左挠右挠，奋战到天微亮赶忙爬起，出逃吧。

绵山抱腹寺

如丝细雨中迎风上山。山路险峻，有几处还须壁虎般手足并用紧贴石壁，才可以稳固自己的身躯。加之雨湿的石面光滑异常，更增添几分惊险。好在没有失足，心意悬悬气喘腿软，居然就登上山前"龙头"。再以后，虽不是康庄大道，却也平坦易行了。

　　从龙头向东行进，一道左是入云崖壁右有深谷溪涧的小路。看乳泉，过栈道，跨鹿桥。沿途水声叮咚，鸟啼蝉鸣，古柏葱茏，幽静天然，惹人快意。赏心悦目之际，已不觉来到隐于山崖深洞的抱腹寺。

　　那时的绵山，藏在深闺人未识，抱腹寺也破败不堪，只有一个非僧似乎也非道的老头盘踞其中，向人索要香火钱。我出资两元，即皆大欢喜，凭任你随处乱走。

　　谁会想到若干年后，此地门票会涨到六十元八十元一百二十元，而且一路金碧辉煌星级宾馆云立呢？自然之绵山不复存矣。

晋西北之行——从庞泉沟到汾河源

晋西北之行，主要目标是庞泉沟。

乘坐的进山车很破，破得让人心生疑惑它能否启动出行。开车师傅看上去像个农民，或者其实就是那一带农民出身的司机，途中常见他与道边村民打招呼或互相调侃。

"农民"开破车，在沙石铺就的进山路上却自如放肆风驰电掣。一路都把乘客的心吊到高处晃悠，时不时就能听到车内某胆怯人士的惊呼。

我这人大致可以做到随遇而安，而且很快被沿途风光吸引，看溪流看村庄看突兀挺拔的山崖，没觉出太出格的惊险。悠悠然间，车已停在一个叫"长立"的小村，目的地到了。居然平安到达，且快捷顺溜。下车回头，望一眼漆皮剥落的车身，心里嘀咕一句，真也可谓意料之外。

庞泉沟风景不是很美，却非常自然。我一去就被这"自然"吸引，滞留了四天，都不想离去。

住处不远，是一条透亮晶莹的山溪，水流湍急，喧哗有韵。水中许多大大小小光洁圆润的石块。溪两岸，稠密地生长着嫩绿茂盛的野草和星星般灿烂的各式小花，是我非常喜欢的山野画图。

第一天晚上，朦胧中枕下有隐隐的喧哗之声，起初疑为屋外下雨，披衣外出才发现满天星斗。再仔细辨别，才明白是山溪流淌的声响。山村之夜独自一人，眺望满天星光，遥听溪水轻喧，在低矮的篱笆墙边待了好一阵，心境悠远而喜悦，确是难得的体验。

清晨外出，到溪畔洗漱，浸透肌肤浸入肺腑的清凉，忍不住就会让人大叫几声痛快。多少烦恼多少欲念都会在刹那间被洗刷得一干二净。

庞泉沟一带山溪纵横，水声轻喧。幽林怪石，野趣天真。而且村民宽厚热情，不失古朴之风。所谓正儿八经的庞泉沟，距长立村有四五华里之遥。沟内有庞泉飞瀑、古树宝塔等景观。但真正吸引我的还是这类主要"景观"之外质朴率性的林木草丛。

松林最稠密的是八道沟，第一次去我只深入一半就退下阵来。完全穿越这片密林是在若干年后，那种灌木丛深密林幽暗的跋涉，很有几分探险意味。

庞泉数日小游，最让人难忘的经历，当属乘车登长立村北的关帝山。关帝山是这一带群峰的最高点，山上有个小小的空军雷达站，据说在那里看日出视觉效果颇佳。我没去登攀观赏，原因简单，太辛苦。一般要在凌晨两三点动身，由当地老乡带领着抄小路，汗津津爬几个小时才能到达山顶。而且要看运气，老天出不出太阳两说。

但山顶还是想上，这个小愿望，在住处主人的打点下得以实现。他认识山上士兵，帮我拦了一辆给雷达站送给养的军车。虽然省去攀爬，却也风险十分。那车开得很有军队特征，又猛又快。而所谓上山公路，实在崎岖不平。路面如搓板，急拐弯又多。大卡车就如汹涌波涛上一叶小舟，时不时就把人颠起数尺，震得人头晕目眩手脚发软。双手拼命抓牢车框，还是几次几乎被甩出车外，真让人心惊肉跳。

接近山巅时，车速稍微减缓，可以略略从惊骇紧张中分心看看山景了。远眺，山峦起伏群峰重叠，万顷林海郁郁苍苍，尤其远山云雾，翻卷飘逸，气象万千，实在值得一看，对得起路途这一阵过于剧烈的颠簸。

下午五时许到雷达站。站外周围，平缓的山坡铺满柔嫩的绿草和大堆大堆粉红色的野花，景色很美。虽然时值盛夏，山顶气温却低，牧羊人都穿着厚厚的棉大衣。

风声呼啸中，在高山小草坪绕一圈，所穿薄衫实在抵御不住寒冷，瑟瑟发抖着赶快缩进雷达站值班室，依偎着火焰通红的大铁炉与战士聊天。听他们讲述高山上做饭的艰难和大雪封山或雨季路坏后与高寒、缺水、疾病的抗争，感慨颇多。几年之后我再去庞泉沟，听说山上雷达站已经撤离，不禁为战士们庆幸。

太阳西落，群山静穆，寒气袭人。车于八时下山。因天晚，车开得较为谨慎，却把人冻得鼻青脸肿清涕长流。当看到长立村的灯光，心中还泛起许多温暖。热情的房东果然煮好滚烫的面条，狼吞虎咽灌下肚，才从战栗中挣脱出来。

结束庞泉沟之行后，坐一辆拉煤卡车西行至方山县。这条路线正好要翻越吕梁山，途经笔架山、文源晚翠等所谓景点。公路狭窄，路两边林木茂密，汽车几乎是在丛林中穿行，时不时就有树杈枝条从脑际掠过，惊险而好玩。

从方山北上，目的地是静乐县，缘由是一个小小梦想。那段岁月我正做着荒唐的郎中梦，计划到一个偏远县城的中医院混几年，不知为什么就选准了静乐。恐怕很大程度是因为它的名字：清静且快乐着，多诗意。于是，决定去看看这个诗意的心中桃源。

可惜反差太大，小县城嘈杂肮脏，与名字截然不同。走了几处旅社，都被内里的臭气和阴暗逼出来。好不容易才在中心地段的一个"宾馆"入住，一进房间就被大群大群的苍蝇包围亲热。而且这一晚"宾馆"又极不安宁，隔壁似乎正有一群人在聚赌，洗牌声叫骂声不绝于耳，哪能悠然入睡。我那一厢情愿的静乐梦就在这喧嚣之夜幻灭。

名胜辞典上，静乐的天柱山赫然在列，似乎还算晋西北一座名山。我去看了，不过几十米高的山包和几处小建筑，没有太大特色。只是到了山顶，立于苍苔斑驳的巨石上，看山脚下汾河与碾河交汇处的葱绿田园，才略略感觉到一点风情。

（图 17 庞泉沟小溪）

从静乐继续北上，几个小时就到达宁武县的东寨。

东寨小镇的旅游目标不少，支锅石、万年冰洞、小悬空寺、悬空村、汾河源头。汾源最近，在镇西南一公里处。刚从山里源头流出的汾水，纤尘不染清澈见底，真可以洗净人心。时值盛夏，把双脚探入水中，很逍遥地想心事，确也快乐。

从小在省城接近汾河，概念中大体都含着泥沙，略显浑浊。尤其雨后，实在就是黄河的缩小版，哪会想到其出处这般纤尘不染。倒像极了我们的为人。

这种清澈见底的印象，深深留存记忆，后来引我几次前去探访。可以说我是见证了东寨变化发展的，它从我初去时人迹罕至的偏远小村状态慢慢演变成旅游集散地，热闹而世俗，已完全远离了幽静悠闲。

好还是不好？没法评说。世事变迁，不得不如此。值得庆幸的，我毕竟在这一带还算原生态时去游走过了。以后人们看到的是他们的晋西北。

下河东

二十世纪九十年代的一个初秋时节，省局组织政工宣传干部到山西省最南部黄河边的大禹渡开会，名义很堂皇，研讨职工理论教育问题，实际是公费小旅游外加小疗养。沿途几处古建与大河边几个日夜给我的旅游日记留下许多内容。

一

坐火车离并，硬座。那年月卧铺票很紧张，似乎比现在还稀缺。找人又找人，没准才搞得到。十几小时之内，我通常懒得托人折腾，自己打张坐票是常事。虽然一夜挺着腰板煎熬也是小考验，好在只要一踏上旅途，我就有了吃苦耐劳的优良品质。

这品质是逃离心理逼出来的。待在办公室很舒服，却心中总觉不畅快，即使白日梦也渴望着逃离出走。挣脱办公生涯的重复和单调，换个不一样的场景，哪怕暂时几天，也会让我觉得享受。何况公费，何况名正言顺还算工作，路途这点肌体修炼，何足道哉。腰酸背痛也偷着乐。

一夜车中半迷糊，清晨列车到了晋南地区的河东小平原。看沿途已显浅红的柿树叶，又惹我一阵回忆。再往前推十五六年，我还是二十几岁的青年。同是这样季节，与几个很自以为是的"革命"朋友，曾在中条山下搞过许多恶作剧。办油印小报，评天下时事，外出攀华山游西安闯三门峡，搅出许多风风雨雨的情节。想这些青春往事难免感慨，那时的狂热和无知虽然可笑，却也让人品味出向上的活力和激情。现在的自己肯定成熟多了，生活状态也颇合规范，然而为什么时时总会觉出一种颇感窒息的消沉和郁闷？

明亮的阳光中走出运城车站，被接站的车拉到地区电业局招待所。其实这样的会议毫无内容，不过是上级部门年初工作计划和年末工作总结中的一项，名正言顺堂而皇之地放松休闲，办完签到手续就没事了。我想起了老友 DF，反正闲着也是闲着，正好去看看他。

尽管已是初秋，晋南街头的半上午气温却高。我一路步行，身上开始冒汗。总算在靠公路的一间不甚齐整的建筑物门前，看到"达达电脑公司"的赫然招牌。DF 恰在，自然热情迎接。但他正举办一个什么计算机讲座，忙忙乱乱，心神不定。此地环境嘈杂，门前车水马龙。"达达"的事情似乎也颇有周折，DF 又毕竟是这一摊子的核心，哪有闲情与我评弹风月。

二

第二天的任务是出运城向南挺进，顺道（实际是主要）游览沿途名胜。有人招待，负责食宿，安排汽车，仿佛旅行团队。想想独自外出时的艰难困苦，这还不够幸福？尽管是被牵着鼻子走，但这一路几个景点都是我早有计划的目标，所以感觉还算良好。

飞扬的尘土中，南行约一个半小时，到达解州关帝庙。一西一东，此地与山东曲阜的孔庙是等量级的武圣之庙。建筑群高大宏伟，正殿的蟠龙石柱更是精巧壮观。只是那些塑像非常低劣，显不出这位升级成圣人的关老爷神韵。

离开关帝庙，行程折向西南，沿五老峰北麓向永济进发。公路穿行于柿林和村庄，就又联想起自己十几年前在这里骑辆破自行车野游的往事。巧得很，目的地都是西厢镇的莺莺塔。忆起当时偷摘老乡柿子充饥的恶劣情节，暗自好笑。谁能料到，十几年后还要装一副官样面孔旧地重游。

近午时分到普救寺。当初这里一片荒凉，只有半坡上几眼残旧的窑洞和土台上破损不全的"莺莺塔"。而眼前却依坡造成一大群气象宏伟的建筑。一层层亭台殿堂、石阶楼门、花榭庭院……名曰古"寺"，实则一个簇新的游乐园。导游小姐自然要引人们兴趣，大讲我们正如何步美男张生之后尘直趋娇小姐莺莺。这倒不假，张生抑或莺莺早去另一世界，这帮旅游者迟迟早早何尝不也如是？

消一百〇八难的一百〇八级台阶攀上去了，张生翻墙头幽会莺莺的梨花深院也留过影了，莺莺塔下神奇的击石蛙鸣效应也领略了。汽车重上征程，驰上颠簸的乡间小路。已是很炎热的正午，人们大都有点饥渴交加的感受，对第三站黄河"镇河铁牛"丧失了热情。

晃荡半个多小时，车总算停住。下车，眼前是一方浑浊的泥塘。我们来得不巧，铁牛还在泥水下受苦受难。据说要用大马力排水泵把水抽去，才能一睹铁牛风采。我们哪有那份耐性，而且不过是几个铁铸的老牛，绝没有莺莺小姐的吸引力，于是迅速撤退。又大概十几年后吧，我二度重来，才看到了那几头因没有受到有效保护而锈迹斑驳的珍稀铁牛。

车出古蒲州，顺中条山末端北麓向西南驰去，不一会儿瞥见亮闪闪的黄河之水。大河环山西省界，由北而南又从西而东，在地图上画出个近乎直角的转折。汽车绕过中条山尽头，紧贴河岸，被这大转折推了个标准的九十度，掉头沿中条山南麓向东行进。

沿河都是典型的黄土坡，旱情严重得令人不敢相信，一片片光秃的干黄土梁，几乎难见绿色。黄河之水就在眼皮子下却不能引上来浇灌，这不免令人感慨。

下午三点多到达芮城电业局。面对迟来的午餐，一群游山玩水的"公仆"自然狼吞虎咽表现积极。肚皮滚圆起来，又去欣赏了永乐宫的壁画。在幽深阴凉的大殿内，小导游很认真地背诵着解说词，此处如何精彩彼处如何有趣，听得一帮免费游览的"公仆"都不耐烦。我又何尝好到哪里？坦言之，自己也不甚喜欢欣赏寺庙古画之类的高雅"古典艺术"。看虽然也看看，内心却不来电。费气力品味琢磨一墙壁的旧图画，实在没有置身于自然山水中让人来劲头。

永乐宫是此行"顺道"观赏的最后景点，以后的行程才算走上正轨。汽车向东再向南几十分钟，穿过一片果园棉田和几处小村落，再顺坡而下，朝一片浓密的绿荫冲去，那就是这一车"开会"者的目的地：大禹渡电灌站。

三

在大禹渡住了四天，住所"大禹别墅"设施很现代高档，尤其宽大明亮的落地窗使这几排外观颇具黄土窑洞风格的房间增色不少。打开窗帘躺在床上，距离不过十几米的黄河水就一览无遗。只是这名字有点好玩，好像大禹很时髦奢侈，连数千年后一帮人民公仆也跟着沾光。

入住第一天，胃口有点不适，更主要是怕了那种所谓接风洗尘的豪饮场面，所以没去与同事们共进晚餐。我独自面对落地窗外的大河，在隐约可闻的河水流淌声中，写了几行日记：正是夕阳西下的美丽时光，宽阔的河水在十数米外沉稳平和而又气势雄浑地缓缓流过。不远处的大禹渡口，驳船载着行人和汽车渡来渡往。隔岸望去，是无边无际浓重的葱绿。西面大河弯曲处，水波荡漾，中间隐约一片绿洲，正有飞鸟在落霞的映照下披着闪烁的光彩从草丛飞出，实在就是"秋水共长天一色，落霞与孤鹜齐飞"的景象。

大禹渡的夜晚非常安静，只有河谷里轻柔的风声和很有韵律的流水声。这样近地躺在黄河身边，难免让我在夜半醒来遥想一下大河两岸数千年的兴衰跌宕和个体人生的短暂无常。但更多时候，在沉稳的涛声里，我会产生一种飞越时空的错觉，似乎自己早已久远地生存在这里。涛声、风声和小虫扑打窗户的响声，都让我觉得熟悉和亲切。

每日清晨，我都要在住所前的小平台上伫立眺望片刻。当阳光从东面的黄土崖上泼洒过来，河里一片金光跃动，鸟儿在河面翻飞啼鸣，远岸的草木烟云缭绕，这大概是此段黄河最显秀美和勃勃生机的时候。晨风中，空气潮润清凉，顺小路穿过电灌站的小树林，直走到河边。沉缓的涛声中，看靠岸的小船上船工们忙碌。

住所北面的土崖上，有一株挺拔遒劲的古柏。据说当年大禹治水，常来此地，面对大河，背靠柏树，一面歇脚，一面沉思治水方案，自然也免不了从山下渡口过大河南岸进行考察。渡口因此得名"大禹渡"，古柏也就成了"大禹神柏"。

我曾顺着电灌站引水管道旁的陡坡，攀越一千一百多级水泥台阶，数次来到古柏下，从更开阔的视角眺望黄河，去想象大禹时代这里洪涛涌动泥淖泽国的场景。先人们开拓这片田园，付出了何等的艰辛！大禹是否确有其人又是否确在此地休息劳作？自有专家学者去考证。而平头百姓们，却会很诚心地怀念那个高挽裤管蹚着泥水的先驱者。

大禹渡电灌站是"文革"产物，在所谓"农业学大寨"的红色岁月，附近十几个公社农民千军万马云集于此，与天与地斗高低，于是造就了这样一个"人定胜天"的小环境。电灌站的老站长依然对当初火热场景津津乐道，因为眼前这一隅小天地，毕竟证明人类还是可以有所作为的。

泥汤般的河水被引进沉淀区，经过数级沉淀就成了一池碧水。尤其电灌站所在的神柏峪，三面环山，阳光充沛，周围又树木成荫鸟语花香，若不是西面那个连接晋豫两省的大渡口车水马龙，倒确能给人几分世外桃源的感觉。

但也许此次去时还属这个小电灌站的黄金岁月，又隔十几年的一个盛夏，我再去那里，电灌站已明显萧条。房屋破败，荒草丛杂，"大禹别墅"一片寂静。不知是否属于旁边那个曾经也很热闹的大禹渡口被废弃了的连锁反应。我独自站在空无一人的渡口边，感觉着水波涌动轻轻拍打河岸给我的震撼，又有点世事沧桑的怅然了。

四

离开大禹渡前的下午，我没有去会议室听公仆们扯淡，又信步走到住所东面的河滩，在一块大青石上独坐良久，直到傍晚。自然，积习又让我在那种似乎感触着点什么的状态下写了很长一段日记：

……前方几步远处就是宽阔的河面，在我右边，是静静泊在水里的"大黄河号"渡轮，左边，则是一只小机动船。几个船工在船板上忙碌着什么，一个十六七岁的小男孩从船上跳下来，匆匆从我眼前跑过。望着他黑褐光赤涂满泥沙的臂膊，望着他还未成熟却已相当健壮的胸肌和那双淳厚平静的眼睛，我也说不清怎么就联想比较起我与他的生活。两人肯定都做不成对方，他的环境他的经历他的思维他的追求或许比我要单纯许多，但究竟谁更真实谁更自在谁更幸福？我不敢断定。

落日还在西边天际的云阵里燃烧，不时有一阵潮润的风轻轻飘来。河水在晚云余晖的映照下安详淌流着，载着黄土地的泥沙，卷着枯枝败叶，还带着不可复返的时光和祖祖辈辈生活在它两岸的黎民百姓的无数希望。

坐了多久？心恍恍然，似乎已不止一次在这里独坐沉思，似乎周围一切都是早已熟悉的老样。似乎又有另一个我离我而去，那个"我"飞翔于云层，从高处俯瞰着河流山川的宏阔画面和画面中那个小如沙粒的自己。"沙粒"坐在那里看见了什么又思想着什么？他从哪里来又要走到哪里去？他自以为蛮不错的生活果真那么充实有趣？他能感觉出与身边大河相比自己是何等渺小微弱和短暂吗？

五

几天以后的清晨，我们在大禹渡乘渡轮过河。这是我在黄河上第一次"漂流"。

顺流而去，刚来得及在渡轮上观赏一眼在其中生活了四天的电灌站和"大禹别墅"，就一下子漂出几公里远。十几分钟后，我们的汽车已行进在河南的公路上。

从黄河滩到国道，是几十公里土路，由于干旱，细细的黄尘堆积了半尺多厚。车一开过，尘土扬起如浓云密雾，车中人都被污染得满目黄尘，好不痛苦。这是此行最艰苦的一段路程。好在很快就上了柏油大道，满车油头土面的公仆们才从考验中喘出粗气。

正午，到达三门峡水电站。对我算是旧地重游，十五年前领一帮学生到这里闯祸的闹剧还历历在目。看大坝，看砥柱，周围似乎小有变化，但又似乎依然如旧。因为已经来过，加之头一晚的感冒高烧，我便很无游兴。只是面对两岸大山，忽发奇想，当年大禹若没有用巨斧劈出这个泄洪通道（当然实际应该是河水自己冲出重围的），晋陕一带黄河两岸会是怎样情景？曾经是一片汪洋的黄土高坡露出水面了，随即被冲刷得七零八落沟壑纵横异常贫瘠，而河水挟着泥沙东下却又造就出一片华北平原，果然是沧海桑田亦得亦失。千古功过，谁能评说得准？

大禹渡电灌站与"大禹别墅"

离开三门峡，汽车踏上归程。我们从茅津渡二渡黄河，不过与上午的渡河方向正好相反。茅津渡是黄河中游连接晋豫两省的大渡口，据说当年李闯王退逃商雒时曾经过此地。五十年代拍成电影《为了六十一个阶级兄弟》的故事就发生在河对岸山西境内的平陆县。其实平陆县最有名的还是战国时期那个"唇亡齿寒"的滑稽剧，两个互为唇齿又互不相顾的虞虢小国都在这一带。

　　这次渡河，茅津渡仍在鼎盛期。河滩码头热闹非凡，过往车辆排着长队，人山人海挤作一团。直到几年之后，渡口西面架起了公路大桥，茅津渡的辉煌才成了历史，渐渐被人遗忘。当我十数年后再到茅津渡时，这里已成了河岸公园，河中漂荡着几叶小舟，游人稀少，一片静寂，又是一个小小的盛衰故事。

　　我们的汽车直等了两个多小时才挤上渡轮，已经是傍晚时分。绕了一大圈，转回山西的黄土地。这趟公费河东之行正式结束。

漂泊流浪于炎热的南国

　　背着行囊，在陌生的地域等车挤车坐车，找旅店找饭店找当地人眼里早已平淡无奇却又津津乐道的景观，风尘扑面，疲惫不堪……时髦说法，这叫旅游。对别人我也这样讲。但在心底，我却认为这是一种漂泊或流浪。为什么要去漂泊？待在家不好吗？即使千里迢迢去了看了，似乎也未必得到什么，除了最明显感觉的疲劳。

　　有一次这样回答友人的询问：我命中有"驿马星"。根据是某次在街头地摊购买的一本命相推理小册子。按那上面公式摆出四柱，就可以查到我拥有若干颗"驿马星"。小册子解释，命有此星，注定要驿马般经常离家出走，劳顿奔波。

　　姑且也只好找这种玩笑式借口了，因为我也说不清，是怎样一种情绪在左右自己。忽然间生出烦躁，忽然间对案头的书没了兴趣，忽然间觉出一种生命流失的惶恐，忽然间就似乎听到一种声音在遥远的什么地方向我召唤。我不能不去，我必须走入那种充满诱惑的漂泊，走向若隐若现的目标，内心的焦虑才会在疲惫的奔波中获得平静。

　　1991年4月下旬至6月上旬，近一个半月，我就是在这种情绪中漂泊于炎热的南国。

一　郑州城内信马由缰

　　旅行是从火车卧铺开始的。若干年前，卧铺之于百姓中普通一员的我，还算较奢侈的享受，有硬座且能靠窗已足可以让我心旷神怡。毕竟人们的生活水准渐渐提高，而且自己也似乎进化得较为脆弱不耐艰辛了。

　　同一小隔间的几位，都死气沉沉闷头无语，正好清静。卧于暂属我十几个小时的中铺上，想心事、看地图。出发前的焦躁、迟疑和几分兴奋已慢慢消逝。只有地图上那一串被我反复推测猜想过的地名，成了大脑中的兴趣点。能在征服这些点点点的过程中收获什么呢？

如果不是极度劳累，我在火车上很少酣然入睡。狭小的空间挤满一大堆人，各种频率高低起伏的鼾声在混浊的空气中来回飘荡，还有呢喃声矢气声和如厕方便的人们走来走去。我的感官总没能修炼到处变不惊遇扰不觉的程度。尤其是车轮的铿锵跳动，总会让我想象此趟列车的目的地，继而联想到生命的流动以及生命之旅永远无法让人揣透的终点。

辗转之间，窗外已依稀透出暗青的曙色。五时许，满脸倦意的列车员过来催人换票，车厢里开始了下车前的忙乱，且一直持续到进站。

郑州车站，似乎永远呈现着活力四射的嘈杂混乱。几十年前的冬季，一个臂戴红卫兵袖章的小男孩，独自闯到这里，在挤得侧身掉头都极度艰难的候车大厅苦候十几个小时，把所携物品连同让他很引以为荣的军人父亲的皮腰带全部丢失。郑州车站的混乱从此深深刻进记忆。

地点或许基本还在这一块，但候车大厅已显然不是自己当初遗失皮腰带（想起来就有几份遗憾）的模样了。喧嚣的声浪，内容也发生了明显变化。一出站，我立即被招徕人们去开封去洛阳去嵩山少林或去吃早饭去坐三轮的大呼小叫包围，自然还免不了近乎挟持的拉扯举动。但总算硬起心肠不为所动地杀出层层堵截。

郑州没有我此行的游览目标，来这里只是要与一位熟人接头，拿到南下广州的车票即可。但看来票未办妥，立即出发的计划落空。给我腾出上街闲逛的时间，却又没有明确目标，只能跻身于来去匆匆的行人中，信马由缰，走哪儿算哪儿了。

"二七"纪念塔边，被摆卦摊的老者拖住。反正无事，抽一签，看看"驿马"多了还是少了。签筒里或许一色好签，要不我是拿不到"上上"的，我向来认为自己只配"中下"或"下下"。老人念念有词，接住我的五元钱，并没有太用江湖术语，而倒像忠厚长者，说我气色欠佳（这倒不假），劝我不必过分涉足官场风云（咱早已退出），还要多注重将养身体。五元钱换来几句我早已明白的远世避尘之语，也算不错。

顺西大街走去，忽然瞥到一块"商城遗址"的石碑。我来了点情绪，凭吊或观赏那一段灿烂文明的故迹，也不失为无聊中的意外收获。但举目四周，仿佛一片荒芜贫瘠的土坡，看不出"城"的模样。问几位过往行人，一律对我摇头。正怅然间一下子醒悟，我所在之处的这道土坡即是商代古城的旧地。残断的荒坡上，长着稀疏的野草和几株枝杈零落的槐树。谁会把这种情景与数千年前这一带的辉煌联想到一起？几千年并不遥远，然而那时人们的劳作已经基本荡然无痕，所谓人类的伟大不过如此。

距古城墙不远处，有一座城隍庙，据说是郑州市现存最完整的明清古建筑。比起商城，它这"古"帽子显得很是勉强。一位商城遗址钻探研究所的工作人员，热情而简略地给我介绍了这所破庙。我礼貌地频频点头，一副小学生认真好学模样，却并没有听进几句。我向来对建筑物的布局、风格以及什么建筑特色之类没多少兴致。

二　丹霞与曹溪

炎热中离开郑州。车窗外，豫南平原被几乎没有变化的麦田覆盖，色彩单调，画面也平淡无奇，看够了无边际的绿色，只好爬上铺位养神。等我走出半朦胧状的睡乡，车窗外景色已大变，稻田鱼塘，水乡河汊，晨雾缥缈，有了看头。但阴云缠绵，气象就显出几分沉郁。

本来是要一乘到底，直达广州。然而昨晚的"卧"思中，我已有了中途下车的打算。情节往往从这些偶然改变中发生，于是，韶关车站前拥挤的人流中，多了一个背着行囊左顾右盼观察动向的北方大叔。几小时后，我已出现在丹霞山风景区。

那是旅游业刚兴起的年代，突然从禁锢和窘困状态中苏醒过来的城市人，把所谓回归自然当作一种新派时髦。精明的经营商当然不会放过送上门的钞票，各处景点及相关设施都仓促上阵。韶关去丹霞，沿途路况的混乱坎坷是意外，更没料到景区内住处的简单随意。缴钱后，拿到一瓶热水，便让自己去寻找房门。野草萋萋中有几排简陋平房，拐来绕去，看到了自己的房号。没有上锁，屋门洞开。里面简陋到除床板和毛巾被外再无其他物件，这也太与赫赫名胜不甚匹配。

好在丹霞果然秀色。薄暮时分，穿过竹林，独自到山前锦江小走。峰峦苍翠，水色温柔，几叶颇入画的小渔舟飘飘荡荡……但还没来得及抒发欣悦之情，就被蚊虫包围。迟疑之间，脸上臂上已有数枚大包蓬勃而出，只好收拾起刚萌芽的几丝诗意逃回陋屋。

风景有时需要拉远距离才能悠悠然欣赏，比如陶渊明坐于篱畔的沙发上，边品龙井边漫不经心举目观望，才可以"悠然见南山"。他若正与我一同在南国这座丹霞山中攀爬，未必会轻松到哪里，再让他背几部大相机，出汗都来不及，岂能悠然得了？

所谓"看景不如听景"，确有几分道理。身在此山中了，反倒往往会被局部淹没，而这局部很可能并不是精华。由于时间的仓促，由于阅历景点带来的艰辛和劳累,近距离却又要走遍景区的贪心，会把回归自然搞成一场体力游耗战。

第二天一大早，不到五点，周围房间的人们大呼小叫纷纷杀奔登山小路，他们要去看丹霞日出。我也冲动了一下，紧随人们走了一截。但抬头望天，密布乌云，日出的概率几乎没有，就又缩回小屋补觉。果然，等七点多天已大亮，丹霞山还没有从浓雾中走出。独自上山，迎面都是满脸水湿疲惫失望的下山人群。心中对自己识时务的偷懒取巧暗暗得意。

那天清晨的几个小时，丹霞山山路上唯我独自一人缓步上行。一片幽静中，看姿态奇绝的山峰，看葱绿挺拔的竹林，看时不时闪现的火红耀眼的山花，看山脚下碧绿如带的江水，看云雾缭绕的田园村落，很有一阵赏心悦目。但后来飘起小雨，腹内又恰有浊物急需外排，又不好意思随地解决，只能溃不成军地下撤，搞得满身大汗。经此折腾，悠然心境全部抹除，且再提不起兴趣二次攀登。丹霞之游就这样匆匆结束。

好在那天的归途绕了远，汽车从山北返程。有了距离，又是很逍遥地坐于车内，远眺丹霞，轻纱飞舞的薄雾中奇峰颠连，果然看出很秀美的韵味。

距韶关市区咫尺之遥的曹溪南华寺，在我心中颇有几分神秘色彩，当然不能错过。进寺待了将近一个下午，本想在慧能肉身的最近距离内细细品味他"菩提本无树"的禅意，但一进寺门，川流不息的人群和此起彼伏的鞭炮声立即就把不甚浓重的参悟雅兴打消。毕竟没有修炼，抵御不住嘈杂喧闹的搅扰。

所谓慧能肉身，与我概念中的图像相距甚远，看上去更接近石座上的雕塑。而且端详其神态，一副含辛茹苦的乡间干瘪老头儿样，并不道貌岸然气宇轩昂。只能积极意义地解释，这即是真人不露相啊。他毕竟在佛界更上层楼地高竖了一面"禅"的大旗。

但真人也是人，露相不露相也必然还得露一种相，而且最终依旧改变不了臭皮囊的生老病死。他现在还会用那种近乎狡黠诡辩的"禅"观来面对蜂拥而至的朝拜者吗？参透悟彻的圣贤们会如何理解眼前的世事？本该如此？幻觉泡影？他们内心波澜的起伏？群佛抑或群魔乱舞？一堆屎橛？

在寺内一片苍苍古树的浓荫下独坐良久，终于是无所参悟，我还得继续行走。

三　从佛山到西樵

广州车站给我的印象与前几年初来时同样混乱不堪。看车站广场千军万马拥来挤去的热闹，就让人顿生警惕且略有沮丧。置身于这种场景，会感觉到在激烈竞争的现代商业城市，个体生命的坎坷艰辛微不足道和毫无意义。我立即决定不作停留迅速离去。

过马路到对面去乘公共汽车，这里的局面也似乎在战斗。挤车人的蛮横暴力令人心惊，近乎玩命地你冲我撞争抢座位，实在无法让人觉出这是文明年代的一次乘车，倒更像蛮夷横行天下时的冷兵器战场。但我又立即纠正自己，或许所谓蛮夷之邦才不会这样粗野狂躁地对待自家人。只有人心被现代物欲所异化，才会在任何场合都毫无掩饰也毫不自觉地展示出不管不顾绝不相让的拼搏态。

一个小时后，我已站在佛山街头。很快发现，此地的喧闹不亚于广州。我这人比较抵触人气过旺的混乱，本想也立即撤离。转念，那此趟旅途岂不成了一路玩挤车游戏？起码应去妈祖庙走一走吧。在临马路的体校招待所登记了房间，我就外出逛街。尽可能放松自己，做游走观景模样。

看妈祖，又毫无目标地晃悠了几条街巷，自我感觉任务完成。夜幕初降计划返招待所时，却出了洋相，居然转向了。当时的佛山，街头拦出租很困难。更糟糕的是，问几次路，人们都凶巴巴瞪我。不仅不回答，反而极迅速地离我而去。这使我联想到此地社会治安不佳的传闻，我肯定成了他们眼里的骗子或劫匪。稍许有点紧张了，被别人当作坏分子的我，在一片暮色中，若是遇到货真价实的绿林人物怎么办？头上冒出汗珠，好一阵东拐西绕地狂走。忽然发现，真所谓歪打正着，哈哈，怎么稀里糊涂就转到旅馆门口？

到西樵镇，恰遇高温多雨，我计划稍稍休整一下。在三合板隔开的笼子式所谓"单间"，邻舍翻身都会引发我这边小床的剧烈反应，其余声响自不待言。

好在我数日奔波确也很是疲惫，倒也还算比较安然地睡了几觉。

南国暴雨，无法用北方黄土地的降雨概念来衡量，来之急骤去之也迅忽。猛然而至的阵雨，用瓢泼倾盆来形容再合适不过。即使躲在小旅舍内，仍可以感觉到那种撼天动地荡涤世界的气势。听得我一阵清凉，颇添几许寄寓异乡风雨飘摇的感慨。

清晨远眺西樵，岚雾缭绕，林木葱茏，秀美多姿。但其风格与丹霞迥异。丹霞的美明显轻快，山峰奇丽碧水秀竹，很容易一下就抓住你的视觉。而西樵的美，却较为含蓄凝重，只有一步步深入其中，才能慢慢领悟。

我是清晨徒步上山的，起初沿公路缓缓而行，后来又循石阶小路随意漫步。翠岩、龙须泉、石燕岩、石祠堂、天湖二十几景、蟠龙洞……在一片浓郁的林木掩隐中，山中景点颇多，我看得并不仔细，也无多少感受。只是觉出一种置身丛林山野的清新愉悦。

倒是偶尔看到几处古久而毁废的山庄门楼，略让我心动。人去而遗屋尚存，难免会去推想那些在尘世中得意过也失意过的什么人，终于急流勇退，来这里寻找归隐和适意。

他们曾有过怎样的故事已无法知晓，其实也不重要。多少生命过程都在大自然的舞台上演绎，你方唱罢我登台。一个个舞弄身段者，那时或许也觉得有趣，而看看多少表演的最后大收场大结局，果真还留下什么意义？一茬茬人生迅忽逝去，曾经的山庄小楼化作废墟，萋萋野草已渐渐掩尽旧痕。即是这一大片掩隐陈迹的林木，又果真能永恒？

四　夜宿庆云寺

到鼎湖山费了周折，不过，对旅游而言，也不足为奇。无非走了冤枉路，无非多坐几次往返车。终归是要到达目的地的。

鼎湖山的内涵比较丰富。树木稠密，岩壁峻拔，流水飞瀑，很是耐看。清晨山间一片迷蒙，似雾又似细如发丝的小雨把登山小径遮掩得若隐若现。远看前面行人，时有时无，缥缈若仙。想想，或许自己在对方眼里也有几分出世姿态？山路崎岖，时不时就要经历一段紧贴危崖挪步都战战兢兢的惊险。穿行于水湿浓郁的丛莽密林，有热带雨林探奇的感觉。

鼎湖山景点很多，游人也不少。但最给我留下深刻印象的，是夜宿庆云古

寺的所见所闻。

以前看庙不少，深山寺庙的住宿也有几次，而庆云寺这场僧人表演却是第一次见识。当夜色完全把周围景象遮掩之后，似乎远离尘嚣的古寺开始了超度亡灵的法事。整个过程既有声有色又神奇庄重，虽点染几分鬼气，也不乏俗世的活泼灵动。在浓黑的夜幕下，倒更仿佛一场内容独特的僧家歌舞晚会。

仪式是从大殿佛像前开始的，身披红袈裟的大法师居中，两侧立四个敲木鱼铜镲的灰衣小僧和一个脸颊干瘪苍老如核桃果的司鼓老僧。一时间鼓镲铿锵木鱼清脆，倒也韵律分明。伴奏声里大法师开始歌咏般地诵经，时不时旁边四位小僧和唱一声。旋律之美妙动听起码出乎我想象，为神秘气氛平添几许赏心悦耳。

还不单是唱，实在是载歌载舞。大法师前趋后退左右腾挪，时而伏地叩头时而挥袖高歌，不亚于新潮歌星的台上功夫。如此这般折腾一阵，大殿里的程序才算做完。于是，灰衣僧前导，红袈裟随后，场景向外转移，小小的庭院里重新布开阵势。

距庙门不远处，早已排放好几张长桌，桌上堆几样供品，无非瓜果糕点。更重要的是法事用品，香烛必不可少，还有一钵米、一碗水和一柄小剑。大法师的表演愈发生动，或正襟危坐或起身摇摆，唱经之外更有滔滔不绝的咒语。一面把米在桌上摆出一个个奇形怪状的图案，一面蘸水在自己手心或黄纸上描画着什么符号，一面又举双手结成各式各样手印。

米图摆好又抹去，符号写了又重来，手印也变幻得让人眼花缭乱，中间不时穿插诵经、咒语、鼓镲木鱼、铜铃叮咚，好一通神秘莫测的忙乱。大法师汗水满头，一丝不苟，认真态度让我连连赞叹。

仪式一直延续到午夜时分，终于在一串鞭炮声中结束。在那间潮湿的小卧屋内，我好像已经走入睡乡，但又似乎还朦朦胧胧转着一些古怪念头：另一空间存在吗？那是怎样一种我们无法知晓的世界？我们真能以某种方式与那一世界交流沟通？而那些被超度的亡灵们命运又如何了？……猛然间，耳际响起悠扬的钟声，黎明已经又一次来到古寺。

侧耳细听，钟声徐疾有度，时紧时慢，似乎另有一套蕴含玄机的节拍。穿过山峦穿过丛林，山外人听到这隐隐的钟声会生发怎样联想？红尘中人，能想象出昨夜那场闹剧吗？

曙色微露之际的晨课很是程式化，所有（起码也是大数）严肃的虔诚的呆头呆脑的呵欠连天的僧人们都会聚大殿，又是一片木鱼钟磬和诵经之声，直热闹到天光大亮。等到游客姗姗而至，这里已没有了任何闹神闹鬼的动静，庆云寺又平和如常，变回一处普通的旅游景点。

我在一片山岚晨雾中下了山。

五　海南探幽

游肇庆七星岩用时一个上午，简直是应付差事。天柱岩、石屋岩、玉屏岩、阆风岩……稀里马虎，后来也没兴趣去分辨谁是谁了。匆匆在景区内绕了一圈，给我留下的印象很浅，只感觉不过是几处小盆景般的山水，没多大内涵。不过或许也因为前几日的疲劳影响了观赏心态。后来又发现，同样造型的小山，在这一带到处都是。甚至公路边随便一个什么单位院里，也会耸立起一座这样的玲珑小山，就更让我不以为然了。

倒是去湛江途中，车内遭遇几场大雷雨，又一次给我新奇。如前几日在西樵山脚下缩在小屋内听到的一样，雨阵来得疾骤，刚远远瞥见天空起了乌云，没几分钟雨点就扑打过来。雨势之大，也很惊人，真正是倾泼而下，让我联想到冲浴喷头的出水。似乎此处山川土地与人一样，时不时就得"冲凉"一下。尤其雷声之脆之亮，扎实让人心惊肉跳，好有个性。但雷雨又去得飞快，毫不缠绵，水龙头一拧，立马雨住，不一阵儿就见到云朵间的灿烂阳光。

到湛江，在杨柏小弟处休整两天，挤时间去看了湖光岩，才乘车继续南下，从海安乘船渡海。

当时的海口市刚开始大规模市政建设，到处残垣断壁，一片机器轰鸣。我没有参观建筑工地的热情，而且选来选去选准的一家所谓安全文明旅社，又藏垢纳污得让人提心吊胆。三合板墙壁的这头那头，兜售假药假货的、教授什么"神功"的、卖淫嫖娼的，简直是一座活生生底层社会大收纳盒。尽管也叫单间，但稍不留意，就有什么人推开薄如蝉翼的房门，獐头鼠目地探进脸窥视。这种略带惊险的住宿体验，影响了我观光海口的兴趣，遂决定迅速南下。

第一目标锁定为五指山，此山在我概念中几乎等同于海南岛。但出乎意料的是，却没有直接发往那里的班车，而且更有趣的，怎么询问售票女士，就是不告我去五指山应在途中何处下车。

我迟疑难决,在几百万分之一的小小地图上比画良久,自作主张先到琼中下车再说。后来发现,这一抉择虽然不算百分之百精确,却也没差了多远。其实从海口至三亚,全程也不过三百多公里,随意在中间任选一处下车,又能错到哪里?

从琼中下车,瞥到一条东去的公路,而且恰好路口有一辆载人中巴。我没有迟疑,立即登车。反正向山里去,且是正规客运班车,去了哪又何妨?中巴沿曲曲弯弯公路,穿越很美丽的山林,最后停在一个黎家村寨。一问,才知道自己被拉到吊罗山下。若干年后,吊罗山开发成森林公园。但我去的时候,那里还不见有人游览。

问询住所附近老乡,很快了解清楚,从此地去五指山虽有小路,却要翻越几十公里的原始密林,单独前往太危险。只有退回琼中,再向南前行不远,就有另一条直达五指山乡的公路。虽是误入歧途,但吊罗山之行实在值得。歪打正着,等于游览了一个本色原味隐于大山的黎寨。

那天的日记零零碎碎,观感不少:

小寨尽管偏远,时尚潮流已经涌入。姑娘们大都不穿本族服装,饭铺老板的美丽女儿正好从县城中学回来,身穿一件很流行的连衣裙。她告诉我,除重大节日,她们基本与汉人穿着无异。我还发现,寨里短短一条主街,居然有两三处美容美发小店,而且店店都正有女孩子在里面做发型。

不过年长者还大多保留本族特色。妇女们头顶一块花纹美丽的头巾,有的颈后发际系一根红头绳,分外醒目。古朴的黎服虽然并不色彩艳丽,却能让人感触到久远时代的某种信息。还有许多皱纹汹涌的老头儿,穿一条花裙,摇摇摆摆走在窄窄的小街上,煞是惹人侧目。

妇女是田间劳动的主要承担者,村外稻田,或鞭牛耕作或弯腰插秧,极少见到男同胞身影。即使收工归来,这些妇女也没有一个空手。有扛几枝柴火的,有背一捆猪草的,满脚泥泞满脸汗水从田埂上走来,辛劳可想而知。她们胯部都有一个小竹篓,随腰肢摆动,颤悠悠得很有舞台造型。

小寨房屋低矮破旧,许多屋顶仍铺以稻草。屋前是一方用水泥抹出的小庭院,堆放着稻草和益智仁。不少小女孩正用脏兮兮的小脚踩踏刚摘回的益智仁,便觉得以后再服用益智仁恐怕有几份顾虑了。说明自己还是浅薄,挣不脱固有的净垢概念。

此地老乡的脚着实让我佩服，不仅在地中干活赤脚，即使走在碎石小路上依然赤脚。而且那脚简直还是一件便利而多功能的工具。路边几家庭院正有人用竹皮编织篱墙，我过去观看。编出的竹篱固然也美妙，更让人惊叹的却是赤脚在整个工作流程中的作用。削竹皮时，脚趾要夹住竹条，新劈开的竹条坚韧却也锋利，然而不见脚被划出破口。编篱墙时，竹皮要随时变换扭曲成某种角度，脚又成了锤子，狠狠踩将下去，一"锤"定型，神奇得可以。我看得手痒脚痒，也忍不住上去比试几下，在一群小孩的哄笑声中，手几乎划破，穿鞋的脚也被垫得生痛，颓然作罢。

街头有几处茶馆，说明当地老乡甚喜茶饮，也惯于这种悠闲的茶客享受。茶馆同时还兼营馒头油条一类简单食品。但看上去这些食品大多惹满尘土且有不少苍蝇爬来爬去，只能打消也进去做一回黎寨茶仙的念头。

暮色渐渐降临，不少房门前踱出懒洋洋的男性同胞，或蹲或坐于屋前，举一支大竹筒烟管，有滋有味吞云吐雾。妇女们开始做饭，炊烟从这里那里幽幽腾起。孩子们在小院在街头嬉笑追逐。一派祥和平静的古久风光。

六　环岛行

上五指山的岔路很容易就找到，乘车上山却费了劲，且几多惊险。完全没有想象中一趟接一趟的旅游车，而一天仅一趟的班车也直等到下午四点才来。那是一辆极破旧的中型面包，挤满了人。路面又坎坷难行，颠簸摇晃，让人心意悬悬。途中还遭遇堵车，到达目的地已是晚上八点多。

此行所谓收获，恐怕还在过程。山下等车处，恰有一处黎寨，又有一次无任何作秀的风情观赏。较之昨晚吊罗山下的寨子，这一小寨更显荒蛮。草屋低矮，鸡猪与人共住，屋檐下许多赤裸半身的老人，贫困而原始。

上山之途虽艰险，车外风景却佳。林木葱茏，大河流淌。尤其河中巨石，形状奇特怪异，极具观赏性。也算跋涉劳顿的几分补偿。

炎热中到了三亚。极毒的阳光马上逼我购置一顶草帽。令人难以抵御的高温，从此记忆深刻。三亚三日，内容很丰富。该到的景点（诸如天涯海角鹿回头之类）都认真游览了，还旁观了渔市的交易，到了崖州古城。最多时间是在海滩漫步，甚至很小儿女态地捡一堆贝壳，千山万水沉甸甸背回黄土高坡。

街头审视行人，最招惹眼球的是此地妇女穿着，上身多是或黄或红或紫或黑（颜色之异也许有什么含义）的圆领斜襟小袄，再用彩带系一黑色护兜于腹部。头上一方花毛巾，毛巾上再加一顶笠帽，颇具南国渔岛特色。

三亚的人文环境让我略感失望，市建局促而零乱，小街小巷藏垢纳污，腥臭扑鼻。一到夜间，街头赌摊林立，围观参与者情绪激昂，景象骇人。但三亚海景却迷人，碧海银沙，海水清澈，视野开阔，加之岸边的椰林风光，是别处海滩不多见的。

从三亚返海口，我走东线，但撤得很猛。万宁东山岭、六连林场、琼海五公祠，都是匆匆而过。

撤到东寨港红树林，找了一处隐于树林中的旅馆。楼虽旧却古色古香，或许是旧时代某阔人的老宅。本意想在这里休整两天，没料到，晚上房间爬来爬去好多骇人的大虫子，还会飞，一飞就偏偏要往铺上落。通宵未关灯，提心吊胆，这哪是久留之地？红树林的螃蟹很有名，肥而鲜，这是我想多住几日的主要原因。只可惜就去的那天下午品尝了一次，第二天一早打点行装，美味螃蟹也留不住我了。

海口最后一夜宿于海港售票处的小招待所。这里简直就是一处地下黑店，闷热的大厅被木板隔成无数间无顶的小木格，塞满了一群来海岛讨生活的底层百姓。喧闹混乱，空气污浊，真让我感觉是下了地狱。不入其内，谁会想到与灯红酒绿歌舞升平仅几步之隔，竟会有这样一种生存格局。

除了用最快速度去几米远处的厕所解决一下问题，我几乎一直待在属于自己的几平方米小木格内不敢外出。很短时间已听到几起酗酒打架、丢失物品事件，而仅隔一格的生意红火的小姐屋却又是另一番动静。一个晚上，此起彼伏的叫骂哭喊声、冲凉洗漱声、打牌喝酒声、小姐屋内的骚动声……以及那种闷热潮湿掺杂着恶臭的空气，实在是再不能活生生的一次社会教育课。心里不免感慨，也庆幸自己居然有这样一次体验。

不眠之夜，我在日记本上总结了海南行程，也被身入其内的地下场景引出一些思索。即使这样小小一隅不为正统社会关注的阴暗角落，居然也骚动着一大群在上流人物眼里微不足道的生命。同样有欲望有期盼有美好向往也有许多丑劣兽性的宣泄。谁能说这不也是一种有血有肉的世界？

大千世界，我们能感知能接触的场景太少太少。一路走来，尽管匆匆又草草地走近了几个所谓目标，但更广阔的风景还是与自己无缘。那些在行程中我也许只是漫不经心眺望一下的远山，留在记忆中的不过是剪影般单薄的寻常画面。但如果真要走过去走进去，剪影里包含着的任何一道小小沟壑都应该深藏着许多我不知道的故事。都会有许多自生自灭于庸常意识之外的奇妙风景。

即使穷毕全部生命去漂泊，一个人能探寻到的范围也实在是狭小到不能再狭小，更何况世人大多还未必喜欢时时出走，蜷缩于蜗牛壳里的小家就以为已经是全部世界。或许正因于此，自己才一次次踏上旅程？

七 炎热的广西

乘海轮返回湛江，在杨柏小弟处稍做停留，便进入广西。先向西北方向走，到钦州换车，又折向正西。穿越十万大山，到宁明。这是条不太主流的公路，途中多是农田和不很险峻的荒山野岭。车内基本是当地壮族村民，我在其中，仿佛老外，听周围叽里呱啦壮家土语，一句不懂。

在上思住一宿，小县城起码表象上还处在贫困闭塞状态。旅店价格低廉，单人房间一晚五元，不敢想象，价格似乎还停留于几十年前。下午五时许，阳光依然灿烂，到街上小走，却发现店铺都已打烊。街道也弯曲窄狭肮脏，没有像样的新建筑。尤其麻烦的是，没有关门的几处小饭馆，污浊得吓人，只好返回住处泡方便面充饥。

正午时分到达宁明，已错过当天去花山的旅游船，在左江边租一小机动船独自前往。或许是雨后缘故，水流汹涌而浑浊。江两岸奇峰怪石，比肩接踵，也是自己未曾见过的景象。那山仿佛都被一种神奇力量直劈而下，崖壁平整直立，令人惊愕。再仔细观看，沿江的峭崖上，多绘有深褐色的图画，图形抽象简洁，似人似兽又似象形文字。

此类图画，花山为最。陡峭巨大而高耸入云的崖壁上涂抹得密密麻麻。在崖下徘徊良久，被一种奇异的气氛所震慑。究竟是古人所为还是别有来由？又为了什么在如此僻远荒蛮的江岸崖壁涂绘此类图画？祭祀？记录？还是另有含义？

那天下午，花山崖下，独我一人走来走去，游览沉思。所租小船的船主，年轻壮实而寡语，很耐心地等候我从久远之谜中走回现实。返回宁明已暮色深沉，他非拉我去他家进餐。那是个低矮简陋的草屋，女主人始终微笑着给我添饭，又专为我这北方客煮一小锅挂面。盛情之下，我吃得几乎撑破肚皮，回想起来，这是我此次南国漂游途中吃的最饱的一餐。

难耐的闷热中乘火车北上，沿途都是盆景般的山水，造型小巧，曲线柔美，很迷人。看得多了，后来到甲天下的桂林，反倒没了感觉。

本计划在南宁安安宁宁休息几天，再在周围漫游一段时日。殊不料这时节，此地温度湿度不逊于三亚，只好改变计划。匆匆到南湖公园走几步看水，到青秀山坐个把小时看山。伊岭岩溶洞本是参观重点，而且洞内景象也不错。可惜因为天热，好不容易去了，却似乎小有中暑的感觉，情绪委顿，走到半途就失去游兴，返身撤出。南宁之行草草结束，所谓景点，几乎没在记忆中留下印痕。

倒是那几日入住小旅馆，如当地人一般，一日数次在公用冲凉处冲澡情形，还有深刻记忆。我这人比较穷酸，公共场合刻板迂腐，习惯于把自己包裹严实。这回却被高温逼迫得大有长进，众目睽睽下时不时光着脊梁招摇过市，泼皮无赖得可以。

以后的行程就有点胜利大逃亡模样了。5 月 26 日下午离南宁，冒暴雨去贵港，车上总算感觉到凉爽。夜幕中看到雨住云开后的月亮，还忽然泛起思乡情绪，想自己的荒唐浪迹，想岁月飞快流逝，想家人此时此刻的情景，更想到生病的姐姐（我不知道姐姐在那几日已经去世）。

大雨中在贵港睡了一晚，第二天早起向北进入柳州。柳州小城的最大特色是被水环绕，如一小岛。城内许多单位，院中无不有小巧石山，仿佛天然公园。那天傍晚时分，我站在城南的大桥上观望，碧空霞云，远山逶迤，江水如镜，又飞起一轮圆月，简直是一幅很美的山水图。

在鱼峰山下找了一处小旅店，房间却不浪漫，潮湿阴暗如牢狱，有几分扫兴。因了那几日的大雨时至，已无心恋战。只在清晨到鱼峰山上听听当地晨练老人们对歌，又到乱糟糟的柳侯祠拍几张照片，赶忙启程继续北行。

心境即景致。这一段"逃亡"之旅的沿途，风光甚好，只是游意去矣。

八 徘徊漓江畔

途中没在阳朔下车，直接先到了桂林。一月多的长途跋涉加炎热高温，把我的锐气消磨殆尽。已没有寻找什么的雅兴，纯粹成了拼体力的"旅游"战。

在桂林待了六天，时间不算少，观览得比较从容。市内应去的景点都一一不漏地走到了，但印象大都很浅，后来连这里那里的名称也混淆不清，疲劳已麻木了感官。

　　除简直像应付自己的小游览，这几天我基本成了寓居桂林的闲人。清晨或黄昏凉爽时候，缓缓踱到江边看那些满脸油汗行色匆匆的游人。晚饭后有时也到火车站广场，那里是蛇龙混杂而又画面不时转变的地方。经常会看到花枝招展的女郎兜揽生意，也时不时遇到酗酒打架的暴力场面。最让我感慨的是异国远来的年轻老外，背着大行囊，很节约地要点小食品喝瓶矿泉水，身无半文闯荡天下的勇气和傻劲着实让我羡慕。

　　我住宿的象山饭店地处繁华路段，门前每晚都有闹嚷嚷的夜市。这给了我观察摆地摊全过程的机会，反正也闲得无聊，与其躺在闷热的房间吹电扇拍蚊子，倒不如徘徊于夜市看小买小卖的把戏。从小商贩推着三轮车把货物拉来摆开到更深夜半他们呵欠连天收摊场面，那份谋生活的辛劳令我汗颜。我毕竟不过是过客，看几次似乎也觉无趣，而他们却要日复一日身居于此操劳于此。据说有位大人物曾面对漓江山水感叹道"愿做桂林人，不愿做神仙"，他要是每晚摆地摊，又会如何想？

　　去阳朔，没按自己习惯独自前往，偷懒跟了旅游团。对这种被牵着鼻子赶过场的一日游，本没抱太大兴趣，权当一次地形侦察，没想到沿江而去，碧水白云，奇山秀竹，渔乡稻田，还是很让人怡怡然。即使是所谓刘三姐会情郎处的榕树古渡，尽管人满为患，晃动着无数留影拍照的新派"刘三姐"，却仍可以从清澈的溪流、光滑的石阶和幽幽的小村，感觉出几分远世避尘的气氛。

　　阳朔归来，桂林旅游就算完成。当时还自有计划，想另找一个稍从容也稍凉快的时间二度重来，到江边小村放浪形骸几日。不过此类计划太多，不久就被新项目挤掉。是否还真有必要再去？许多事情，留点不够完美，留出想象空间，也许更有味。

　　而且随时间推移，不仅对当初重游桂林的念头不以为然，甚至对自己许多年奔走风尘的出游也有了新看法。未必那种形式就叫回归自然就叫挣脱世俗。动不如静，走不如守。是跑来看漓江的人自然还是让别人来看的漓江自然？回归自然又何必拘泥形式拘泥地点。

　　6月5日凌晨，我下了火车。在让人飘悠悠浮起来的凉爽中站在郑州火车站广场上，顿时就觉得从疲惫的目标追寻中走出，从炎热难耐的旅程中走出，从拥挤嘈杂烦闷的车厢中走出，那一阵子的心境真是轻松得妙不可言。甚至荒唐自问,莫非千里迢迢千辛万苦的南国漂游,就为了找寻这灵魂出窍的一刹那?

我像个真正的流浪汉一样,把背包一扔,靠着路边的铁护栏,颓然斜坐到水泥地上。那个地方的那种感觉,让我再无力离开。在清凉的夜风中,眺望着朦朦胧胧的天际,慢慢回味着一个多月前从此地启程后的所见所闻所感,等候着又一天的开始。这段行程是可以算作结束了,什么时候,又是哪几个目标,等着我下一次的游走?

漓江

"非典"之际游蓉城

五十年故国，三千里河山。

年初就有去蓉城小住的念头。理由很可笑，想在出生地反省一下五十年的人生之旅。年龄在潜意识中作祟，尽管嘴硬硬地不承认自己有衰朽情结，却难免从时时回味往事的感慨中体现出我心态的老化，起码也是开始老化。看那些欢蹦乱跳如小马驹小白兔的青春族小妹小弟，享受今朝憧憬明天尚且不及，哪有闲情学翁妪辈去反思旧日？

此行全过程，不同以往出游的最大特色，是处处感觉着"非典"搅扰。进站情景，如把测体温的道具稍做改动，再让那些从头到脚装备严密的白衣战士换换服装，肯定就成了电影电视中过鬼子封锁线的表演。挤到入站口，被测温枪啪地朝额前一对，还真有几分紧张。好在这阵势走程式的成分大，没看见有谁被不幸地比划下来，前后左右一大排人全都顺利地在健康证上盖了合格印章。然后是检票口的再测温再盖章，然后又是上车前的审验。好不容易坐到位置上，已被折腾得周身冒汗。

类似情节，在以后出站入站乘车住宿过程，反复数次。到后来已感觉正常，学会了配合，该仰额就仰额，该伸耳就伸耳（当然是连脑袋一块儿迁就过去）。反正也算此行领略到的风景，而且又亲自介入，何尝不可当成一种乐趣。

起初的心情肯定还有一点小缠绵，因为目的是要去实地怀旧。去那个我生于斯的锦官城内感叹一下生命的流逝和无常。但颇热闹的体温检测，再加上走出安乐小巢后所遭遇的拥挤嘈杂和许多不适应（我发现自己这一段时间的养尊处优已使自己的适应力大大减弱），这一点小缠绵也就很快烟消云散。加之后来又会网友游古镇，索性把怀旧情绪打包起来，放任自流地充当了不务正业的游客。

会网友是件很古怪的事。本来接触的不过是网上一个符号，然后有若干时间取舍性很强的文字交流。这种交流肯定局限性太大，又因理解和想象，形成有偏差的概念。按着这种概念去面对真实本人，恐怕谁都会觉出一点不对劲。

不过，我的不对劲情绪更多是针对自己。还当真要发少年狂一把？赶这种小资时髦，难免有不自量力装嫩之嫌，起码也显出几分可笑荒唐。算是体验，到此打住。

与若干年前相比，成都变化颇大，这在意料之中。我出生的那个八一骨科医院，依然只是隔着几十米距离远观一下，终究没有走过去。为什么？说不清。恐怕心里也明白，那里也早已变成一个符号，是否走过去并无多大差别。还不如永远保持一点向往和怀念更好。

文殊院也愈发气派新潮，除几处仍在大兴土木外，其他能观看的部位基本都整饰粉漆一新。来这里，不是要看叩拜上香的画面，这对我不新鲜。吸引我眼球的，是院东部那片茶水摊。适逢周日，饮茶场面实在了得，竹椅茶几横曳数十米，男女老少东倒西歪一大片，好不热闹。

前几次来，我未能挤入其中品味这种被许多文人描述过的喝茶情调，引为憾事。此次赴蓉，已把在文殊院喝茶定为一项行动内容。谁知我临场却又生怯，绕茶摊徘徊几圈，感觉怪怪的，没有落座。又得推下一次了，但人生真会给我一个又一个下一次吗？

常听母亲念叨大慈寺和春熙路。那是她年轻时办公和购物散步的地段。于是，我也学普通蓉城人，到这一带游走了几趟，权当替母亲访旧。春熙路已变成极现代的商业区，肯定与母亲记忆中的图画判若霄壤。大慈寺内一片冷清，茶客寥寥，几间经营古玩字画的小屋少人出入，平时有吹拉弹唱的小茶厅内竹椅叠成一堆，显然也因"非典"而中断活动多日。

此次蓉城之行，勉强能称之为旅游的内容，是去近郊的黄龙溪镇。出发前，在旅游网站看几位成都网友对此镇的介绍，似乎还较完整地存留了天府之乡的旧日风貌。而且距市区极近，交通便利，遂决定去探寻一下川味的"古久"。

曾经有过几次这里那里古镇游的经验告我，凡已形成商业炒作的所谓古镇，早已热气腾腾面目全非。只能像在堂皇的博物馆里看玻璃橱内的出土展品那样，用想象和推测，才可以从这件包装现代的小物件里读出几许沉睡岁月。

眼前的黄龙溪"古"镇，果然如我所料，热闹得不得了。停车场外，是一大群卖花妇女，游来走去地缠人。然后是马路两旁几十米长的三轮车队，再然后，居然还有过山车之类新式游乐场，轰隆轰隆的完全没有古镇的幽然。

　　最恐怖和煞风景的是摩托车，在窄窄的小巷里狂奔乱驰。时不时对面或身后就有一辆飞车鸣叫着喇叭擦你而过，让人根本来不及发思古之幽情。即使最后一小截保留古镇风貌的所谓老街，林立的小饭店杂货铺和时不时的招揽生意声，也更像是包装过的商业区，与古镇概念相去甚远。

　　据说，看古镇要在细雨迷蒙的日子。或许吧，少了人迹，在淅沥的雨声中，让朦胧感把古镇与新潮拉远，大概就会演绎出久远凄迷的韵味。然而，那样的气氛，对游子而言，又何必非在小镇？即使身处都市旅舍，同样会生发与现实拉远的心绪，同样会有淡淡的乡愁萦绕心怀。重要的是心境，而与是否置身古镇的关系并不一定很大。

　　在黄龙溪街头举相机抓拍图片时，某网友发短信问我观感，我随口答道：老人编的草鞋。网友愕然，不明白这风马牛不相及的话有何玄机。其实当时我也不大清楚自己为什么想到了老人和草鞋，那只是一种下意识的触动。

　　黄龙溪喧闹拥挤的贸易集市上，我从人群中瞥见一位身穿旧式蓝布褂的婆婆，她默然垂首编织着草鞋，脚下还摆放着几双成品。鞋上没有任何点缀装饰，是那种旧时人们只为了穿在脚上的"纯粹"草鞋，与镇子里许多铺面上夹有美丽布条装饰的颜值"草鞋"不属同类。

黄龙溪古镇

婆婆的脸平静凝重，面对我的相机镜头也毫无波澜。婆婆的手斑驳沧桑，显然经历过悠久而辛劳岁月的打磨。或许她从如花似玉的少女时代就开始了草鞋编织？流逝的年华如镇外溪水，悠悠然一去不返，这双手曾经把握过多少光阴和故事。

即使再平凡的人，在时光的点染勾描下也会成为一本含蓄深厚的书。面前这位老人，我岂能轻易读得透？但有一点却是清楚的，老人的时代是过去了，她手中的这种"纯粹"草鞋也应该不会久存。

所谓"古镇"，虽有"古"名，毕竟换了新装。而老人编织的草鞋，即使坚守着原来式样，也还是变成现代人眼里的工艺品，没谁会真把它当鞋去穿。变化是抵挡不住的，包括古镇里走来走去寻访"古意"的游人，这不能不让人感慨。

在又一次离开成都时，我却发现，丢失了几天的惆怅和缠绵，居然又悄悄回到心间。

旅程或许可以算作一种修炼

题目不准确，随意加上的，不过是没什么意思的一次出走。很劳碌的十天，8月21日晚出发，9月1日清晨返回。此行本来还有点小设想，算我若干心血来潮的出游小方案中的糊涂之选，仅此而已。但没有料到的是，因选之糊涂，引出了若干小麻烦还在其次，最后居然又遭受了意外损失，把一本已经涂满字迹的日记丢失在车上，这损失还真是无法挽回。

所谓"糊涂之选"，一是此行时机选择不当，正值高校学生返校报到高峰，购票乘车，到处都挤得乱蚁一团，增加了许多麻烦和困难；二是自作聪明的乘车安排，更是乱上添乱，搞得自己坐了慢车还无卧铺后来甚至无座位，吃尽苦头狼狈万分。最最好笑的是自己都没搞明白，原本并未计划长途跋涉，稀里糊涂几次换车，直至已经躺进乌市车站广场的宾馆，还在对此行目的地疑疑惑惑。

养尊处优惯了，坐一坐硬板也算"忆苦思甜"。当年是能坐到火车上就感觉良好，现在却一出门就想着卧铺。但在开封街头，我几经周折，京津沪大线路什么票都不好买，只好另选冷僻方向，决定坐硬板向西而行，目标宝鸡。无非十几个小时，身体应该挺得下来，到那里再看情况。

上车一看，我以为的冷僻方向也相当拥挤，而且起初连座位也没有。车厢连接处挤满背负大包小包的农民，他们一脸任其自然的麻木，或半躺或斜靠在自己的行李上，似乎还很对现状心满意足。

一位靠着车门的婆婆，紧闭双目，看她干瘪多皱的肌肤和稀疏的几根枯发，显然已经没有几许残存体力，却也默不作声在污浊闷热中承受着煎熬。她对面是一个枯瘦如柴仿佛木乃伊般的老头，不停咳喘着，边用一条油黑的已经看不出颜色的破毛巾擦拭着额头汗珠和红肿的小眼。看着这对老人，我不禁对许多底层百姓在苦痛中的麻木和忍耐感到一丝悲凉。

一个小时后，几经寻觅，我有了自己座位，较之刚才在车厢连接处的境地，这大概已经可以算作时来运转。车厢里同样拥挤得令人窒息，中间狭窄过道，堆满了不得不立正一夜的人，较之他们，我得庆幸自己运气确实不坏，尽管打坐一夜的滋味也未必好受。

困苦之于人，若超过一定限度，往往会蚀去人的尊严和矜持。中途上来一位显然是久住城市的老妇人，面色保养得很好，头发染作黄色，衣衫更是时髦。刚上来问座口气还不卑不亢颇显修养，但时隔不久，闷热和拥挤把这位体形富态的老人家折腾得满脸汗水，不得不换成近乎乞求的口吻，想在身边一位农妇旁边坐下。那农妇倒也倔强，毫无商量，一口回拒，自顾自闷头打盹。

后来总算大家勉为其难挤出一点空间，让胖老太入座。攀谈之中，也才知道不让座的农妇是从山东半岛一个偏僻山乡过来送女儿上学，已经几昼夜发烧头痛，忍受着或汽车或火车的颠簸旅行。想一想她似乎也值得同情。

宝鸡下车，住还是走？去哪个方向？心里还在嘀咕。到售票窗口一看，正有一趟开往新疆的车立即到站。惯性思维，与其住店，不如上车，那就坐这趟吧。

心里起初还有小侥幸，即使不会比昨晚好，但也不至于更糟吧。谁知大出所料，车厢内愈发拥挤，连硬座都找不到。汗津津在过道站桩两小时，依然等不到安置臀部的机会。几日劳顿加昨晚硬座熬夜，体力已让我不能再支持下去，决定撤退了。

幸好此行只背一小包，拖累不大。提着背包到车门边油腻腻的地板上与一面皮黄瘦的民工挤了片刻，又有点不忍下车。或许这样在地板上熬一夜也不错？他们耐得，我何尝不可。可惜体况确实不争气，坐了也许半小时，腰背处的苦痛阵阵袭来，刚鼓努出的决心烟消云散，看来真不能耗下去了。心想，最后去列车办公席问一声，若幸从天降补到卧铺，当然再好没有。补不到呢，前方站立即下车，不再与自己过意不去。

这一问，峰回路转。几分钟后，我已在卧铺车厢有了位置。命运改变得让自己也觉出几分好笑。疲惫酸痛的身躯已经摆平在铺上，情绪似乎还没能从刚才硬座车厢里的紧张状态中走出。不管怎样，事实是又可以较从容舒适地享受大西北之旅了。我还以为，或许是好兆头。没准这趟糊涂西北行，会有几许亮色。

第二次走此路线，肯定没有上一次那样的心灵震撼。但丝绸古道，祁连山脉，嘉峪关楼，戈壁大漠……一路苍凉广袤，几许异样神秘，仍然惹人遐思，自然也写了许多随时随地的感受。可惜，涂抹了许多思绪的小本，在旅行结束时被我遗忘在卧铺枕下，去而不可复得。

在乌鲁木齐住了三天，基本没有任何观光活动，只在市内小走。还没来得及设计下一步行动方案，便匆忙撤退。撤退的直接原因是身体出了问题，突然袭来的病痛，使这趟刚开头的西北行不得不中止。来匆匆去匆匆折腾几天，总算又蓬头垢面回到三晋黄土坡。

想想，似有几分无谓，然而也不妨宽慰自己：世间事大多无谓，何况一趟出门游玩。遗失一本日记，经受了身体的病痛，其实也不算多大事。虎头蛇尾的过程也未必不好玩。以我观点，旅行仿佛人生，那旅程或许可以算作一种修炼。既是修炼，岂能一以贯之马踏平川风和日丽。多点意外有点无谓，也是体验。比如这次外出，肯定不是为了挤火车，车厢里的拥挤也确实是种熬煎。不过，能近距离看众生相，看普通百姓承受于途中的姿态，岂不也是风景？

嘉峪关

"半导"之旅

一 我原来已堕落得有几分滑头滑脑

所谓"半导"之旅，不是去"半导"旅行了一下，地球上没这么个地方。当然也不是钻到半导体里去旅行，我还没修炼出那种本事。

几个若干年前的狐朋狗友（现在已演变成或款或官的光鲜人物），突然心血来潮凑到一起，要学时髦外出"回归自然"。他们非拉我同行，理由是我可以给他们拍"到此一游"的照片，还可以兼做半个导游。这样，我就成了"半导"。

在光鲜派眼里，我似乎还是若干年前那个很克己复礼的傻小子，以为拉这样一个会摄影且兼以"半导"之责的同伴，很划得来。但不久他们就发现，我原来已堕落得有几分滑头滑脑，时不时会耍个小手腕。譬如，执行"半导"公务时，我常常故意把他们带到正在给一大队游客喋喋不休的小美女导游附近，反正这样的职业"全导"在旅游景点到处可见。小美女的脸蛋或是嗓音，肯定都好过我无数倍，光鲜派的眼球和耳朵不经意间就追随过去，我则乘机"失踪"，独自溜到别处寻找画面。

最让我生厌的当然还是给他们拍照。此类到此一游，千篇一律，刻字的石块边或某某标志性景观前，呲牙咧嘴一站，自以为新潮者再加个举臂打 V 形手势的动作。一天百余次面对这种呆鸟画面，如果是漂亮妹妹在那里搔首弄姿巧笑顾盼，我还勉强支撑得住，但这几位又都清一色雄性，且老得皱里吧唧，摄影师的痛苦可想而知。

后来我不得不捐出一部相机给他们，并现场教学，让他们相互"射击"。张三举起相机，我立马表扬：构图真好，有专业水准。李四举起相机，我也连声夸赞：用光巧妙，比我还老道。光鲜派渐渐有了兴趣，而且时不时因为构图和用光展开辩论。我自然任他们争吵不休，暗笑着缩到一边拍自己眼里的风景。

"半导"之旅总算还有收获，实在得益于我这些小花招。

二　秦岭山脉的翻越

太原—成都，1485 次列车。

一个晚上，已走下黄土高坡走出八百里秦川，第二天清晨，从宝鸡向南，钻进连绵不绝陡峭险峻的秦岭山脉。

晚年的父母，经常回忆他们跟随大军解放大西南的经历，秦岭山脉的翻越尤为险恶艰难。大雨、山路、土匪的偷袭、堆满死尸的破庙、不分昼夜的急行军……听起来仿佛是电影情节。很让那时不识愁滋味的少年我浮想联翩。

后来我一次次回访四川，一次次被火车拉着穿行于这一带沟谷，就仍然会去猜想年轻的父母当年徒步跋涉这同一座大山的情景。带着黄土地的泥巴，带着满身的硝烟，带着惊心动魄的经历，他们终于走到了成都。再后来，再后来好像我就出生了。

我总把四川视为自己的第二故乡，总把秦岭山脉视为探究自我人生轨迹的一条通道。

已经是初冬时节，但车窗外的大山却一点都不给人萧条冷寂的感觉。许多地方，绿色的生命依然气昂昂占据着主导地位。再过一段时日，即使是大雪封山，枝叶衰败飘零，到了所谓白茫茫大地真干净的时候，用诗人的话讲：春天还会远吗？这些似乎低等于我们的植被又会呼啦啦一声喊叫，重新蹿出来染绿大山。

有时我想，人类的生命其实更为脆弱短暂和无常。可叹可悲的是，许许多多人生，却蜷缩在别人或自己筑就的程式规范套子里，不敢大悲大喜大起大落酣畅淋漓享受自己这转瞬即逝仅此一轮去而不返的四季。

列车飞驰，山景变幻。
时而山巅飘飞着云雾，绵软温柔；
时而满山坡红叶遍布，如火如荼。
弯弯的小路蛇行斗折，渐渐没入谜一样的山谷深处，
牧羊人，

隐隐的鸡鸣狗吠，

林木掩隐的小村，

山洞，大桥，峭壁，

湍急而清澈的江水，

一树又一树火红的霜叶……

光鲜派在"斗地主"，热火朝天的。他们在洗牌间隙会挑衅一下我的注意力，觉得我隔窗拍照有几分无聊。有什么看头？穷山沟！到景点再摆弄相机不迟，省省精神拍咱哥们不好？

是的，有各种各样的旅游，没有定式。只要能放松，只要能走出桎梏头脑的常态。即使是他们这种暂时抛开或款或官面具的"斗地主"也蛮不错。

不过，我还是喜欢我的方式：一面观赏车外风景，一面胡思乱想放纵思绪。

我出门远游，一般不会带书，甚至有时连相机也不带。只带一笔一本，足矣。还有什么书比大自然这本书更生动更多彩更趣味？当自己真正走近自然融入自然时，心灵受到的震撼、洗涤、陶冶，恐怕也是任何书籍无法比较和替代的。

我曾给一些朋友说，自己错过许多美好画面的拍摄。有时是忘了拍摄，那种人为无法复制的美，深深让我沉醉。有时是不愿拍摄，生怕举相机按快门的动作会让自己错过大自然的瞬间奇妙。

真正的美恐怕都是短暂的飘忽不定的，而真正的感悟却是恒久而坚固的。

半下午时分，列车走出大山，前方不远，就是此行第一站：成都。

我的出生之地，我的第二故乡，我又一次回来了。

三 在成都我做了两件事

身兼"半导"重职，光鲜派又对我关怀备至，时不时拖我去赴宴去浴足去休闲，属于我的时间有限。在成都好不容易争取到几个小时，我做了两件事，一是拜访网上结识的摄友，二是去宽巷子拍了几张照片。

拜访摄友有点像打入黑社会做卧底，短信联络若干次，地点几经敲定，最后对方发来指令：到合江亭东面的廊桥茶室！

匆匆赶去，进茶室左顾右盼，未见芳踪。一转脸，也就是辛大词人所谓"蓦然回首"，那人却在门边靠窗花丛处，一双水目正很带几分抓拍欲念盯着蒙头蒙脑的放翁老儿。

上午时分，悠闲的成都人还都没有开始吃茶。典雅的茶室显得幽静安详，轻柔的音乐如雨丝如淡雾，若有若无点染出很情调的气氛。

俩人凭几倚窗傍花而坐，我呵呵一笑，说一句：此种场地有点小资，不太适宜咱家。

这话倒不完全是自嘲。有几位朋友喜欢用两个字调侃我：农民！我以为，前面再加一个"老"字，就相当准确形象了。

想一想，一面是呆头呆脑山西老农民，一面是灵气秀美蓉城小摄友，那画面颇具黑色幽默的味道。

说到饮茶，我说我还是喜欢街头茶摊的下里巴人气氛，嘈嘈嚷嚷，乱走乱动，或窃窃私语，或随意嬉笑，一壶浓茶就是自我小天地，可以率性而为咂咂有声大口牛饮。比如我每次来成都要去的……说到此突然思维断线，那个从我儿时就熟谙的在成都人嘴边也常常挂着的赫赫大名"文殊院"三字，怎么也不能从记忆内存中调出。

赶忙厚颜向摄友请教：城北，北教场东，那个寺院，叫……提示到如此精确的属性，居然对方也没有想出。

我还情有可原，毕竟勉强只算半个或少半个成都人，而且老年痴呆，而且刘爷爷进了"大观"茶室难免心猿意马。你呢？地道成都土著啊，岂一个"汗"字了得。

送走摄友，我独自在府南河边漫步良久。望着缓缓东去的流水，文殊院三字突然从记忆中蹦出，不一阵儿，摄友也发来短信说，那三个字想起来了。呵呵，莫非复忆有时效性？

走进宽巷子有点偶然。一位只在相约同行栏目互跟过几帖的"驴友"，托我到宽巷子龙堂青年旅社预订个房间，并告我那里的破旧房屋很有怀旧趣味，值得一看。于是我就去了。

巷子很窄，有点名不副实。但房屋却正如"驴友"所说，有几分旧时寻常百姓家的落寞景象。那座"龙堂"青年旅社，也有特色。门内过廊的东壁，有一纸贴，赫然昭示：西装革履者恕不接待。不知是否确切如是。不过，出出进进，都是天南地北寻梦背包族的小青年，也不乏黄发碧眼的老外，看上去似乎还果真未见西装革履辈，当然，真正原因，或许是那类人也不屑于至此。

"龙堂"附近，以体验小资情调的背包族为主，混以巷中男女，排出很长的茶桌茶杯纸牌长阵，倒也是一种略显地方风味的景致。

看巷口的官方告示，知道这一带的旧屋行将被拆，代之而起的将是怎样堂皇气派的新建筑？我在巷里看到不少对此惋惜甚而愤慨的纸帖。

其实，以新代旧是发展规律，很难说有什么好不好。眼前这堆旧房屋，当初也是推倒更旧更古的建筑之后修建起来的。如果现实的这堆旧屋被推倒值得惋惜，那么一代代倒溯回去，最不惋惜的是我们都回到山顶洞中。

人的怀旧情结，是一种很耐人寻味的心理现象。如果深追一步，就会明白，其实人更多时候并不一定是怀外物之旧，不过是借外物的沧桑之变来感觉感悟感慨自身生命的流逝。

树尤如是，屋尤如是，人呢？不过如此。

在写这段文字的时候，那位劝我去看宽巷子的"驴友"正好在 QQ 露面，并告我：黄霑去了。然后又说：自己是听着他写的歌长大的，写歌人去了，那些歌好像也在渐渐远去。

我想，"驴友"不仅是为黄霑的离去惋惜，不仅是为那些熟悉的歌曲惋惜，同时惋惜的，是自己听黄霑歌曲的那些大好年华也悄然流逝。

宽巷子快消失了。在宽巷子出出进进的背包族们又岂能永恒？此语不大好听，不过，姑妄说之，也姑妄听之吧。

四 "腐败"之旅或许也蛮不错

我已经独自背包穷旅惯了，当然觉得那种方式很是自在洒脱。但偶尔也会因孤旅的投宿或租车问题费点苦心，在不得不为之又尽可能减少开支的两难中取舍。或者穷旅的自在不过是自我安慰？

此次被光鲜派诱骗上了"腐败"贼车，起初还有几分不得劲。譬如从太原到成都的列车上，光鲜派一分子与列车长是铁哥们，于是我们也都随之鸡犬升天，成了列车长的贵客。一到吃饭时，就有专人过来邀请，被拉到餐车有酒有肉享受。我去了一次，觉得无趣，下一顿就作姿态不陪伴他们。结果是餐车服务员专门过来给我单独送食物饮料，更显得派头大大，让光鲜派取笑我一番。我只好识趣让步，乖乖随他们到餐车一同"腐败"，于是你好我好，天下太平。

再然后，我就愈发丧失无产阶级气节，列车员过来送水果送零食送茶水，我理所当然该吃吃该喝喝，毫不知"腐败"为何物了。

看来我不是不愿不是不敢"腐败"，而是缺少机会和条件。说被骗上贼车不过是调侃之言，心里还是愿意上这贼车的。

以后的"腐败"就自然而然了。住高档宾馆？行！到大酒店潇洒？行！

光鲜派有几分失望，说原本以为攻占你这块黄土高地有多难，结果呢，还没进攻就举手缴械，也太让我们没有成就感了。

我很有点无耻地回答，进攻嘛，欢迎朝我开炮。把我这破行包里的杂物全都掏掉，你们美金也好人民币也罢统统扔进去，我肯定大大方方背起来就走，让你们得到充分的成就感。反正我江湖客一个，不怕你们大款大官的贿赂。

此次"腐败"之旅的另一体验是全程跟团。本来他们还被我游说得有几分想租辆越野车自驾周游。但在成都的一次宴请中，听东道主说了几句路途如何艰险的话，光鲜派谨慎而惜命的习性立即占了上风。于是，计划改变，只好随旅行团出发。整个九寨黄龙行以及后来的三峡库区游，我不得不循规蹈矩安分守己做了团队中的一员。

以前独游时，一看那些团队游客被小导游牵着赶着哄着骗着，就觉得他们有点类似可笑可怜的群羊。这回我也加入羊群，却发现做羊也有其道理。

人总是有惰性的。想一想，独自背着大包寻车站挤大车，到目的地后又兔子般窜东窜西找住所，再自己费神费力处理观光过程中一切事项，也未必是很舒心顺意的事。有时搞不好，还会因枝节问题的不好应对而影响整个计划。

做羊多好，什么脑筋都不必费。这头把钱缴那边进羊群，就万事大吉。几点吃饭几点如厕几点集中几点上车，被牧羊人安排得有条有理。只需程式化地走呀走听呀听，牧羊人说这里该看就睁眼观望，这里拍照就赶快站位摆 pose。走完过场拍了照片，心安理得，同样也是一种放松。于是我想，以后再有人拉我穷游，我没准要劝他投奔绵羊军团。

只要自认为目的达到，又何必太拘泥哪种方式？"腐败"之旅或许也蛮不错。

五　四百公里的"过程"，对我而言既熟悉又陌生

现在我也可以牛哄哄一下了，等着光鲜派唤我起床，等着他们料理早餐，然后伸懒腰看他们提着我的破背包去大厅，然后我才人物似的不紧不慢随在后面走去。这几位作威作福人模狗样惯了的老兄老弟，对我的厚颜无耻一致表示了强烈愤慨，气急败坏地用手指朝我比画：俺们是请了个爷！

旅行团的车准时开到宾馆大厅外，预订的前面座位果然留着。反正是他们请来的爷，我没有客气，坐到靠窗位置。我必须滥用"半导"权威，给自己谋点小私利，占用这个较有利座位抓拍一些沿途风景。

据说时下流行几句关于旅游观光的顺口溜：上车就睡觉，下车就撒尿……看同车的人们，除几对情侣仍然在演习昨晚未竟之事业外，其余大多数，不大一会儿就相继微闭双目摇摇晃晃进入黑甜乡。

我是不可能在旅途中睡着的，多年外出，练就了这么一点道行。我的一贯观点，旅途的意义不亚于最后那个目的地，或者有时会更为有趣更为重要一些。

沿途的风光也许因为不收门票不付气力，所以人们不重视。但在这数百公里或数千公里的过程中，其实有许多可观赏的景物。流动的画面，渐行渐变的风情，一丘一壑的特色，还有陌生的人群、房屋、植被。错过这种过程，实在是大损失。

我宁愿到了目的地多睡一觉。

现在车窗外近四百公里的"过程"，对我而言既熟悉又陌生。不过还是陌生的成分大一些。

十几年前，我第一次去九寨黄龙。此次赴川前我曾把那次的旅行日记翻出来重温一遍。当时记得还算详细认真，也比现在的心境多几分向前看的活力。或许是第一次前往的缘故？或许是毕竟比现在年轻十多岁的缘故？

目标还是同样的目标，路线也基本还是过去的路线。心境却不同了，所以眼里的沿途风光也就大有变异。我一面观望窗外，一面回忆比较，一面就难免遗憾感叹。说明人老了就是麻烦，总是挣不脱过去的经历。

车从都江堰向北，贴着邛崃山脉，沿岷江河道上行，一直走向岷江源头。十多年前，那条通向九寨的公路破烂不堪崎岖坎坷，时不时就在临江地段出现

塌方路面，汽车小心翼翼贴着悬崖驶过，有几次甚至让车上旅客下来步行走出很远。足足走了两天，才到达九寨沟口。

比较而言，现在的路面实在是好得出乎我想象。除都江堰市北因建水库大坝，有几十公里的烂路之外，其余基本算是一马平川的坦途。没有了艰险，也少了几分心惊肉跳的刺激。当然这种刺激还是不要为好，我为现在去九寨的人们庆幸。

记忆中这一带沿途还算自然古朴，尤其汶川向北，沟谷里基本保持原汁原味的大山、激流、古寨景象。羌民过江仍然是从索绳上滑来滑去。那次从九寨回来，我们的车曾在一处索绳前停下，几位时髦男女想领略一下吊在索绳上滑过激流的刺激和浪漫。说来也巧，前面大胆者一个个顺利过去又顺利返回，而最后那个迟疑再三又经不住鼓动诱惑的娇怯女士却在返程中出错，不进不退地在河道中间悬吊了十几分钟。脚下就是奔腾的河水，女士鼻涕眼泪地几乎要昏厥过去。一位羌族小伙忍无可忍，揎拳挽袖准备攀绳过去营救，却不知怎么搞得女士又滑动起来，平安回到岸边。

想起那一幕，我本计划此次无论如何也要抓拍一张羌民滑绳过江的画面。但一路走去，却再看不到索绳痕迹。也好，有了吊桥，古寨里的百姓可以轻松地来来去去，是一种可喜的进化。旧时场景，拍到拍不到无所谓了。

路况是好了，进步也明显，然而负效应也不小。原本这一带可以算作数百里天然高山流水的风景长卷，而现在呢？岷江之水残断不堪水流浑浊，到处是造坝工程，机器轰鸣回荡于峡谷。秀美的石山被开凿得伤痕遍体，还有横拉竖拽的电杆电线，实在是大煞风景。

这样的变化是好是坏？无法评说。总不能让山区永远古旧吧？羌寨百姓也需要电灯电话吧？僻静山乡也可以享受现代都市文明吧？道理肯定不错，起码就现实而言。然而，我们却又都梦想着"回归自然"，却又都觉得九寨那种纤尘不染的水流水池美丽珍奇，却又都时不时为现代文明带来的环境和人文心态的变异、污浊、退化而担忧叹惜。

当这一带造出最现代的高速路，当这一带处处是簇新而繁华的商城商镇，我们再到九寨会是怎样的心情？

六 我是处处要找点别扭

暮色浓重中到达九寨沟口，恍然间。我觉得自己置身于一个现代化大都市的宾馆区。长长十数里沟谷，灯火通明亮如白昼，造型别致的楼盘鳞次栉比各具风采。当年那种几盏小灯星光闪烁山风劲吹松林喧哗的初到场景真正变成了记忆中的陈迹。

尤其是步入宾馆，洗着热水澡，烤着暖空调，看着大电视，对比从前蜷缩在藏民破木板房内瑟瑟发抖盼天亮的旧事，心中便想，还是现代化舒服啊，难怪我这么快就堕落到"腐败"阵营难以自拔。

尽管是淡季，极现代的沟口检票处，数千人挤来拥去的场面也甚为壮观。听听周围几家旅行社指点"群羊"的游程安排，如出一辙，先远后近，上午突击所谓精华地段，下午缓缓退出。这种安排显然比较符合人们寻常生理心理，在身体和游兴尚佳的状态下，先冲锋般扑向景点集中地段，看累了看腻了，下午正好心满意足游兴索然地返出。既节约时间而又让人们自我感觉游遍了游过了游好了，旅行社的"牧羊人"不亏常吃这碗饭。

我决定稍稍做点改变，先易后难，先近后远，避开大队人马的走向。用同行者的评说我是处处要找点别扭，不别扭不舒服。但后来的事实是，他们也觉得这样游走有几分道理。

当一队队绵羊山羊长毛卷发羊小尾寒羊进口克隆羊被牵着拉着到则查洼沟或日则沟拥挤扎堆时，我们这六七头野羊的小分队却在很少羊迹的树正沟轻松漫步。再然后呢？在诺日朗休息处与他们会面交班，一站一站坐着人数极少的上行车到各景点放松观玩。拍到此一游也不必担心别人家的胖大嫂沾光，摄风景图面也无须找角度避开群羊乱跳的杂乱。

我们来的这个季节有点不尴不尬，红叶黄叶交相辉映的秋色过去了，白雪洁冰的冬景又还没有到来。但自然毕竟是自然，仅仅那清澈透底的流水也足可让人清心清肺清脑清骨。连光鲜派也喟叹不已，觉出官场商界的浊劣奔竞险恶和无奈。当然，谁心里都明白，到头来还得演自己的角儿，谁又能果其然身心由得了自己？

就连这所谓人间仙境世外桃源纯净自然的九寨沟，不也渐渐商化官化了？

某某豪门的星级宾馆，某某显贵的专用停机坪，某某高等艺人的专属场地，还有这川流不息的人流车流欲流。九寨沟能存在多久？起码十几年间，我已觉出它的变异，觉出那几分纯贞气息后面隐隐的浮躁和放荡。

半下午时分，我把喘吁吁没了游兴的同行羊送上返程车，然后独自在则查洼寨随意走走。当初第一次到此，在这个小寨一家藏民散发着浓郁松香气息的木板屋内，我思绪联翩地躺卧了两晚。

那时的则查洼还是个很原始破旧的小寨，我曾攀着木梯走访过几家藏民，与一个很安详的藏族老妈妈默然相对静坐了一小时。那是五月的下旬，半下午的阳光暖融融，窄窄的小道上淌着细细的水流，偶尔有妇女和小孩缓缓地从泥泞中走过……一种传承已久的原生态，一条远离时尚的高原深谷，一群很难让主流社会知晓的乡民，他们就这样隔绝尘埃地在这里生活了一辈又一辈。

然而他们终于走出旧轨，日新月异（对，就是这个满含颂扬和赞美的词）地迈进现代文明。旧则查洼已不复见，除寨尽头仅存的几座旧式木屋外，已经修建成一个楼房簇新式样别致的现代藏族新村。当然该为他们高兴，但又何尝不该为逝去的则查洼带走了的那种宁静气氛叹息？

七　自己还能那么轻松地骑到黄龙背上吗

离开九寨的头天晚上，下雪了，沟口周围的松山好一片白茫茫。导游说是今冬第一场大雪，但想象不出披了雪装的九寨沟内将是怎样地曼妙俏美。世间风物，总有有缘人。然而也不足惜，我已看到我该看的。谁都不可能历尽天下好景，尽管这个小星球据说在宇宙中小得可以忽略不计。

归途稍稍有点雪后的惊险，公路已冻出一层薄冰，车轮直打滑。在一处上坡路段，前面的车辆居然表演冰上芭蕾，一个大回旋，车头转回来就冲我们的车滑来，让大家好一阵心惊肉跳。我们这辆车也不怎么争气，哼哼唧唧半天，屁股扭扭脖子扭扭，好不容易才爬过去。

导游说很可能要取消黄龙之行，大家一通喊冤叫屈。我也觉出几分遗憾，不过我的遗憾其实与黄龙景色无关。第一次去黄龙，我就小有失望。那几个连脚面都淹不住的小水塘，如果不是其特殊的地质地貌，真没多少看头。单从看水角度，未必比我家乡太行大峡谷中的溪水涧流秀色动人。

黄龙给我留下深刻印象的，是在攀爬过程中的"高原反应"。这种反应又因为导游的事先说教，会在游客心中成倍放大。

我原本翻越过好几处比黄龙海拔更高的山峰，当时浑然不想也不觉，很平常就过去了。但上黄龙时，听过导游的连蒙带吓，走不多远，果然感觉心速比以前的爬山要快出许多，太阳穴处脉搏的跳动也很剧烈。

那一次同行十数人，大多半路上就说自己快不行了（仿佛电影中的烈士用语），另外那些水池子也太让人鼓不起革命加拼命的劲头，所以一个个都悻悻然返程下山。我那时野驴脾气还比较盛，实在觉得迷途而知返很对不起门票费，仍然一口气往上爬。居然也就没什么高原反应地爬到了头。

一晃十几年时光过去，黄龙或许还是那个黄龙，而我已早不是当初那个我了。我想验证一下，自己还能那么轻松地骑到黄龙背上吗？

天渐晴，继而又大晴，到川主寺时已是艳阳高照。导游说黄龙看来是可以游了，但是……但是后面，果然来了一大堆关于高原反应的启发诱导，比我上次听的内容还丰富感人。某某港客如何肺水肿了，某某老外车上打瞌睡一觉睡到上帝那里了，可怕而生动的缺氧故事。还没有爬山，听得大家已经开始感到呼吸沉重胸部憋闷。

车在一个小店停住，一群人蜂拥而入，按照导游的指示购置氧气瓶。人手一瓶，小炮弹似的抱在怀里，有个上海娇太太还一下买了两瓶。然后大家满脸悲壮重新上路，看上去仿佛不是去观光，倒有几分像给军事高地运送炮弹的杂牌后勤部队。

我当然没有接受导游的诱导，不参加他们的氧气兵行列，我本就是想与自己较一下劲。

不过后来扛"炮弹"的都连呼上当，所谓"人间瑶池"与想象差距甚远，用某游客的话说：不就是几个露天小浴池嘛，搞什么搞！此第一当。

爬山（严格意义上讲只是缓坡）沿途，三五步就一个吸氧亭，完全不必自备，而且价格更为低廉合算，此第二当。

对于从黄土高原上走来的我们这几头野羊而言，黄龙海拔不是什么大了不起的高度，稍稍适应一下，就基本没什么感觉了。连体态最臃肿的那位老兄也觉得提个氧气瓶实在自毁形象，纯粹做了一次导游与店主手中的傻帽。此第三当。

"三当"之余，他们已少了登攀动力。后来厌战情绪蔓延，同团其他游人也渐渐达成共识，喘呀喘费牛劲看几个小浴池实在没劲，三三两两前前后后迟迟疑疑陆续掉转了头。

　　这个团坚持走完全程的也就六七个人。走在最前面的是一个加拿大老外，毕竟是用洋配方饲养出来的，小伙子高头大马体格健壮，轻轻松松弹弹跳跳走在最前面。

　　我起初不服气，中国黄龙还能让你老外先走完？紧追几步超过去。谁知那小子斜我一眼，长腿轻轻几跨，又到了我前面。较量了三五回合，我显然不是对手。正有几分气馁，忽然就想到老祖宗阿Q的绝招，心中默念：龟儿子才走前面！

　　还是这一招灵，我果然神清气定，心态悠然，边拍照边观赏，自自在在走到终点。屈居第二又有什么不好？

　　黄龙之行，浴池给我的欣喜虽然不多。但十多年后又一次不那么沉重地骑上黄龙，还是有几分小得意。当然，可一而不可再二再三。再一个十多年之后，我还行吗？再再一个呢？再再再……

　　快快打住，"再再再"之后？不能乱想下去了。

赴黄龙途中的宝鼎雪山

教授，吉林，还有雪

一　教授朋友

吉林之行，一位教授朋友起了很大作用。

教授任教于吉林某大学，主讲计算机，很时髦很高端很实惠很超前的职业。传道授业解惑之余，还编编程序研发点什么小软件，在当地也算小有名气的 IT 精英。不过精英也难免有小爱好，教授就一小爱摄影二小好旅游，并因此而与放翁老头相识。

然而教授的旅游大多进行于网上纸上地图上，属意旅心游派，不大动手动脚，颇合劳心者治人的古训。所以教授觉得与我合"游"很科学，我是劳力者，被治于人的。两人"相约同行"，劳力者的我一身泥一身汗地走呀走，而劳心者的教授则缩在古色古香的书斋，品着咖啡从电脑屏幕上心旷神怡地用鼠标随同我一块遨游天下。

教授的摄影工作倒比较勤奋，时不时就点击鼠标般轻点几下相机快门，高雅而做派。拍的无非是房前屋后校内校外各类杂物，还非要传过来供我观赏。我常常很圆滑地一面大声夸赞，一面却心里暗自嘀咕：那能叫摄影？充其量小学生摆弄玩具的水平。为了心理平衡，我自觉自愿充当起教授的摄影导师，时不时扳起摄影行家面孔，指点一番，心中甚是得意。有多少人能给教授讲课？我一下子就发现自己有几分像个人物。

教授认真。有一次我随意问了问吉林风光，教授来了情绪，毕竟是其故乡，很神采飞扬地大讲特讲一通吉林的冬雪和雾凇。为了使我心服口服，又有文有图查阅出一大堆相关资料，发过来请我过目。这之后又帮我设计游览方案，甚至时不时用短信提供吉林气象情报。

本来我那篇"半导"之旅的小文还没有写完，一堆黄龙的重庆山城的大小三峡的图片也没来得及细细张贴，就又收到教授情报：东北地区大雪降温。看中央电视台，似乎也这样说。于是，心动了。狗屁文章图片，一概抛到脑后，背了破包就奔"大雪"而去。

到了出站口，远远瞥见教授德高望重地立在接站人堆里，眼镜后面一双很有学问的眼睛认真而严肃地监视着出站旅客。顺理成章的情节应该是我被发现，俩人面对面握手寒暄，你好你好，你好你好，辛苦了，不辛苦。

我却恶从心头起，故意想与教授找找别扭。赶忙戴起墨镜压低帽檐，缩在人流中挤了出去。呵呵，果然逃过教授法眼。于是，我轻松自得地立在教授身后，看教授在我面前晃来晃去左顾右盼搓手顿足的焦急模样。那天吉林气温很低，出站口的小冷风刮得飕飕直叫，不一阵儿我已冻得够呛，教授的表情也从热烈欢迎演变成疑惑失望，我想，这恶作剧不能再演下去了。

我走过去，贴近教授耳朵，本想说一句：你要的货我带来了。但又担心教授心脏的承受力，还是改成比较温柔的一句：要不要我接你回去？

这一幕，据教授讲大伤自尊大受挫折，居然在家门口让我阴谋得逞。以后几天相处，但凡教授要为人师表趾高气扬了，我就把接站情节重述一遍，让教授气焰一落千丈，面红耳赤地哼哼着："你这人……什么人……"

二 "水韵"吉林

这里所谓吉林，是指吉林省的吉林市，一个依山而环水的小城。小城很中性，不太嘈杂也不太寂静，不太开放也不太闭塞，不太亮丽也不太沉郁，不太繁华也不太冷清，不太张扬也不太怯懦。该有的似乎都有，但又都并不太火太过。这种色调偏淡反差偏弱的气氛比较能容纳各类人群，给人随意自在的感觉。

小城最大的亮点是呈U(教授更正说是S)形穿越市区的松花江，凭借这条江，吉林就敢口气大大地自诩为"水韵名城"。在这里，我多年常识中那个"江南""江北"的概念受到了冲击。就我以前而言，赴一次"江南"是很兴师动众的大旅行项目，而在吉林，你随意就可听到路边什么人满不在乎说一声：要去江南吃饭或要去江北访友，真是让人不由就按老思维惊诧一下。但那些老头老太嘴里所谓的江北江南，其实不过是过了桥几步路的事。

我住进松花江边一个招待所，出门十几米就可走到江边。忽然想到的是那句歌词：我的家在东北松花江上。起码现在，我的"家"果真是在松花江上了。

吉林市在市区这段松花江岸，花气力修建出长长的沿江公园。虽然人为气氛浓重，但从方便整洁的角度看，也还可取。即使在如此寒冷时节，到这里晨练散步打牌聚会放风筝唠闲话的人也不少。三座颇具现代风格又造型各异的大桥横于江上，让江北江南之行越发方便得如邻里串门。

沿江两岸，高低错落排满簇新而挺拔的楼群，其中还有一洋一中两座"古"建。洋是一幢教堂，中为一处文庙。都距我住所不远，也都在晨间散步时去目测一番。我的结论是：看看也行，不看也罢。无甚建筑特色，也乏文物价值。

真正有意思的还是沿石阶下到江边，顺堤岸，踏积雪，随清澈的江水，奔流自己思绪。身处闹市中心，却又可得山高水远之趣，仅此一点，说吉林是"水韵"之城也还不算离谱。

比较好玩的是江中多野鸭，时不时就凫游过一群。如果细看就会发现，野鸭大多成双成对嬉戏觅食。处朋友的或热恋中的，往往远离大群，很卿卿我我地在比较僻静的水面搞少鸭不宜动作。偶尔还会有一只"第三者"闯来，追随一阵。但我看到的几次，"第三者"往往插足不成，不一会儿就识趣地走开。那些婚后夫妻或夕阳红老伴们，尽管也勉强分得出双双对对，一般都比较合群，热热闹闹挤在一片水域，或健身锻炼或捕鱼捉虾，其乐甚是融融。比较可怜的是一些单身鸭，孤苦伶仃，形单影只，远离大群，独自茫然地游来游去。还有个别"背包族"，会快速滑动，漂游出很远很远，真让人有点担心它的旅程安全。

据说这种群鸭戏江水的情景已多年不见，污染曾使江水变成鱼虾飞禽的禁区。这两年经过治理，严禁市区的排污排废，江水变清，鱼虾复生，野鸭才又飞来。鸭群虽然还对人类大不信任，你只要一举相机，它们就迅速飞远。但毕竟这些挺可爱的另类生命，是又较近距离地回到人们身边，给水韵之城频添着生机和乐趣。

想一想，人类这东西有时太进取太贪婪太本位，不计后果逞强霸道，与天斗与地斗与人斗，结果是连身边的环境也搞得乌七八糟，把自然驱赶得距我们越来越远。我们也只能缩在电波密布的钢筋水泥囚笼中，享受空气污浊的一小点所谓文明和安逸。难怪这些年，压抑的性灵开始逼迫现代人越来越想逃出胜利占领的文明城市而走向被放逐的荒野。

其实只要稍稍退让一步，稍稍收敛一点，稍稍对大自然、对万千生灵物种表示一点敬意和友好，人间或许就会洁净开朗许多，我们也可省去千山万水的跋涉去寻找僻远荒蛮中那几块残存净土。

　　吉林的另一大景观是北山。此山不大也不高，若要放在我老家太行山脚下，顶多也就是不起眼的一堆小石岗而已。

　　但正所谓"山不在高"，小小一座北山，有陡坡有沟谷，有曲径有幽林，有石阶有古寺。山路弯弯，时不时就没入丛密的野草和灌木。加之我去的那天正好山上落雪，道路湿滑，更增几分险恶气氛。绕来绕去，最后连对北山熟悉得像自家客厅一样的教授，也在雾霭苍茫雪色闪烁的松林中迷失了方向。好在弹丸之地，多走几个来回，终于绕到我也明白下山大路已在脚下时，教授才得意忘形地宣布：走出来啦，我这导游还称职！

三　关于雪……

　　此行的目的似乎与雪有关，但因为少有的"暖冬"，雪没有想象中那么惊心动魄，不过，毕竟从许多角度观赏了东北那嘎哒的雪，收获还是多多。

　　车出沈阳向北，过铁岭，窗外就见到了雪皑皑野莽莽的隆冬气象。过长春转向东，山峦树林，也果然好一派银装素裹的北国风光。林间坡上的小山村，安详幽静地冬眠于冰封雪掩之中，惹人遐想。起始不错，没有扑空。或许出游之事，只要自己善于寻找，往往没有完全无意义的白走。

　　我是在北山那个袖珍滑雪场第一次见识雪地狗爬犁的。拖犁的狗健壮肥大，小牛犊一般。如若不是旁边立着狗主人，我是绝不敢轻易靠近的。后来两条大狗慢悠悠拉着我在雪路上走动了几十米并挣去我二十元钞票后，我就开始小瞧它们了。

　　在这个小滑雪场，我在教授的教唆下，还到雪坡上坐了几趟雪圈。我觉得这是种很孩子气的体验，只有不计代价而喜好新鲜刺激的孩童，才会拖着笨重的雪圈喘吁吁爬上雪坡，然后尖叫着滑溜下来。像我这种老朽之人，大概很难感觉出其中乐趣。不过后来我遛了几趟，渐入佳境，尤其是与一大串人连缀到一起，一同怪叫着冲下雪坡时，也觉出了几分好玩。可惜我上方没有摄像装置，如若拍几段放翁老头疯癫癫大叫大嚷滑下去的场面，也可让我有证有据到处吹吹自己聊发幼儿狂的荒唐故事。

　　较之北山的小滑雪场，北大湖滑雪场的名气就很赫然了。路上我问出租司机，名曰"北大湖"，为什么不见湖？司机吭吭哧哧答不出来。但我推测，此地群山环绕，地势偏低，很久很久以前，恐怕还确是松花江水系中一个小湖。沧桑演变，本是很常见的事。只不过我们往往忽略一代代传述下来的地名或故事中所隐藏的久远信息罢了。

　　教授提供的资料上说，北大湖滑雪场算是我国重要的滑雪运动基地和滑雪旅游中心。而且据说明年冬运会要在这里设主会场。这让我联想到电视里看到的那种积雪数尺雪道绵延滑雪者众多的场面。但兴兴头头去了，滑雪场却空旷寂寥，除几个铺整雪道的工人，没见到一个持杖滑雪的身影。

　　好在那天大雪纷飞，天地间一片迷迷蒙蒙，别是一番风情，也算没有白来。我又钻入附近林中乱走，林虽不密，雪也不深，但在阒无人迹的林间小道吱吱呀呀踏下自己第一行脚印，感觉还是畅快。

　　吉林最有名的是雾凇，有人把它与桂林山水、云南石林、长江三峡并列为中国四大自然奇观。尤其雾凇岛上的雾凇，凡见者都称奇大赞，为那种晶莹白洁的画面所倾倒。

吉林雾凇岛

只是我去得不是时候，吉林遇到罕见的"暖冬"，预报中的大雪变成了几场渐渐沥沥的冬雨，形成雾凇的概率小了。一天晨起散步，走到江边，见江水雾气腾喧，岸边柳枝突然披上洁白霜花。我才明白，我毕竟看到了松花江畔的雾凇，虽然那雾凇并不浓烈。

　　也就是我离开吉林几天之后，教授发来短信说：吉林飘大雪了，雾凇岛成了仙境。教授对此叹息不已，直埋怨我不该早走这么几天。言下之意：不听教授言，遗憾在眼前。

　　但我想，我看到了我可以看到的，我看到了我应该看到的，足够了，也很满足了。更何况，那种洁净超凡的雾凇世界，给我留了悬念留了想象也留了再吸引我前去的神秘，岂不更好？

在河之洲

一　去河之洲

"关关雎鸠，在河之洲……"

文人，尤其是古代文人（起码现在电影或电视里是如此）摇头晃脑一哼哼，往往免不了这几句。所以，家喻户晓。就我而言，知晓《诗经》这两句说辞，恐怕也有几十个年头了。

后来呢，又见好事者考证，说这是描写大圣大贤周文王谈恋爱的经历。于是我又有几分明白，封建卫道士们之所以一代代高唱"窈窕淑女君子好逑"的性爱赞歌，前赴后继为自己泡妞功业做宣教，原来有他们总坛主在几千年前表率着。

当然，我也属"窈窕淑女君子好逑"派，心里觉得，周文王如何咱不管，身为男儿，"好逑"一把也似乎没什么好不好没什么对不对。所以偶尔也会学着念叨一下"关关雎鸠，在河之洲……"，以示自己还有几分风雅。但这"河之洲"究竟虚拟或是实写？我却不甚了了。可谓知其然而不知其所以然，这是我一贯作风。

一个偶然机遇，听网上某人指点迷津，说那"河之洲"居然确有其地，而且距我所住的城市并不遥远，简直是一河之隔，就在黄河西岸陕西合阳县境内的洽川。河者：黄河。洲者：洽川黄河边的大片沼泽地，即时髦说法的"湿地"。

噢，是这样，那我得去一去，去实地感觉一下周文王泡美女的外景地，没准也能巧遇个把淑女？

四月上旬，春风吹春光媚淑女怀春君子好逑的时节，算不上君子但毕竟还算男人的我来到了合阳县。

二 感受关中

最先感受到的是关中百姓的率直淳朴，或许因了这里还不甚发达不甚现代化的缘故？世事的好坏有时很难评说，所谓文明和进步带给我们的究竟弊利孰大，身在其中的人们未必说得清楚。起码在我的旅途中，往往很难平衡，是选择方便洁净舒适却又金钱味十足的现代化好还是选择封闭自然荒蛮却又人情味十足的原生态好？

火车上，我只随意向身旁一位当地农家女模样的小妹问了一下去洽川的路线，谁知就引来周围一群男女老少粗声大气的讲解指导。他们先纠正我的读音，"洽"不是 qia 而是 he。那就 he 吧，细想，许多细小水流的汇合或许更形象。读 qia 反倒有几分与河之洲的洲不甚关联了。

他们又告诉我那里的农家乐小院如何住宿方便整洁，吃饭如何实惠天然，尤其是刚网上来的黄河大鲤鱼，那个鲜那个嫩，听得我还没吃到嘴已经口水泛滥。一个小帅哥甚至指点我到了洽川要这样东绕那般西拐即可逃脱门票。不过后来我实地考察，发现小帅哥的办法不大好使。洽川景区就如河北白洋淀，河渠纵横，芦荡丛生，绕不好很可能就掉进泥潭沼泽，还是规规矩矩为好。

暮色中出了火车站，农家小妹告诉我坐什么车进城，另一位同上此车的老农民则更是大包大揽，说要把我直接送到县里去洽川的公交车旁。他果然不食言，车到县城，老农民把我直拖到马路边正在候客的洽川专线车边才松手。热情得让我鼻涕眼泪都差点掉下来。

三 品味小吃

不过后来我改变了主意，没急着去景区"农家乐"，我想在这个出过"窈窕淑女"的小县城里稍事流连。不失热闹的大街上，我看准一家卖羊肉泡馍的餐馆。来到关中，不吃几次羊肉泡馍是不过瘾的。

看价格还算便宜，很大众化。"普通泡"七元，"豪华泡"十元。想一想，既来"泡"，那就豪华一碗试试。不一阵儿，热气腾腾的"豪华泡"就端到我面前。那大海碗着实吓我一跳，小面盆一般，而且碗中内容甚是丰富实惠。碎馍块和一大把羊肉分量十足，还有粉丝黄花菜鹌鹑蛋青菜叶，外带一小碟糖蒜，一小碟佐料，五花八门，香味浓郁，让人一下子就品出了关中人的热情豪爽和大气。

面对大碗"豪华泡"，我很生出了几份敬畏，我知道自己的胃袋不足以容纳这样的海量。但瞥瞥周围，当地几位女士也咋咋呼呼捧着同样大的碗在那里享用，我只好知难而上，拼死拼活消灭了一半，志得而意满了。

"河之洲"的大海碗，在第二天第三天的就餐时又领略了几次。我曾要了一碗同样有当地特色的扯面。这种扯面，几十年前我在西岳华山脚下吃过，扯面的是个很美丽的关中小妹，她的笑颜、热情和那一大碗只花五分钱的扯面，从此深深留在记忆中。而眼前的这碗扯面，当然不再会是五分钱，但用现在的货币尺度衡量，二元五角，依然便宜得令人吃惊。扯面的方式没变，腰带般的面条也是老样，味道还是同样可口，只是扯面和吃面的人不同了。这是不是可以叫作"物是而人非"？

四　走向绿洲

不知是不是品味了"豪华泡"的缘故，合阳县里的一夜我半睡半醒，梦境纷纭。我就带着这一堆梦，踏上了去洽川的公交车。车出县城向东，弯弯曲曲开上陡峭的黄土高坡。

孕育了华夏文明的这一隅黄土，被岁月犁耕得沟壑纵横荒凉冷寂，又被春色点染出星星点点嫩黄清绿的活力。远远的，从坡谷凹陷处瞥到了烟云弥漫中的一线黄河，我知道，所谓"河之洲"就在那里了。

车开到坡顶最高处，大概距洽川还有数公里路程，我喊住司机，在一群人疑疑惑惑的目光中下了车。我希望自己脚踏实地走过去，一步步去接近黄河岸边的这片绿洲。

洽川，据说自古多出美女，且都是有名望的美女。或许与这里水色天然风光秀丽而又有大河大谷有关？禹母，商妃，周文王之母太妊，都生长于此。尤其是后来被周文王"好逑"了的太姒，竟然立足洽川而成了被文人骚客千古咏叹的淑女。

不过，我向来对此类"据说"不以为然。"关关雎鸠"果真是周文王玩风流的描述？怕也未必。那种率真那份情切，我以为，大致应该是首很民间很热烈的求爱歌，更应该出自那时洽川农家小男生小女生相亲相爱时的直白表露。关中汉子，耿直粗放。关中女儿，率真情切。我们稍稍放纵思绪，不难推想，古久年代的帅哥靓妹，在这一块河水泱泱苇绿荷红的背景前，春情勃发如洲上青草，情潮澎湃如南去黄河，自然而然就演绎出许多"关关雎鸠"的浪漫故事。

只是我一路走去，色眼四顾，多见农户女儿敦实淳朴，纤丽美艳者几乎没有。莫非秀色也能被世事流年雨打风吹去？呵呵，要不就是我对"淑女"一词赋予了太多现代流行的审美观吧。

五　处女泉畔

景区不大，已有明显的商业炒作气氛。果如昨日在火车上听当地人讲的，路两旁都是农家小院开设的旅舍饭店，也不时就有人招呼你骑马坐车。明知这种情形难免，但也总有几分让人觉得遗憾。现代文明中，我们要存留真正的天然，实在是难上加难了。

进入景区，一道数丈宽的水渠横亘于眼前。有趣的是，水面无桥，须在系舟处自己摆渡过岸。麻烦了点，却也让你立即感觉到进入水域的气氛。上岸，走长廊，穿行于芦苇荡，几百米远处即是景区的中心——处女泉。

这名字有点让人想入非非。又是据说，洽川古俗，女孩家出嫁前，要来此泉水中沐浴净身，泉因此而得名。处女泉很有特色，苇草环绕，泉水清澈。虽然有人把它称为温泉，但水温不高，只达三十一摄氏度。不过奇在四季恒温，不凉不热。且入水后，脚下细沙随泉水上涌而拂绕人体，别是一番滋味。故入口处的简介别有用心加了一句："泉涌沙旋，似纱拂体，如少女轻按，痒酥舒畅，如醉如仙。"给处女泉注入时髦内涵。

我来的不是季节，但也或许正是时候。游人寥寥，泉池中洗浴者甚少，而且多是男士和几个恐怕早已不是处女的女士。好像若干年前，那位太姒，是不是刚沐浴完不太清楚，总之是很动人很美丽很淑女地立于泉水边，就被色迷迷的周文王一眼盯住，成就了一段佳话。这内容要是略加演义，没准还能构描成几十集的电视大片呢。

六　茶舍秦腔

泉池南面有一仿古建筑的茶舍，竹椅木桌，轩窗畅阔，而且三面环绕水湾苇草，很有几分水天一色野草萋萋的野趣。我去时正有几位城里来的时尚男女在里面"卡拉"新派歌曲，矫情乏味，与四周自然氛围甚是不合。好在他们宣泄的时间并不太久。声嘶力竭之后颓然而去。茶室里安静了片刻，那位卖茶女郎换了一张碟片，拿起麦克风，随即自唱起来。这一声唱可真是石破天惊，正宗原味的秦腔骤然回荡在这片古老沧桑却又春意勃发的绿洲之上。

我不懂戏文，但那古腔古韵却一下子闯入我的内心。时而浓烈沉郁，时而凄怨哀绝，时而激越昂奋的旋律，不能不让你生出感慨，生出联想。

戏韵铿锵声中，我显然看到一群伫立于大河之洲的关中女子。她们的内心情感是何等厚重丰富。沉甸甸的黄土文化之中，九曲回环，黄尘扑面，风刀霜剑，礼教规范。她们怀春，她们憧憬，她们向往，她们哀叹，然而她们也倾吐呼喊，敢怨敢怒，敢恨敢爱，敢泼泼洒洒流泪，也敢灿灿烂烂欢笑。奔涌的唱腔如流水般冲刷着凝重的黄土地，汇入滔滔黄河。

七　阳光淑女

我久已形成的淑女概念忽然有了动摇。一方水土一方人，起码在大河之洲，在这种开阔凝重粗犷苍凉的氛围之中，把江南水乡纤巧清秀娇羞含蓄的形象搬来就太不相宜，那种雅淡婉约寻寻觅觅悲悲戚戚的旧模式也不妥当。我想，或许还应该有另外一种版本的淑女吧。比如，眉眼亮丽的、胸襟大气的、敢作敢为的，而且即使岁月如何艰难，也还经常很阳光地欢笑着的女子，何尝不更适宜洽川这一方水土？

洽川处女泉

难怪黄土与大河之间，会生发出如此一片开阔明丽丰饶肥沃水性十足的绿洲。或许这才是"河之洲"的阳光淑女。

我绕着处女泉走了五六圈，我想我不能再绕下去了，别让处女泉中那几位苍白单薄嗲声嗲气的女子误以为她们成了吸引我不肯离去的淑女。我想找的，我幻想着的，是她们想象不出的另一种形象的淑女。遗憾的是，我终究没有遇到。这让我多少有几分怅然，是不是真会有这样的淑女？大概我真有点想入非非了。

蜀道行

一

又要去走蜀道。

旅程的开始有点小不顺。本来前几天还阳光灿烂春意洋洋，而我出发这天却又阴沉沉一片寒冷。背着行包出门，仰脸观望，欲雨不雨的样子。不至于故意与我过意不去吧？大意而小气了一下，决定省几元打车钱，步行前往。这一小失误，让我走到中途就遭遇一阵晚春的冷雨夹雪。躲一会儿？时间来不及。再拦出租？一大半路都走了，为后一小段路掏同样的钞票，我才不干。结果是哆哆嗦嗦而又水湿淋淋地赶到候车厅。大意加小气，实在不合算。

在铺位上把自己摆放妥帖，随手就掏出日记本。这是多年养成的毛病，不想改了。其实也没多大意义，不过是为了消磨时间，等同于别人的抽烟打牌聊天。人不能总坐在那里发呆，而旅途中我又往往不愿读书。一笔一本在手，指来画去，煞有介事。毕竟是做着点什么，且颇有很学究很风雅的姿态，不亦宜乎！

起初我在的这一格子还算安静。上铺是两位搞营销的年轻人，见面不久就彼此嗅出对方味道，相见恨晚的样子，头贴头对坐在走道靠窗的小椅上，神神秘秘交流着什么信息。中铺暂时只我一个，斜靠被子，在本子上乱涂乱抹，记述刚才遭遇雨雪教训的经过，或时不时在手机上接某某好友的短信，很惬意很悠闲很放松。

我之所以在众多交通工具中偏爱火车，一是安全，二是自在。尤其卧铺，拥有一隅独霸的小空间，或坐或卧，或看或想，能稍稍远离同行者的搅动，比较宽松舒展地熬过十几个或几十个小时的过程。

当然这种"自在"状态非常脆弱，车厢也是小社会，人物形形色色，难免就受到搅扰。打鼾矢气的，乱走乱动的，大呼小叫的，或偏喜欢向你问东问西的。你又该如何？只能一忍再忍一退再退，渐渐退到内心深处。那恐怕才是我们唯一还可以维持清静的地方。

车到前方一站，上来三个农家妇女，占据了另一中铺和两个下铺。这一小格骤然热闹起来。后来搞清楚，三人行中，那位七十多岁的老太是母亲，另两个四十多岁的自然就是女儿了。母女们此行目标是云南，观光为主而兼去看望一下那里的什么亲戚。

刚才我们这一格内还静寂冷清得仿佛世外桃源，这娘儿仨一就座，立马为格争光，嗓门嘹亮锣鼓喧天地带来一台大戏。吵吵嚷嚷，又吃又喝，走来晃去，一下子扭转了颓废安详的局面，闹得人脑袋都嗡嗡乱响。涂抹文字的游戏是进行不下去了，只好无可奈何地改做娘儿仨的观众听众。

先是她们的好胃口让我倾倒，上车后屁股未稳，先就匆匆忙忙从提袋里掏出一堆自家料理的食品，水饺鸡蛋烙饼小菜，把窗前小桌推得满满当当。车身一动，宴会开始，这一吃就几小时没再停过。一塑料袋接一塑料的食物，辅以一壶又一壶的开水，稀里哗啦直往三张嘴里输送。其中一位女士大嚼大咽之余，抬头发现我瞠目而视的样子，憨憨一乐："别笑俺们能吃哈！"

"不笑不笑！"我倒还真是笑不起来。对比自己进餐时小鸡啄食般羞羞答答小打小闹的状态，早被她们气吞山河的豪吃海喝惊吓得无地自容了。

接近宴饮尾声，姐俩开始商谈夜间值班事宜。好像她们提上车的七大八小颜色各异新旧不等几个布包里藏着什么稀世珍宝，必须轮流站岗放哨才能确保无虞。但排值班的议题又不时被"你吃你吃""你再吃你再吃"的谦让所搅扰，直到车灯熄灭，姐俩怔了一小下，才由中铺的妹妹拍板："我先睡！"

我也长吁一声，心想，光明总算过去，黑暗终于到来，这下可以享受安宁了吧。但我还是错误估计了形势，只听妹妹在对面铺上翻江倒海打一阵滚，转身朝下铺的姐姐大呼一声："睡不着，喂！睡不着！你先睡！"姐妹的值班表做了调整。

又过一阵，姐姐也坐起来："就是睡不着呀。"于是，暗夜里，新戏又开一场。张家李家东家西家，哈哈哈呵呵呵……终于是左邻右舍格子里的旅客群起而强烈抗议一通，姐俩才算死心塌地闭口落幕。也没再听她们谁睡觉谁放哨的协商，俩人同时呼噜呼噜进入睡乡，却把我搅得愈睡愈清醒。暗自苦笑一声，看来只能由我来守护她们的七八袋宝物了。

<h1 style="text-align:center">二</h1>

苦难总有尽头，此唱彼和的鼾声中，清晨渐渐来临。

我拉开窗帘，禁不住一声喝彩！晚春时节，居然看到冰天雪地的排场。昨夜的雨雪交加，变幻出重重叠叠的雪挂和雾凇，把秦岭山脉峰峦沟壑铺陈勾画成晶莹剔透白净亮丽的巨大画幅。一夜烦恼烟消云散，人生所求所得何须太多？有那么几个赏心悦目的瞬间属于你，有那么几次魂灵出窍的故事属于你，足矣！

天渐渐大亮，车厢里又热闹起来。各式人物开始走动洗漱如厕进食。这种奇怪的动物，很能适应环境，很善于把在家中或单位养成的起居方式尽可能地应用到陌生的临时的其他场所。人们有事没事都能自以为是地安排出一堆事，不让自己轻松也不让别人安静，好像只有这样才对得起一日三餐。而你不这样呢？恐怕还会让别人觉得不正常不对劲不让人放心，有被列入另类的危险。

比如我，不挤着去洗漱，不到车厢外抽烟，却举个小相机贴在车窗上乱拍一气，就显得有点怪异，时不时被过往的旅客乘警列车员斜视一下。好在现在也没人提"阶级斗争"，不大把我与间谍特务什么的往一块儿联系。斜视归斜视，倒未必有大碍。

或看窗外景色，或漫无际涯胡想，或在本上点点画画，时间比较好熬。不经意间，列车已停在广元站，我的目的地到了。我这人不善于寒暄客套，所以也就不太喜欢迎来送往。还在车上时，广元的竹同学就发来短信问到站时间，我左推右辞，依然没有挡住她的盛情。一出站，就看见竹小妹与几个同事在那里等候。没法子，随遇而安吧。

若干年前来广元，旧车站附近一片混乱破败，朗朗乾坤之下，市区近在咫尺，居然在公交车上目睹一场车匪的胡闹。那段小故事让我对广元难免生出几分畏惧。此次旧地重游，起步就来一群小年轻保驾护航，而且举目四顾，新车站一带已经现代化得令人咋舌，心里就很觉安全和松快。

未下车前，竹小妹曾短信告示，说有一群川妹子要与我拼酒论英雄。一看这挑战宣言，不胜酒力的我，哪有豪气应战？讨饶都唯恐不及。好在接风宴上，这些川妹子还算手下留情，比画几下，见我厚着面皮偏不接招，也就点到为止，没有太过逼迫。后来竹小妹交底，说这些女娃，外表看一个个娇娇怯怯的样子，但酒胆却大。我真要装大丈夫，肯定输得一塌糊涂。幸好我不喜逞强，对英雄不英雄很无所谓，躲过了这场必输的较量。

竹小妹和她这几个小男生小女生伙伴，都是正式挂牌的导游。对于导游，我接触不多。或许是习惯了随意性的独游，我旅游史上偶有的几次随团，都免不了与小导游直接间接发生点摩擦，所以对导游免不了有几分心存芥蒂。

然而，此次我是掉进了导游窝，周围叽叽喳喳活蹦乱跳的一群小导游，几乎没有把我也感染成"老导"。散步听她们讲说带团逸事，吃饭听她们交流讲解技巧，时不时还见她们为一个业务问题争论不休。很敬业很认真也很辛苦，倒让我生出几许敬佩。

与竹小妹的相识，完全是网上旅游坛子里的文字之缘，彼此读过对方几篇出游随笔。尤其是此次我忽生游兴再走古蜀道，很大程度是受了竹小妹独自徒步这一段石板加古柏路后的游记诱惑。不过这竹小妹很有点深藏不露的老江湖作风，在网上不事张扬，庐山真面不轻易示人。连我都以为，敢独自徒步荒野之地，起码也该是个有相当阅历的中年男士吧。没想到我这一走眼，简直十万八千里的差距。

以后两天时间，竹小妹成了我的专职导游，"导"着我看老昭化，走石板路，攀云台山，进翠云廊。而且很职业很规范地沿途讲解。或指点形胜，或引述典故，间或还莺啼燕啭唱唱小曲，徒步乡间荒岭的艰辛被化解得轻若飞烟。很让我感慨再三：有导游好，有专导我一人的导游更好，有专导我一人的川妹子导游尤其好上加好。

三

十多年前，我第一次独走剑门蜀道。当时的剑门关景区还比较冷寂落寞，那天又春雨纷飞，仅我傻乎乎一个游人淋着细雨在关楼栈道和水湿的田野间徘徊。滑溜溜登上剑门关山顶后，望山下雨雾中朦朦胧胧景色，思古感怀之情油然而生，难免文人恶习发作，吟哦了几句半通不通的所谓小诗。但随即雨愈下愈大，已经超出了"诗意"范畴，只好匆匆收拾起刚刚泛滥的情绪，赶忙返程下山。

没有尽兴的剑门之游，总让我难以释念。以后每坐火车经过广元，就会旧事重提想想再去走一下未走完的剑门古蜀道。想而已，来去匆匆，没有真正下决心付诸行动。

起因都怪这个竹小妹，她写了独走的游记，还要贴到网上，还让我看到。而且，三月底我正在江西乡村观赏油菜花，竹小妹又发来短信告知，她正带着一批人马在古柏苍苍的青石板蜀道上徒步，而且很炫耀地说：沿途风光太美了。我能经得住这种诱惑吗？

我的第二次古蜀道之行，就这样从想象变成现实。

出发时，乌云压顶，天气不甚好。这让竹小妹觉得有一点小小遗憾。她的意思，总想让来这里的游人看到最美的古蜀道。但我说，我这人一向随缘，对天气不太苛求。而且看到看不到什么，天气其实并不是关键，更主要的还在于心态和眼力。或许正因为雨恨云愁，我倒可以感受到别人不屑领略的另一番滋味。

从广元乘车，挤上一辆小面包。车窗外时而河流时而田园时而山峰时而村落，加上竹导游的解说，果然很赏心悦目。也就半小时左右，昭化古城到了，这才是我们徒步的真正起点。

关于老昭化，其位置其沿革以及相关历史事件和历史人物，有许多话题可说。但就我而言，往往并不太看重此类描述考证和讲解。中国这块版图上，古老的地方古老的东西太多。一不留神你就会发现自己穿越了时空隧道，掉入久远缥缈的往事之中。到如此这般的地方，我更容易也更愿意感受的，还是那种从残垣颓壁中透射出的无数代先人生于斯灭于斯的沧桑意蕴。

从遗存的"清临"古城门洞走过，进入昭化老街。踏着乌青发亮的石板路，恍恍惚惚就感觉自己游走在几十年几百年甚至几千年前的岁月中，周围是来去匆匆的行人，忙碌、筹谋、争吵、算计、得意、失望、欢笑、苦痛……各种各样不同朝代的脸谱闪现着，又消逝了。这就叫人生？这就叫意义？哗啦啦飞逝而过的时光，把多少活泼泼的生命荡为乌有，只留下这条青石板铺就的老街。

顺石板路，曲曲折折，可以绕到一条小巷。窄窄的行道，石砌的外墙，古朴的屋宇，木制的门槛，在迷蒙的春日里，俨然一张泛黄的蒙了尘埃的定格于某一瞬间的旧照片。偶尔有几枝春花怯怯地从谁家小院里探出，更显得气氛一片沉郁古旧。

小巷行人极少，静静的，仿佛有几分被岁月遗忘，远远隔离于飞速变化的时尚。随意步入敞开的门洞，也就似乎步入了另一种时空。依旧是石墩木柱雕花窗棂的庭院，依旧是青砖石缸竹椅藤床的摆设，依旧是幽暗清冷寂寥静谧的内屋，就连屋子里那些皱纹深刻的老人，也让人觉得，他们好像已经停滞于什么时刻，永恒而没有变化地存留于此。

不，还是在变！小巷、小巷中的一切，毕竟是衰老了。屋脊的瓦片残缺不全，庭院的墙围斑驳脱落，石阶上布满小草和青苔，门窗也大多歪斜破损。岁月不仅不饶人，也未必会饶过这片寓藏着许多悲欢离合情节的老屋。用不了多久，眼前的一切就会了无痕迹。当初那些造屋者住屋者的热梦呢？谁会知晓，谁会记起。

昭化古名葭萌，是入蜀古驿道上的重要关隘，有过当红明星般的风光岁月。据说在其城下，曾上演过许多金戈铁马的历史活剧。也正因为此吧，才有包括我在内的一批批多事者走近它解读它观赏它感叹它。从它的淡化和没落中去领悟历史和人生。

我轻轻一跃，跳上一段土墙。竹小妹说，这就是昭化古城墙。是吗？是的！赫然挺拔过的城墙竟然被风刀霜剑修理成如此模样。不仔细辨认，还以为不过是哪位农民破宅院的墙基残迹呢。"城墙"外野草萋迷，"城墙"内菜花烂漫。一片静寂平和慵懒的气息在周围弥散。哪看得出这曾是无数次两军对垒的古战场？

我们大多数人可能都非常近视，都会被一时一事的微细事物遮住视线，所谓"只看到自己脚尖下这一点"，所谓"一叶障目不见泰山"。我们身在其中时，总觉得那就是整个世界，总觉得那时那事才最最重要。然而一旦跳出某种自我局限，把生命把历史放到无穷大的宇宙背景中看，一方小城一种生活一代人生一点得失，能有多大分量？

凭吊过你了，古昭化！

四

离开昭化，坐一小段面包车，在泥水四溅的山间公路七绕八绕，约半小时后，停在一道不甚起眼的土坡前。竹导游说，这里原来有个小凉亭，可以算作昭化城南青石板古蜀道的起点。凉亭已毁，只有一阶阶一米多宽的石板路沿坡而上，这就是我十数年耿耿于怀没有踏过的古蜀道？现在，我可以一步一步实实在在去丈量它了。

漫步古道，自然是一次颇让人发思古之幽情的探寻，但同时更是一次很赏心悦目的野游。青石板铺就的小路蜿蜒而去，随随便便就引你走入陈年老窖般的历史事件，也走入剑门山乡的畴垅林木画图。

说到剑门，说到蜀道，谁都会立即联想到诗仙李白。这老头儿当年是怎样脚踏青石板，面对千山万壑手舞足蹈地抒发他上天入地由古而今的出奇想象呢？一声"蜀道之难难于上青天"的感叹，居然就千百年地给这一带山山水水定了个无法推翻的"难"论。

难也实在是难，起码几十年前，我父母入川走这一路线，越岭涉河，刀光剑影，坎坷泥泞，就恐怕非一个很诗意的"难"字了的。即使后来，已经新中国了，幼年的我乘汽车走这段路，依旧是三步一停五步一顿，一天最多行进几十公里。这应该是我亲历的不掺水分的"蜀道难"吧。

然而，不论李白诗篇所描述的也罢，还是我亲历见证的实际也罢，恐怕都未必是蜀道的全貌。巴山蜀水，别有一番藏在深闺人未识的天然纯真和美丽。

事实是我走的这一段古柏夹道的所谓"皇柏大道"，基本与难与险无关。如果非要说有点难，那也只能是拿平坦又宽阔的现代柏油路做参照而言了。当年这条联接川陕的官道其实相当顺畅，作为那时代的一级公路，尽管已经苍苔斑驳野草遮蔽，被时代遗忘在僻野山乡，却依旧基本完好地维持着自己的风貌，坦坦然然自自在在融入周围的河谷山峦，平整无碍地舒展着筋骨，缓缓穿行于一片幽静寂寞之中。

随它走去，攀上土坡又步下沟谷，逍遥而适意。正好眺盼风物畅志抒怀，悠悠哉踏歌而行，哪有半点"难于上青天"的感觉？

恰是春光大好时节，沿途林木苍翠，山石荦确，田坪稠密。沟里坡上，菜花嫩黄麦苗葱绿，时不时又有满树满坡烂漫的山花。尤其是星星点点掩隐于花团锦簇中的小小村寨，愈发飘散着几分世外桃源般的诱人气氛，惹人流连。这种落伍于现代的田园画卷，或许比古道的落寞苍凉更容易让人诗情萌动。

山里村民，远离商业炒作的喧闹，依然淳朴可亲。你问路，就周详认真地指点。你讨水，就把大暖瓶提出来。竹小妹几次徒步这段山路，居然熟悉了几个关系户。午间，我们在其中一位关系户家用饭。饭费是肯定不收的，女主人仿佛招待亲友般热情，煮一大锅面条，还荷包几枚土鸡蛋，饱得我昂首腆肚，一派气壮山河的傻样。

相比较本应更民风淳朴的赴九寨沟的沿途村寨，别说请你吃面让你喝水，即使是使用一下厕所，也要盯着你屁股非收几角大铜钱不可。这样的进化和文明果然就有趣吗？

石板路缓缓延伸，不几里远就会出现一个小小山乡。而且往往，路面会紧贴农家房屋的门庭，甚至有几处简直是穿堂入屋而过。竹小妹告我，这些乡村，是由当初古道驿站的值班室演变而成。三里五里的小驿站，监护着这条重要的国道，也守候着来去匆匆的各色人物。

我在一处很有岁月沧桑感的旧房屋前停住脚步。看石板路穿院而过的格局，不用问，这又是一处存留完好的古驿站。这不是我歇脚的原因，主要是旧木板墙壁上贴的诗词对联吸引了我。屋主人是个七十多岁的老头，健谈而风趣。他先咿呀有韵地读一遍诗文，又大讲门前这段古道的往昔盛况。老人幼时即随父来此驿站守护，听多了也看多了那些年头皇柏大道上南来北往的情节。

堂哉皇哉的皇家仪仗走过，车辚辚马萧萧的兵队走过，文人骚客之流，肩禾负薪之辈，小姐豪客的软轿，达官显贵的护卫，商贾强人的马帮……山路中树荫下石块上屋檐前，人欢马叫，喧声回荡。那时节的那些人，谁会想到几十年后几百年后有个放翁老头在此回想他们的故事？

也许不过就一阵轻风细雨，一场场精彩节目骤然落幕。转瞬之间，纷纭过客，流水落花，只剩得这条极少人迹的石路，还依稀把那些梦幻般的旧事与现实连缀在一起。

五

第一天行程中，真正的考验是上云台山。这本不是走古道的原定项目，但听竹小妹说云台山似乎可以算作周围一带最高也最有特色的山峰，而且远眺云台，也确实分外突兀挺拔，笋柱般直插云天。我按捺不住一窥究竟的念头，于是，偏离正道，下沟，过一山间小湖，寻到上山道径，开始了自讨苦吃的登攀。

登云台的路并不崎岖，而且也不绕来绕去。但正因为过于直白，陡峭的坡面上，一条小路直上直下，容不得你扭来扭去徘徊迟疑，攀爬起来格外耗费体力。好在几经停顿喘息，总算汗津津地上去了。一看，有几分小失望，云台之台也太局促了点，台面大概几丈见方，立着一座小庙。但又想，也在情理之中，台子大了，能飘到云端吗？

云端之台上的这个小庙，香火看来不甚旺盛且人迹罕至，居然无人把守。竹小妹乐不济济地去敲钟，我呢边擦汗边移花接木哼一句：会当凌绝顶，一览众山小。然后就赶快"决眦"做环顾四野状，倒也有那么"点极目巴蜀形胜，感怀过眼云烟"的味道。

腿颤颤地下了山，已近黄昏。所幸山下不远处有个名为"大朝"的小村，可以在这里恢复一下体力了。据说大朝村是古蜀道上较大的驿站。过往客商，往往要在这里歇脚用餐过夜。村里有条几百米长的小街，古风古貌。沿街许多房屋，还依稀让人感觉得出当年驿站时代这里店铺旅舍的盛景。尤其临街一家五世同堂的老宅，当年应该是很热闹的饭庄。入内，户牖雕花，青石铺院，清幽静谧。两层楼式的正堂厢屋，或许还做过那时的豪华旅社？

到这一带徒步旅游的人很少，村民还没有兴办接待设施的意识。但这或许就让蜀道之行愈发远离商业气息，愈发野趣盎然。听竹小妹的一个关系户讲，曾经有一队徒步爱好者进山，老乡很热情地招待他们进屋睡觉，那些"野驴"们却偏不领情，非在院中架起自己的帐篷。山里人觉得，城市人真是怪怪的，挺神经。

离开大朝村后的行程比较诗情画意，夹道都是参天合抱的古柏，还有铁桂桥、双凤桥、松树桥等诸多景观，可以很全面地领略"皇柏大道"风情。而且隔一道堑沟，对面就是剑门万仞绝壁，一路走去，边感觉古道清幽边欣赏雄关伟岸，确是难得的驿道观光游。

第二天午后，到达剑溪桥。至此，徒步石板路的行程结束。过剑溪即是川陕公路，再南行不远，就到了剑门关口。对比当年我第一次来这里游览的情景，这一带已发生了很大变化。路边冒出一片旅游饭店商店，绝壁下还不伦不类不古不今建起几十个白色墓包般的"钟会故垒"度假村。当年甚是清寂的关门前，也新添了停车场售货店之类设施。旅游区一旦这样规范化了，踏古寻幽的味道也就所剩无几，我没有再入关楼。

过剑门关隘口，驱车向南不远即翠云廊景区。其实，它是我刚走过的那条石板道的延续，只不过这一段古柏保存更为完好，且又加了后人的维护和美化。我想走这段古柏路，不是因为它的赫赫名声，而是因为作为军人的老父亲，几次讲过他当年带兵南下成都时曾途经这里。

关于古蜀道翠云廊的古柏，前人称谓不一，有叫"皇柏"的，有叫"唐柏"的，也有叫"张飞柏"的。老父亲大概因为身为军人而敬重张飞，所以他是"张飞柏"的认同者。父亲晚年退隐乡间，在自家院里植树，还偶尔就联想到张飞植柏的传说，当然也同时就会回想到他年轻时南下入川的军旅生涯。

我带着对军人张飞的缅怀和对军人父亲的缅怀，想来看一看张飞种植的父亲走过的这一段"翠云廊"。

时间已是半下午，翠云廊静无人迹。山风呼啸，林涛阵阵，我独自漫步于浓荫之下，任思绪在雨幻云飞的时光中飞舞。"张飞井"边，我抚碑长叹一声：逝者逝也！是啊，前有古人后亦不乏来者。一小段翠云廊，曾生发过多少阴晴圆缺春花秋月雷鸣电闪的故事？

张飞去矣，父亲去矣，现在还立在这里的我呢？以后还会来这里观玩的许许多多后人呢？触景生情，恐怕是人之常态。只有实际置身于其中，我们的体会和联想才能生动。许多感悟是不可能在门窗紧密的屋内或别人描绘的文字中获取的，对囚禁沉沦于机械刻板紧张而物欲横流的时尚之中的现代人而言，要重新冷静地审视、认识、定位人生，"走万里路"式的出逃出走出游，也许比"读万卷书"更有意义，更为重要。

古蜀道这本书，积淀荟萃收藏了太多太久的人文历史故事，我不过匆匆忙忙翻读了其中的几小章。然而，又何必太多？谁能遍览天下？谁能读尽藏书？得意可矣，尽兴可矣。到此为止吧。

剑门古蜀道

走在乡间的小路上

一

"婺源？婺源在哪里？"我把问话发出去，又在后面敲一个咧着大嘴傻笑的表情图。

QQ上友人的头像一晃一晃，仿佛摇着脑袋在不屑我的无知。其实这地名听过，在旅游网站也瞥了几眼介绍，据称是中国最美乡村，那里的小桥流水人家以及春阳下的油菜花好像很有点诗情画意。

但我没在意，就我一向的思路，大凡这种炒作频频且又多有时尚男女趋之若鹜蜂拥前往的地方，最好避开。

何况，不过是农村，我从小就生活于其间若干年，见得多了。

即使是江西的农村，仍然不过是农村，骨子里能花样翻新到哪里？

友人却三番五次游说，似乎很希望我去见识一下徽派建筑风味的乡村。想一想，反正自己对去不去哪里也不怎么挑剔，无非出游，那就去追一次时尚？

第一目标是庐山脚下的九江市，然而只是暂停，与友人的接头地点定在这里。虽然九江也算旅游城市（现在不是旅游城市的地方好像没几个了），其实可看之处不多。几年前登庐山时我已把这个巴掌大的小城绕了个遍。

烟水亭，勉强算景点，几丈见方的一个湖边小院。其他的，什么浔阳江头宋江题反词处，什么白居易听琵琶写"同是天涯沦落人"处，似是而非，现代人勉力打造出的"景"点，不去上当也罢。

从九江坐长途大巴，走高速，两小时路程，赶往景德镇，然后再换车去婺源县城。

沿途农田，油菜花开得正好。后来一比较，未必比婺源乡间的差。但毕竟不是目的地，而且总以为婺源的三大亮点之一就是油菜花，那里或许会有更灿烂壮观的花黄画图？便对路边的油菜场景不甚在意，只漫不经心瞥了几眼。

行程中真正让人过眼瘾的，是车上发生的一场龙虎斗。

车出九江不远，上来一位路边候车的男士，听口音，显然是本乡本土产品。

原本也没什么惊天动地生死攸关的过节，车主让立即购票，男士却偏要下车时才掏钱。这是什么过不去的矛盾？却理论起来，而且战斗性逐步升级。小吵变大吵，大吵之后就捋拳捋袖虎视眈眈，似乎立马就有闪电突袭的"斩首"行动。

担心殃及池鱼，一车旅客纷纷好言劝阻。却不奏效。斗鸡般的双方，眼里已经显出红光。我想，今天这场拳王赛是必不可免了。

好笑的是，有了戏剧性转折。

吵闹之中，各自都想唬住对方，炫耀自己在九江地盘何等何等了得。这一炫耀，怎么听着似乎同属一个帮派？吵声渐弱，然后就提及谁谁谁的名，然后不购票的男士就掏烟请车主抽。不一会儿，双方已肩贴肩挤到驾驶座边的小凳上哥长弟短亲密成一锅粥。

刚才还提心吊胆的旅客看了个目瞪口呆。果然应了那句老话：世上本无事，庸人自扰之。

其实也确实没什么大不了的，往往是有人喜欢搅扰。一搅不要紧，无事变有事，小事成大事。死呀活呀苦呀痛呀血呀泪呀，几十年几百年几千年回头一看，不就是个屁？

屁也不值！

便联想到这国那国之间的争战。

说到底，起因或许不过是某某什么人物因了某种需要的一闪念一动意，于是雷鸣电闪地动山摇打斗起来。你说是捍卫神圣疆域他说是解救劳苦大众，两国小老百姓都热血沸腾恨不得把对方咬死。沙场上不知躺下多少尸体了，不知制造出多少烈士多少寡妻了，发动战争的双方政要却已笑眯眯握手言欢坐到一起喝起了香槟。

蛮好看的戏，但真好看吗？

二

现代交通确实便捷，虽然几经转折，但一路顺畅，午间十二点半已赶到婺源县城。

在县城匆匆吃了午饭，随即搭车去景区，实际就是下乡。

二十世纪六十年代有批年轻人，把上山下乡当作时髦，还有很崇高的革命口号，"接受贫下中农再教育""扎根农村改天换地"什么的。

没想到几十年后，上山下乡又成了现代小年轻的时髦。当然口号变了，喊的是"回归自然""体验山野之乐"等等。

有一点纳闷，他们是聪明还是愚笨？要去的某某景点，早已被炒作得很不自然了，到那里又岂能真正"回归自然"？或者本意也未必如此。

人总会给自己没什么理由的行动找到理由，而且还要找到很浪漫很过瘾很高雅很堂皇的理由。比如没勇气冲出围城的人会标榜自己比较现实比较传统，怕老公老婆的人会宣称自己热爱家庭，不负责任的人说自己是新派后现代，讲求享受的人会以为自己蛮小资有品位。所谓"回归自然"之类，无非是一个听起来蛮时尚的理由，而已。

话扯远了，我好像也没喝多少酒。再说回来，人要是不给自己找理由，那活着多不自在。

毕竟是农村，即使已被现代化作践得支离破碎，少了所谓"原生态"。

出县城向西南，过一大桥，路边就有几分农家景象了。田园、河流、竹林、瓦屋，与城市高楼大厦的结构有了差异。总比钢筋水泥笼子自然一点，所谓"回归"，多少还是有点意思的。

二十分钟后，车到思口镇。下车就被一群摩的司机追星般簇拥，让游客很觉得趾高气扬。当然真正的原因无非是瞄准你口袋里的钞票。

砍价讨价，几个回合，达成协议。冷风飕飕颠颠簸簸地被拉到思溪村。

思溪被当地人炒作成"聊斋影视村"，似乎是电视剧《聊斋》在这里拍过几个外景。

雨天，游人不是很多。

在一土坡上远眺，迷蒙雨雾中，一弯溪水羞答答扭来。溪两岸，水淋淋的碧绿中油菜花开得一片妖艳。对岸即是思溪村，青瓦粉墙，拱脊飞檐，有几分江南山水画卷的意境。

溪水款款流经小村。村口架一廊桥，名曰"通济"，老旧而不失婉约。过桥，进村，大概就算步入"聊斋"舞台。但这感觉很淡很浮，经不住推敲。随处可见的电杆、电缆、各式招牌，不时提醒你，这毕竟是很现实的现代。

更麻烦的是紧随左右的摩的司机。

司机的本意肯定是想拉客，追"星"不舍，身前身后，喋喋不休。非给你指方向，非告诉你这间屋那间屋该看还是不该看。而且不时申明一句：我不说，你不知道的。

我外出，往往尽可能不遵循商家指定线路，也不大愿意听那些牵强解说。乱走乱看多好，毕竟不为舆论广告所误导，真正动用了自己的眼睛自己的头脑。

按我的方式，走到哪里看到什么都无所谓，只要心境松宽有所感悟就欣悦。

现在身边出现这样一个很韧性的"导游"，你想拐弯，他就救人般大呼：不对！回来！你面对旧壁做沉思状，他就来催：那面还有个屋子，更好看。

只好拉下脸驱赶，但没作用。他缩回几步，依旧目光灼灼紧盯，让你逃不出监控。遇到如此热心的伴游，谁还能游出情绪？

心绪一被搅乱，就觉得这名声很大的所谓江南小镇，也真没太大看头。拍几张照，走几条小巷，匆忙撤退。

想想摩的司机刚才捣乱的辛苦，"心太软"地决定照顾他一笔生意，把我们送到几华里之外的另一小村，所谓清代古镇——延村。

细雨飘洒，延村的小巷更显昏暗。看屋看门看堂，大同小异，与思溪格调没多少区别。几处院落出来，已失去进一步深究的耐心，反正算是来过了。

所谓美丽清幽的古思溪古延村，只浅淡地在记忆中曝了一点光。才过去几天，已经模模糊糊隐隐约约。不过，或许这也是一种效果？宣纸洇水出的记忆，也好。

重新上路，途经另一景点"长滩"。

同样是河边的一片徽派风格建筑，只不过观赏处较高且远，与村庄田园隔开距离，少了"身在此山中"的闷气，感觉出几分距离美和朦胧美。或者也是终于甩脱那个缠人的司机，心情好了的缘故？

不过，换个角度换个位置，往往就会换出新意。不仅旅游如此。

下一站，清华镇彩虹桥。这可是婺源之行中一大重点。

三

彩虹桥，很诗意的名字。

一百多米宽的河面上，一座古意悠然的廊桥横跨东西，不失江南秀美韵味，也还很有几分气势。河水喧哗，清澈可鉴。廊桥上游，河水中砌出一排石磴，下游，又有一架几近独木的小木桥，正好可让游人环绕廊桥一周，从左右两侧观赏它的姿态。

流水，田园，农舍，水车，还有河中倒影，画面感十足，值得一看。

只是观赏范围太小，也过于单薄。绕来绕去，不过就几百米路线，不过就这么一座廊桥。而且景区缺乏有创意的规划。古桥下泊着几个城市公园里的游船，看样子也极少有人乘坐，早已漆皮剥落得如癫皮狗，甚是煞风景。

据说彩虹桥是江南一带跨度最长（一百四十多米）年代最久（宋代）的廊桥。跨度长是明摆着的，毋庸置疑。但所谓宋代之说，却有了水分。听当地人讲，桥身已经过无数次翻修，最近的一次彻底大修是在二十世纪八十年代，距现在也就二十年。

那么，准确讲，彩虹桥不过是一座现代版的古式廊桥。

对有考证癖的人们而言，这或许有意义。但对大多数游人而言，其实无所谓。不以成败论英雄，也不必以古今论景观。只要它真的好看，今又何妨？没必要用外交辞令遮遮掩掩，非把真相包起来。

不过这种包装法，或许也是华夏族的特色。有人说，中国人善演戏、好演戏，真真假假，台前台后，戏词还是真话，都混淆成一瓶糨糊。你想听什么就是什么。

好还是不好，那就看在什么时代在什么场合对谁而言了。

已近黄昏，需要安排住宿。一入内就正好有村民来招揽，还不错，这村民的农家旅舍距桥也就四五十米，比较理想。

更妙的是所住房间在二楼，房间有一晾台，视野开阔。时近黄昏，斜靠台边围栏，看古镇里一片久经风雨的乌瓦屋脊，看不远处烟雾缥缈中的彩虹桥，看浅黄轻绿的柳枝，看河边的油菜花，看朦胧如剪影的远处峰峦……

起码这稍许时光，很有点超然物外远离尘嚣的感觉。

晚饭后，独自出门，慢慢踱上廊桥。独倚栏杆，凭任潮潮的爽爽的夜风吹拂，很觉快意。

桥上没有灯光，幽暗深沉，有点神秘。河水泛着隐隐的波光，喧哗声比白昼更响亮也更纯净。或许真正能久远、真正耐寻味、真正有活力的，正是这一溪流水。

有好长好长一段时间，我就斜靠桥柱，微闭双目，无思无欲地聆听着桥下流水，忘了四野，忘了廊桥，也忘了这个似乎挣也挣不脱的"我"。

大概这就叫灵魂出窍？多好……

四

第二天的行程是徒步翻山，起点在庐坑村（詹天佑的故乡），近三十公里，而且山势陡峭，难度系数比较大。

天气不佳，不时飞洒一点细如牛毛的雨丝。好在一条石板路，湿滑却不泥泞，迂回盘旋，引人入胜，渐渐深入大山怀抱。开始还略有兴致，四野空气清凉，山间林幽草密，静寂中不时就跳跃出一树春色，好像挺诗意。但没多大会儿就开始冒汗，脚步沉重喘息不已，诗意渐渐被体力活的感觉替代。

更让人很觉好笑的，是这山间小路仿佛橡皮筋，长短伸缩性太大。我们遇第一个山民，问前方小村的距离，他轻松指点：快，也就三里路。所谓三里，自然是华里，撑死不足两千米，能费多大劲？精神抖擞攀爬了半个多小时，按说早该到了，却还不见小村出现。又遇一山民，再问，他依然表情轻松：不远了不远了，也就五六里路。不是搞笑吧？我们可明明是往前走的，劲头顿然就抹了一半。

一路走去，遇人就问，里数时少时多，似乎一人一个丈量尺度，难以捉摸。反正这一段路足足走了两个多小时才见到小村，究竟有多远，我也晕了头。好在无论怎样拉皮筋，毕竟要拉扯完。耗费五个多小时，终于膝盖软软地翻过了大山。

下到沟底平川，又能扬眉吐气地张扬了，不必再佝偻着身躯感受半高不高的高山反应。后来的行程较顺，穿小村，过田埂，跨溪流，再坐一大段汽车。黄昏时分，到达深山里的小镇：庆源。

这段徒步之劳有意外收获，让我们省了门票。若从大公路进庆源，那得经过收票关卡。而我们抛洒汗水的石板小路，是侧面迂回，歪打正着绕过哨兵的盘查。村里，农家旅舍已经比比皆是，村民们对奇装异服背负行包相机的外地游客显然已经见多不怪没什么稀奇，唯独感兴趣的，是你住或不住他家。

好端端山里人，让城市来得这帮时尚派一诱惑一影响，马上就卷入商品经济泥淖，熏陶得见钱眼开浮躁市利，搞不清究竟谁回归了谁。

庆源村很小，棋盘般规规矩矩，中间一条水渠，楚河汉界地把村子一劈两半。

这渠水的功用还比较古风古貌，村人们淘米洗菜清洗衣物仍然蹲在渠畔青石板上操作。看起来渠水很清澈，只是不时就会漂过一些塑料袋饮料盒之类。这些现代化垃圾，昭示着小桥流水的古镇很快就会在丑陋的文明面前败下阵去。

在庆源待的时间很短，也就黄昏时分几小时，沿水渠走几个来回，到村外的田埂上徘徊一小会儿，能看的基本都看了。

第二天一早，正好有中巴返回县城。所住农家的主人讲，这种机会不多，好几天都未必遇到。山里一般都是农用大卡车做交通工具的。那么，见机就撤吧。

同车离开的，是一堆广东小男生小女生。

我发现，到婺源玩的，广东人最多，其次是沪杭一带的时尚男女。是不是与这些地方现代化程度太高有关？反正在网上看帖，我没看到山西陕西这类地方的人对婺源发生兴趣。我可能是例外，当然，有友人的劝导作用。

广东小年轻们的旅游，很有特色。内容当然他们也很注重，但跟风的成分也不少。什么人在网上一哼哼哪里怎么怎么有趣，尾随其后凑热闹的大多是这些人。而且似乎他们还颇为注重外出的装备和形式。从头到脚，武装到牙齿，看上去美国大兵似的。到我们闭塞的太行山里，这形象没准就能搅出鸡飞狗跳的效果。

很难把如此这般的出走叫作"回归自然"。想把时髦与便捷压缩成一个行包背到乡间，又享用城市新科技又观赏乡野旧风情。想法倒是不错，结果呢？我不是他们，我没法下定论。他们自有道理。

车过江岭。

炒家们说，这是婺源看油菜花的最佳处。

在一群广东"小驴"的呼吁恳请下，车主很无奈地停了车。大家呼啸而出，涌到路边，朝着坡上沟底，各自掏出相机疯狂扫射。

平心而论，这一带景色真是不错。一道山坡，层层叠叠的梯田，灿烂辉煌地盛开着油菜花。沟底平川，阡陌纵横，线条曲折的土地黄一块绿一块，和谐而动感地交错成一幅幅色彩生动的构图。

坡上星星点点立了许多专业摄影人。我与一位颇具艺术家风度的先生闲聊几句，他说，已在此地伫守了三四天，一直没有等到好光线。他们的辛苦和心境，我很了解。当年我也曾装模作样在摄影圈混过几年，大包小包翻山越岭运动到目的地，要捕抓到最佳的一瞬间，实在是得付出相当大耐性和体力消耗。

我终于对这种耗时费力的所谓"艺术追求"失去兴趣，把几架砖块般的相机往书橱里一丢，携一部小巧的口袋数码机，心态悠然地随处乱走，再不必去看老天脸色，再不必考虑光线构图立意，多自在。尽管这是对自己的懒惰和不成气候找借口。

离开江岭，汽车开始下坡，沿途山野春色，依旧耐人寻味。

广东的小年轻们开始抒情了，起初是一两个人，偶尔地拖着长音：哇……

后来就传染开来，你哇他也哇，此起彼伏。最激烈时，十几个人同时咧开嘴巴：哇……哇……

气壮山河，震耳欲聋！

想到辛弃疾的词句：稻花香里说丰年，听取蛙声一片。

"哇"声中，车到李坑。

五

李坑勉强能看，反正要悠闲的话，住三五天也蛮不错。不过得有个情哥情妹什么的伴着才行。

这个村有点不伦不类。说是乡村，但离县城很近，而且又紧靠大公路，交通便利得很，没有那种天高皇帝远的荒蛮味道。说是民风淳朴，但已经实施了一套搜刮游客的现代办法，甚至连停在渠里没人看管的小木头船，你上去拍张照，马上就有人凶声凶气过来收钱。说是田园山乡，却在稻田中间修建了若干牌坊大庙仿古不古的簇新建筑。

不过这地方又毕竟不在高楼密集的大都市，食宿费用较低，环境也还雅静。形似赫赫大名的周庄，却游客甚少。入夜后，水巷悠悠，空无人迹，很是静谧。而且只要多走几步，出村不远，就能较真实地"回归"一小下田园。总算千里迢迢舟车劳顿且耗费大量银两之后，能勉强看几小块稻苗青菜花黄的景象，且可在牛屎遍布的乡间小路上小心翼翼不太浪漫地走几个来回。

如果看网上摄影人拍的婺源照片，那种菜花灿烂的景象也确实对小资人士有一定诱惑力。除了乡村毕竟不同于城市的异样感之外，事实上看图片很不靠谱。镜头里的画面，往往是比较了又比较，选择了又选择之后，再借助光线的弄虚作假，才最后定格的。不能说相差十万八千里吧，但出入不少却可以肯定。

谁会拍石阶上的垃圾？谁会拍屋前檐后乱七八糟的杂物？谁会拍小路上一堆堆牛屎？谁会拍田间地头歪歪扭扭的柴草木棍？谁会拍水渠里不时漂游着的菜根碎纸烂布条塑料袋？然而这些都是所谓诗情画意的"小桥流水人家"的真实。

当然，选择局部自欺欺人也未必全无意义。摄影者用镜头做出淘汰和选择，毕竟让我们从琐屑中看到了"艺术"。就是咱这类凡夫俗子，鼻孔朝天多看光明面，人生才不会太累。

我们住在紧贴河岸的一户农家。二楼显然是按茶楼格局修建布置的，感觉很有点水乡的古典小资情调。倚栏而坐，正好可观赏李坑的精华地段。

白昼，阁楼下也有繁忙景象。上学的孩子，抱娃的老人，出工的农人，还夹杂着稀奇古怪探头探脑到处窥视的游客。叽叽喳喳，喧哗而热闹。

然而，终究还是与外面世界的浮躁步履有许多差距，仍能让人明显感觉到乡村的自得与悠闲。卖菜小担，不紧不慢地走过。亭子里的木栏上坐满了抽烟聊天的村人。一老妪在水边少气无力地用木棒捶打衣物。对岸几个小媳妇边洗摘菜叶边嘻嘻哈哈，一把菜足可磨蹭半个上午。没有羁绊的小舟在渠水里懒洋洋漂荡。几只猫儿狗儿睡态朦胧随处乱卧在河边青石上，一派活神仙模样。

这画面看着就让人连打呵欠眼皮发困。

入夜之后，小镇显得格外安静清幽。石板路上绝少人迹。几盏红灯笼在古宅门前随风轻摇，流水泛出浅浅的波光。田野的风卷着浓浓夜色扑面轻拂，很让心境渐觉清凉。

李坑是此行最后一站。从此就可以把"婺源"二字从观赏项目中一笔勾销。

旅游有时就是这样，急切地跑去，或者看到了所向往的，或者很让人不以为然。但不论怎样，终究是要踏上离程，踏上归途。好好坏坏，喜欢厌恶，那个叫作"家"的一隅角落，又成了出游者的目标。

婺源水乡

河东旧事

一

夫人去永济公干，我厚起脸皮搭她的顺风车。

这条路线我一年不知往返多少次，其实不新鲜。但我这人对旅途的迷恋有几分不可救药，只要离开闹市，就心情愉悦得飘飘然。其实路边也无甚景致，无非很寻常的农田村舍。眼下又恰是初冬时节，随眼望去，叶落枝疏，一派萧条。可我偏要看得津津有味。

小轿车且高速路，一马平川，风驰电掣。若干年前要从大清早晃悠到天极晚"路漫漫其修远兮"的行程，现在三四个小时就能到达，人这种东西的创造力有时真是古怪而可怕。

这种改变通常被称为进步。但所谓进步，也很难绝对说好还是不好。当初那种老牛慢车土路弯弯的生存状态，肯定很耗时很落后，然而那时的人们也似乎生活得并不感觉过于紧迫。现在呢，高效率快节拍，应该是节省出的时间愈来愈多，而人们生活得也愈来愈紧张，愈来愈失去悠悠然心态。

这是不是真能叫作进步？我是稀里糊涂。如此进步下去，若干年后，没准人们即使是到地球另一端吃饭逛街，也是转瞬间的事。但恐怕那时的人们更要紧张得连喘气矢气都来不及。然而，管它呢。反正到那时我也早已升了天堂或入了地狱，人世间的烦恼是非自有人世间的人们去玩味承受。

正午时分，车驶出永济高速路收费口。简直准时得像是专来蹭饭，我拨通了DF电话。

二

刚进永济市区，DF 的车就跟了过来。总算可以摆脱夫人监管，这让我恢复几分丈夫气概。咱虽无车，朋友还是有车的嘛。

没有怎么寒暄，DF 也大体了解我不上台面不拘形迹的德行。他说先吃饭。我说吃就吃，反正在他地盘，土地主，当然要理直气壮任他做东。

说到吃饭，据说有所谓吃文化。吃饭已变成礼数、变成应酬、变成摆谱、变成试探或交易什么的过程。这是我很害怕的，我基本还停留在初级水平，吃饭就是吃饭，填饱肚子为原则。所以才不愿去享用夫人那里的官场宴，而要躲到老友这里品味随意餐。一想到饭桌上杯觥交错各种虚虚实实的应酬过招，我就头晕目眩心意惴惴。

不过 DF 的这顿饭也没太遂我意。

按我贫下中农口味，大概有碗面条或一半个馒头就解决问题。DF 却觉得过于游击队作风也说不过去，那有点太不体谅他的地主身份。就算不满汉全席，起码也得略微"正派"一点。于是，被他拉到一家什么什么名堂的火锅店。

边侃边吃，忽然就想起若干年前与 DF 的一次旅行。那时我们还是二十岁刚出头的穷学生，从山西乘火车去洛阳。卧铺是想都不敢想，即使硬座，已经幸福得飘飘然。途中还与 DF 联过几句打油诗，具体内容早已忘了，而当时的兴致勃勃却深留于记忆。

说我们穷学生，不是套话。当时的学生，吃国家供给，每月有十几元生活费。这笔钱，在学校食堂享用或许勉强能维持，但拿到旅途中消费，显然就大有差距。麻烦的是，偏偏我们正值青春发育期（别以为我们一生下来就现在这样老朽），胃口好得让自己都问心有愧。我没问过 DF 的感受，我自己是一到饭时，见同车人们吃东吃西就口内流涎。实在抵御不住诱惑了，索性双眼紧闭装神圣，一面就颇觉几分滑稽地聆听自己腹内叽里咕噜的肠鸣。

这样的情节这样的经历很难让人忘掉，或许还是自己的一种财富？经常回头看看，能让自己在声色享受场中保持清醒，面对追逐利益的现实而心态平和，与浮躁虚荣的大氛围多少拉开点距离。

老友的款待肯定真心实意，但这顿火锅，吃得略有不爽。主要是与 DF 一同来招待我的那位司机兼总管过于热情，让我招架不住。几乎是容不得我稍有轻松，不停地把他认为该品味的杂七杂八往我碗里乱夹，搞得我推三推四扭扭捏捏，仍然没能阻挡住他的进攻。稀里哗啦，最终他觉得该给予我的，全都堆到我鼻尖前才罢休。心里暗暗好笑，地主的饭也不容易白吃啊。

后果是胃口发胀，一直持续到第二天，而后才轻快起来。农民就是农民，上不了台盘，没法子。

三

永济现在对外打出了"优秀旅游城市"的招牌。不过对我而言，永济却有另外一番意义。它与我狂热的青年时代有许多联系。

我，DF，还有另外几个同龄人，曾在这里干过一些很荒唐可笑的事。这些陈谷烂芝麻，现在的年轻人已经不那么容易理解了。后来自己偶尔回想，也说不清该如何评价那些并不如烟的往事。

时间是"文革"后期的1975年秋季，我们当时来这里的一个小工厂学工。

学工就老老实实学工，不管什么时代，老老实实夹紧尾巴总不会犯错。但我们太年轻太气盛太不知天高地厚，总以为"国家兴亡匹夫有责"。面对当时风风雨雨不知何去何从的大形势，还真把自己当个人物，要跳出来大呼小叫发表观点，甚至筹办了一份蛮像样子的油印小报。DF颇有功底的书法就曾在这张小报上展示过几次，我和朋友们的一些胡乱评说自然成了小报的主要内容。

始料不及的是，无非少不更事的幼稚举动，居然被省城政要们放在眼里，居然还让公安机关的精英人物来监视盯梢侦探。

故事的结尾是我蹲了大狱。恶有恶报，这场小闹剧中我应该算是首恶分子，所以也活该受此一难。但因此而牵连了DF与几个朋友，却让我在狱中内疚不已。多少年过去了，我和DF几个朋友缠绵难断的情谊或许就缘于这场时代大场景中的小插曲。

"火锅"午餐后，DF把我拉到他的新居。新居所在地距我们当年折腾小报的革命遗址不远，大概也就几十米。这世间有许多事情是我们想不到的。

想不到的还有，当初慷慨悲歌的一屋傻小子，现在都人模狗样各自营建起自己的温馨小窝。B城的C老板，几次邀我去观赏他打拼出的新居。Y市的Z艺术家主要是给小报搞插图，现在居然弄出一大套乡间别墅，时不时还能在网上看到展览他的作品。还有一个当年专门负责刻版的 R 女士，不经意中就能在街头遇到，尽管为人妻为人母又忙碌着自己的教学工作，依然不失她风风火火的巾帼气概。

DF 的妻子很贤良，她始终陪在一旁听俩老头天上地下胡侃，这对她没准是一种精神折磨。当我们这些混账家伙每人身边都出现一个叫夫人还是叫老婆的人物后，我们的荒唐岁月我们的青春狂热我们许许多多热气腾腾的幻想就风云消散了。

那些荒唐、那些狂热、那些幻梦，现在依然静静潜伏于我日显苍白脆弱的血管中，不知因为什么，不知什么时候就会让心头一颤，热辣辣的豪气便烈酒般喷涌而来。

四

以永济市区为圆心，在半径不到二十公里长的范围内，密集了一大堆古迹名胜：峰峦突兀景色壮观的五老峰，飞瀑流水峡谷幽深的王官峪，小巧别致的扁鹊庙，五老峰下秀竹茂林古塔高耸的万固寺，演绎过爱情西厢记的西厢村和普救寺，古黄河岸边的镇河铁牛群，"欲穷千里目更上一层楼"的鹳雀楼，连接秦晋两国迎婚送嫁的蒲津古渡……永济要打造成"旅游大市"确有资本。DF 是永济市政府网站的总管，他的大才，肯定会在这个造势平台上让许多人重新认识永济的山山水水。

这一带对我而言，有旧地重游的意义。1975 年学工期间，我鼓捣了一辆破烂不堪的自行车，一没事，就摇摇晃晃骑着，独自在乡间公路流窜，凭吊几近废墟无人过问的古迹。记得游万固寺，我被寺前一大片竹林迷住，徘徊良久不忍离去，直到黄昏时分。最后索性用小刀削了几大枝，十几里路扛回宿舍立在我床头。小居也因此好长一段时间被朋友们戏称为"熊猫馆"。

那时这儿还是条坑洼不平的土公路，路边是农田，田埂上生长着许多柿树。秋风瑟瑟中，柿叶红得耀眼，柿子更诱人垂涎。我骑累腹内空虚了，四下瞅瞅，一见无人就迅速攀上柿树，拣被秋霜打熟打软的，毫不留情摘一堆享用，然后才又兴致勃勃上路。

谁会想到课堂上这个满嘴马列慷慨陈词的人物，居然曾如顽劣孩童般爬树偷摘老乡柿子？一想到当年自己的非法行径，不禁暗自好笑且生出几分怀疑，果真是当年的自己？没记错吧？

其实我的举动还算温良恭俭让，比较谦谦君子。一块办小报的R女士更豪迈，农民在地边也敢跳上树，还直呼人家帮忙接她摘下的柿子。老实巴交的农民一见如花似玉的城市美女如此做派，笑不是恼不是，只得乖乖帮忙，任她吃够快快离去。

这帮学工的学生，有几分绿林贼寇的样子。吃柿子还算事？炸鱼塘、逮水鸟，还与工人打群架，搅得工厂附近乡里农家不得安宁。有一次两个学生爬山走失，班里同学自然要上山寻找。夜半三更，山头又是火把又是手电，把公安部门都惊动得疑疑惑惑彻夜未眠，以为山上来了一帮空降特务。

后来实在闹得不成体统，我索性把他们拉出去旅游，爬华山，逛西安，走洛阳。大家走得顺了，连车票都懒得买，反正穷学生，逮住就逮住，你说咋办就咋办，照样面无愧色嘻嘻哈哈。那几个月，河南陕西一线的列车，许多列车员都能认出山西这帮学生娃，查票也都争一眼闭一眼，任他们得意逍遥。

到处流窜无所谓，在三门峡水电站还搅出一场"破坏"风波。几个学生把坝内通道的铁门敲坏，惹得电站保安部门出动。学生们倒很机灵，落荒而逃，作鸟兽散。我这个带队的却被扣押在电厂保卫处，做了几小时深刻检查。这些故事，后来都记在我账上，成了捕我入狱的罪状。

其实，除爬华山和去三门峡水电站是我直接组织的，其他事件与我没啥相干。然而，能解释清吗？我出狱后，几个参与与工人打架和在学校闹罢饭风波的老同学聊天，他们说，学校开批判会，把这些事全扣到我脑袋上，他们在下面听着就偷乐。

当事人在，我都难辩解，倒不如索性兜过来。反正我想，我已经十恶不赦了，不在乎多加几桩"罪行"。

这也让我明白了，历史为什么会成为一笔糊涂账。

五

清晨，车出永济，向西而去。

薄雾弥漫，景色依稀。

车行之处，正是我当年骑自行车晃悠过的公路。但此路非彼路，土公路已演变成宽阔平直的高速路。

朦朦胧胧闪出万固寺，我流连过的竹林还在吗？我说：不用停，走吧！

雾更稀了，瞥见了普救寺的莺莺塔。张生戏莺莺的故事，引发过多少才子佳人的好梦呢？我说：不停，再走！

远处，鹳雀楼出现了。这座人造新景点，没太引起我的兴趣。我想要看的，不是这类东西。

再往前开，路右前方，视野豁然开阔。我说：好，就这里。车在一个大转弯处停下来。

我下车，迈过高速路的护栏，攀上路边一座小小的土包。太阳已经升起，从背后照射着我，我的身影如一柄长剑，残残断断，越过脚下的沟壑，直探过去。

前方，"残剑"所指，平静的黄河在朝阳下闪烁出金属般的光泽，静静地平缓地沉稳大气地从我眼前横流而过。

我每年都有五六次机会从不同地点不同角度走近黄河。黄河让我入迷的，不是它的观赏性，而是因它能够引发我的许多思索和联想。

有人把它喻作母亲河，有人把它象征为中华民族，还有人从它弯曲的图案去探寻阴阴八卦的起源和内涵。

黄河

我总在想，我们这个民族有着明显的阴柔内敛特色，这与河性是否有相同之处？阴柔的黄河流到壶口，却一下子咆哮奔涌狂浪飞扬，显现出怒发冲冠的阳刚之性，这与我们这个所谓"睡狮"之族在某个时期愤然觉醒刚勇无比是否有类似之理？黄河的泥沙俱下含垢纳污与我们这个民族混沌不清是非难辨是否也很相近？黄河为患而又造福、破坏而又创新、洪涛而又断流是否也折射出我们这个民族的时乱时宁荣枯兴替？

　　眼前这条河不过是条河，但它确实不是寻常意义的河。

　　然而，我想得更多的还是，河东河西，沧海桑田，黄河身边发生过多少故事？

　　我们那些小儿闹，算得了什么。

　　逝者如斯，一切都是过眼云烟。恍然回首，一瞬间的事吧，果然已经白了少年头。我们就这样在人世间稀里糊涂走了一遭。

　　发一声长叹，谁能解这个独自凭高眺望黄河的"残剑"老头儿胸中之意呢？

武昌城内独徘徊

武汉来过几次，但都走得不细。一般是登黄鹤楼，去古琴台，或到长江边走走，没有小街小巷寻觅过。虽然也有感觉，却毕竟粗枝大叶，印象浅薄。

这次到武汉，住于武昌。因时间较宽松，又无明确目标，正好随意游走。沿住所周围街道，独自徘徊了两日。较之以往，增加了观玩内容，心得体会自然多出几许。

一般城市，往往与人相似，来历不同，居地不同，面孔不同，禀性也千差万别。这或许可以称之为城市的内在气质，城市的"城气"。

武汉的"城气"，有几分江湖味，开阔爽直不拘小节，没有太促狭的小家子手腕。上街乘车或徒步，若向当地人问路，大都热情指点而没有鄙夷不屑的神态。看新开辟整建的交通要道处，举旗吹哨，管理颇规范，但人们似乎都不甚在意，蹦蹦跳跳非要越轨。更有意思的，别处大多是乱贴小条或乱往你手机里发信息的"刻章办证"之类地下黑生意，在武汉竟然堂而皇之公然由人举着大牌招摇于街头。

想一想，这个盘踞于东西南北水陆交通十线的大城镇，八面来风，各路英豪荟萃，没有点大碗喝酒大块吃肉的泼辣恐怕不行。然而它显然又与北京城的"大爷"遗老做派或西安城的古久凝重姿态不是同类。武汉更多一种带草民色彩的敢作敢当无所畏惧的江湖豪杰气概。

这次到武昌，勉强可算成目标的大概是东湖。东湖之名，以前只是听听，几次路过都没去。好在住宿处离东湖不远，就去逛了一趟。没想到那里格外清冷，一上午不见几个游客。东湖面积很大，据说有杭州西湖的四倍，我去时，湖面薄雾弥漫，影影绰绰看不甚远，更显得阔大浩渺。湖边几枝新柳摇曳，岸上几丛春花耀眼，倒也略有情调。

因为游客少，船工都懒洋洋聚在湖边草地上扯闲话。见我过来，十几个老少男女群狼扑食般围过来，非要划我过湖去磨山看楚城和楚天台。这本来不是我计划，如果妹子同往还有点诗意，老爷们独自一人在水上漂流，有什么好玩？但听他们口气，我不起头开张他们没准就一天没得生意。想想，那就上贼船放浪一把，算帮他们开一下张。

　　划船的是个四十多岁的农妇，看上去一脸忠厚。上船前还连说几声感谢，谢得我真以为自己有几分伟大，感觉良好地摇晃着脑袋左右看水。划出不远，农妇说沿途有几个什么什么景点应该去看，再给她添点船价就行。我说不去，直达磨山脚下的公交车站吧。谁知不一会儿，船就拐到附近石堤边靠岸。看那地点，不像是正规泊船处，我难免疑惑。农妇说，这里离公交站近啊，几步路。而公交站那里是不能停船的。

　　上岸后问路人，离磨山公交站有一大截子呢。而且走过去，那里才是正规游船停靠点，有明确招牌。我才明白上当了。不过也好，坐个硬板凳在水上晃荡，未必比自己走路感觉畅快。当然也再一次得了教训，人不可以貌相轻易衡量。

　　蹒跚到磨山，没去登什么"楚城"，起码外表看，那似乎是个现代建筑。随意搭了个几路车返回，一直返到珞珈山下。忽然从车窗瞥见，路边正是武汉大学校门。人头攒动，好不热闹，"樱花节"的横幅标语更是惹人注目。

　　"樱花节"我是知道的，网上一些"驴友"几次邀我来共赏。但我对这种有点炒作之嫌的某某"节"不感兴趣，并没太动过要看的念头。不过，已经被车拉到门口，再不进也似乎矫情。那就进去看看？

　　感觉不怎么好，起码是很一般。院中樱花不成气候，沿一座旧宿舍楼（我对这座旧式斋字楼的感觉比樱花好）前的长长马路走去，大约有几百株。单单薄薄，不成林也不怎么成行。倒是赏花人不少，各式背包族潮流族消闲族，叽叽喳喳，窜来蹦去，或在枝前做妩媚娇羞状留影，或举相机仰着脖颈猛拍一气。总归是要对得起十元钱门票的意思。

　　那樱花，在我眼里有几分山桃花模样，细碎而缤纷地绽放于枝头，无论远观还是近赏，姿色实在平平，未必比穷乡僻壤的幽淡小花亮丽多少。然而，也毕竟体现出一种春天气息，甚至关联着一个民族的心理审美特点。所以，遇到了看看也无妨。

　　据说日本人赏樱，是感悟于樱花忽然一夜灿烂繁茂于枝头又忽然一下子华英尽落的瞬间美丽，类似于生命、人生或者一个朝代和一个国家。其实，美丽恐怕都是瞬间的，而繁华也大都不会恒久，何止樱花？

反正是闲逛，住所周围，大大小小几处佛院道观，都一一去了。看介绍蛮不错，进去又看不出太让人感动的内容，而且都新修得一塌糊涂，似乎故意不让我发思古之幽情。所以观赏得倒也省事省心，不必缠缠绵绵悱恻胡思乱想。

到宝通禅寺，适逢寺内早课。僧人居士，群集大殿，伴着佛乐放声诵经，很是悠悠荡荡地悦耳。于是驻足殿外，聆听许久。听得略起倦意，随手掏出相机想抓拍几张现场。谁想身旁走过一位金刚怒目的和尚，对我就是一声狮吼：照什么照！一下子击碎我偷拍阴谋，只好悻悻然撤离。

长春观也基本一片簇新气象，穿着青黑色道服的靓女帅哥走来走去，煞是抢眼。尤其几个道姑小妹，红唇秀目姿色可人，直让我眼馋馋地想抓拍一下。然而鉴于宝通禅寺的教训，几次都手软软地没敢掏出相机。后来见一阔人开轿车入观，可能是香火钱出得大方，一群道士演戏般披挂起五颜六色的仪仗行头，举着法器音响到门前吹吹打打，又咿咿唔唔吟唱一番，才把轿车迎进大院。欢迎仪式热闹，没人顾及我的胡来，我才举相机颇解恨地乱按一通快门。同时就想，还是阔人厉害啊，即使三清宝地，也是见阔佬而门洞敞开。

比较而言，归元古寺要多点看头。规模不小，香火也盛，这都不是特色。漫步其间，我更欣赏它的建筑风格。江南韵味的殿堂楼阁，与北方寺庙有明显差异。稍觉太滥的是过于翻新，粉漆得一片与时俱进模样，而且时不时就见到大兴土木的工地。少了庄重，多了浮躁。真有点搞不懂，崇尚俭约平和的佛家，是不是非如此显摆才可以弘扬佛法？

此次武昌之行，最认真的是去瞻仰了施洋大律师陵墓。施洋先生不太算得上历史名人，也没留下很惊天动地的业绩。但我去瞻仰他的陵墓，有充足的理由。幼小时看过电影《风暴》，那个大义凛然词语铿锵敢于直面强横为工人抗辩的形象一直活在我心中。后来见过一些资料，才知道施洋不仅仅是个电影人物，他确确实实是一个为民众而勇于献身的志士。

施洋先生的陵墓在武昌洪山脚下，据说那里是他就义的地方。一个为穷苦劳工而饮弹身亡的烈士，不能不让我由衷地敬佩和景仰。当年那一代志士仁人，风云流散，早已作古。而他们的事业呢？起码，我是多么希望看到，现实中能有许许多多有正义感有责任心的为民索求公道的律师。

我去的那天早上，施洋陵墓前一派莺歌燕舞的欢快气象。都是晨练的附近居民，或太极或舞蹈，热闹非常。这多少有点让我觉得意外，感受不到陵园的沉郁肃穆。后来绕了一大圈，我想通了，或许这样也不错。施洋当年并没有高高在上，他一直投身于普通工人民众之中。那么，就让这些普通百姓仍然把他当作自家人一样与他日日相处吧。未必比那种活着就已经必须与百姓拉远距离隔开千山万山的达官显贵们糟糕。

这次游武昌，与我一贯山水荒野的胡走方式不同，有点逛马路的市民做派。我这人修炼极差，一到人多之处，脑子就不太会转动。索性多看少想，乡巴佬进城，睁大眼（俺是一双小眼睛）东张西望。这方式，虽不诗意，但看看另一地域的市井人生倒也不失为乐趣。

混迹于异乡，周围都是毫不相干的陌生人，人就觉得放松。尽管身在闹市，过客而已，也只能被隔离到一边当观众，看戏一样去看涌动的人流。

做观众其实合算，轻易就能看出，一个生命体其实真的微不足道。你以为你在自己家在自己单位在你那座城市的某个大院某条小街还算个人物，但坐火车走出几百公里，把自己往另一城市另一人群中一丢，除了到超市买东西或去饭店进餐时，还有人盯着你手里几张钞票，把你当几分钟大爷外，谁会在意你这个旁观者？你在那里，基本可以等同于一团空气。

空气一样虚幻的"自己"，有时也确实让人不知所措垂头丧气。当然，也可以略有醒悟。

施洋先生陵墓

寻找秋叶

一

深秋，又一次远行。这季节我很喜欢，褪尽繁华，果实累累，却又依然风情万种。

秋空下的土地山川，最动人的应该是黄红秋叶吧。黄是那种金光灿灿的黄，红是那种烈焰腾腾的红。尤其美艳的是红黄相间的画面，那色相才叫摄人魂魄。我就去寻找这样的秋叶。

友人随风提供了一条路线：吉林红叶谷。去年见过随风拍的红叶图，有点意念中的"烈焰腾腾"。不过，据说晚了几天，错过最热闹的火红时段。无所谓，人少了，寂静了，山谷里唯我独尊徘徊寻觅，或许更有趣味？于是，出发了。

先汽车，再火车。遥遥几千里，途经若干省份的山峦沟谷平原河流，瞥到车外一闪而过的红叶黄叶，有点意境，心里更对"红叶谷"泛滥着想象。正兴致盎然着，忽悠我出行的随风同志却发来短信，通报前几日大风情况，似乎于山林沟谷之内演绎了一场"扫黄打红"运动，现时枝头有没有叶子都成问题。

叹息一声，这个随风，整天随着风都盯不住风的动向，情报工作太滞后！现在怎么办？粮草弹药全在车上开拔了近千里，总不能不吭不响折回去。

不过……

"不过"的事，以前外出也常有。我的感觉，许多时候，很可怕很荒唐很有意思的往往莫过于"不过"，这回又让我稀里糊涂遭遇一次。

随风说：不过……还可以看看红叶谷尽头的松花湖，那也是一种美景啊。

是吗？想吃中餐却进了麦当劳，寻找秋叶却看到一湖秋水。虽然目标错位，倒也不算白跑。不过……呵呵，我还有那么点心存侥幸，再狂猛的风，能把树上叶子扫荡干净？

晚秋的吉林清晨，微凉，却并无寒意，很适合野游。下火车，与随风接头。想着侥幸，想着赶到迟了几天的时间前面，饭都不吃，就换乘大巴直奔主题。

顺畅的柏油道通向山里。但所谓"山"者，其实比较勉强，仅仅是略显起伏曲线柔和的丘陵状小山包。对我这种从太行山走出来的"山民"，眼前的"山"，实在不容易让人找到进山的感觉。山包缓缓延伸，有树，不甚稠密。萧条，树叶极少，确有大风肆虐后的景象。心中的侥幸在一点点减退，减到红叶谷口，一瞅，依然是同样的小包状山峦，那么，里面也不过如此了，侥幸心完全失去。

进还是要进，车钱都掏了，还傻乎乎另被司机"宰"去一张门票钱，总该到景区实际验证一下自己的推断才放心。结果呢，当然是我英明，别说红叶，叶子都少。

让游客看一堆干树枝，旁边的司机也觉不成体统。于是很感人地对我宣讲着前几天盛况。

这或许就叫机缘。也就是错前错后几十个小时，也就是因了一场未及预料的大风，你就可能与某种美好失之交臂。然而再想，世间事物，美好总是短暂的。看到没看到转瞬即逝的繁华和红火，又有多大差别？来了就好，看到能看到的就好。眼前光秃秃的枝干，也许反倒给我留下想象空间。

想象当然省事，不必下车拍照，正好让车一路顺风开过去。途中唯一没被大风刮走的景点，是一个拍过什么《插树岭》电视剧的小山村，据司机说也就是普普通通的村子。我想也是，何况电视剧我没看，引不起兴趣。

不停车，继续开，直达最后目的地，一个很小的村子。但村名不错：爱林！

二

"爱林"二字，惹人遐想。随意一点，你爱进就进爱出就出的树林？柔情蜜意一点，长满爱情大树的森林？略疯狂一点，能在里面恣肆做爱的林子？后来才明白，小村是当地一个林场的总部。人家的"爱林"没那么色情，不过是爱护树林的意思，我想歪了，白浪费几个浪漫细胞。所以，望文生义往往不靠谱。

说是林场总部，近旁却没有林子。周围一大片农田，明摆着就是一处很地道的村庄。也罢，算是来视察民情，我很快找到感觉。

其实看村庄和农田真的不错。时下只有时尚人士才能"农家乐"。我一不

留神就被随风"不过"到时尚行列，蛮有意思。

我的视察，地道的微服私访，无人前呼后拥。虽然走马观花，浮光掠影，但没有有关部门预先安排表演，看到的情况比较真实。

按理，这个招牌上称作"爱林渔港风景区"的地方，开放和富裕程度应该稍高一点，起码也差不到哪里。不过（又是这个可恶的"不过"），我视察到的情况很难说算不算小康，即使算，也是中国特色的"小康"。

有个常用词叫"映入眼帘"，大致就是随便用眼睛那么一扫，扫描到眼球里一张图片。我扫描到的图片看起来有几份泛黄的怀旧情绪，简陋的住房，木条编成的篱笆院墙，小院，不甚整洁，物件杂乱。有点亮色的是刚收获回来的玉米，成堆成垛……除砖砌的屋墙外，基本与几十年前我儿时看到的乡村没有两样。好处是比较亲切，恍惚间似乎回到熟悉的童年天地。当然，生于斯长于斯的图片中的主人们恐怕会是另一种心情。

晚照西风，田间成熟的玉米铺展出各式黄金甲方阵。不多的几个农人如武林高手深陷于方阵中，镰刀寒光凛凛，起起落落。斫翻的秸秆一束束排列于他们身后。那场面很有老式田园风光的韵味，温馨而又令人感慨。

时至二十一世纪，科学昌明，人文进步，神六神七已在天空乱翻筋斗云。然而我们真正意义上的衣食父母，却依然延续着几十年前这种简陋贫寒的生活和繁重落后的劳作方式。什么原因？

打住！打住！忽然觉出自己的可笑。出游本是为了放松心情，本是为了超脱人间烟火来表现一下自己的雅致情怀。怎么又一拐弯胡思乱想到人世间这些很难有答案的话题？

还是返回头说"爱林"。

假如真有一片树木，先别奢谈高层次的"爱"，如果能做到善待，不乱砍，不蹂躏，不挖掘根基，只要给树木一个略宽松的生存环境，任它们自由地接受阳光空气和水分，它们就完全能凭借自己的努力生长成郁葱葱一片密林。关键是，执掌树木生死权的人们，会给树木这样的机会吗？怪不得树木，怪不得那些往往被高等人视为愚昧落后的草民！

"爱林渔港风景区"最大特色，是离村子十几米远处的松花湖。在一个很窄小很简陋的"摄影基地"住宿处，看到壁上许多摄影师的大作，有红叶谷风光，确实漂亮。还有就是松花湖日升日落云蒸霞蔚的景色，相当有视觉效果。只可惜二者都与我无缘。

眼前一湾湖水，平平常常，不浩渺，不透亮，不蔚蓝，加之周围秋气萧瑟，日落时分又暮霭迷蒙，实在没办法举相机拍摄。

寄最后一点希望于第二天清晨。但太巧了，我来的真是时机，等来的却是一场漫天晨雾。几米远外就人影不辨，哪还能拍到湖面上的太阳？

这倒不错，给了我偷懒和撤退的理由，没去湖边，搭最早一趟班车，飘飘然穿云破雾，返回吉林市。

三

打几句广告，申明：白尽义务，没有收费。

吉林市最亮丽的看点，是它冬日的"雾凇"。一些旅游资料，把吉林雾凇与桂林山水、云南石林、长江三峡并列为中国四大自然奇观。搞不清这是谁做的结论，总之意思是，这里的雾凇奇特而美丽。但据说，"雾凇"二字，外译很麻烦，常常把老外们译得晕头转向。

对我而言，最初对吉林市产生好奇，是几十年前伟人毛泽东去世前不久的那场颇有奇幻色彩的"陨石雨"。无数燃烧的石块，带着轰鸣声和一束束炫目亮光，从天而降……史书上相似记载加上当时中国的社会状况，难免让人产生许多超越时空的想象。后来我进陨石博物馆零距离目睹过，无非是几块乌黑的"铁"疙瘩，自认为没什么看头。连原来的想象也因此淡了许多。大概也算"见光死"。

这座小城，常以"水城"作秀。其实水并不多，仅有一条从市中心穿越而过的松花江。不过，足够了。"我的家在松花江上"，没有几个城市的江水能象这首歌里的江水影响过整整几代人的人生。

影响归影响，但逝者也毕竟要逝去。当年松花江畔的人们都一茬茬被江水冲刷殆尽，就连江水也不知改变过几次容颜。曾经是很野趣天然的一江春水，后来被急功近利的化工企业搞成排污水道。再后来，前若干年，市政又费大力（肯定也耗巨资）把市区一段江水翻天覆地重造一番。江中碧波荡漾，堤岸柳绿花红，有点观赏性了。

提及城市河道改造，近几年，简直成了一种流行病。市政官员们好像都到秦淮河游舫中上了培训班。一夜之间，但凡有水的地方都撅起屁股很卖力地开发秀水工程。比如我住的这座黄土高原上的城市，居然也整出一大片河滨公园。从近期看，挺不错。起码让市民有个赏心悦目散步消闲的娱乐场地。然而，自然的东西一人为，首先是代价大，筑堤造坝、相关美化设施以及后期维护的花费不是小数额款项；再往远点看，对环境的改变恐怕作用也微乎其微，或者反倒有副作用也很难说。

这不属于我考虑的问题，就算是"政绩"或"面子"，也比装进某几个人的口袋强。何况我还可以享受，在夜幕下到已经有着现代化造血机制后的松花江畔徘徊。眼前景致，说真的也很诱人。两岸霓灯闪烁，音乐喷泉水花飞舞，再任由一江秋水渲染，亦幻亦真，虚虚实实，真可谓琼楼玉阁，有点人世仙境的味道。

因为等票，我在吉林市有一个白天的空闲时间。又让我想到自己此行目的——寻找秋叶。远行郊外已不可能，退而求其次，那就在市区松花江畔试一试运气，反正闲着也是闲着。

城市街头的寻寻觅觅，有几分可笑。然而，还真让我在角角落落发现了一树又一树的秋叶。这些被移植的树木，恰如被圈在钢筋水泥笼子里的市民，虽然野气不足，却也未必全失自然天性。丽日蓝天下，黄的金黄，红的火红。抓起相机，咔嚓一阵，总算没有完全白跑。

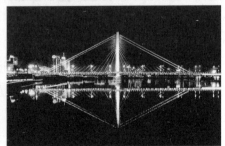

吉林市天主教堂与松花江夜景

人们常说，摄影是光的艺术，是用光做语言去描述拍摄对象。也许是吧。秋叶的拍摄，如果光线角度不好，黄就成了枯黄，红就成了暗褐，拍出的画面呆板乏味。而好的光线，却能让普普通通一片秋叶，骤然灵动鲜活起来。叶子还是那片叶子，有了浮光的造势，居然能造出一种虚幻而超凡的美。

　　这大概就是虚名的诱惑？任何人其实本质上都是尘世间的凡人，而虚名的造势却可以把凡人变成熠熠生辉的圣贤。所谓光影中的"美"，往往是与真实拉开距离的。距离越大，美感越强。光环越亮，凡人也就成了神仙。

　　走了那么远，来寻找虚幻的"秋叶"。我想，这也许就等于是找到了。可以把心收回，意得志满踏上归程。

"云上"那诺

　　十月，南下西双版纳，原计划是去做热带丛林的闲散翁。起初很老实，在橄榄坝傣家木楼上发呆。没多久就对那里的橡胶林香蕉林产生免疫力，眼球随咱，欣赏美色且一贯的喜新厌旧，需要换个场景了。

　　朋友说要不去看元阳梯田？很壮观很迷人。这二年，玩摄影的装小资的成群结伙往那边蹭，很时髦的景点。咱不玩摄影，与小资也绝缘，不过移步而变景，看看新花样倒也"甚合吾意"。

　　打点行装，告别傣家妹子。按朋友发来的攻略，这么走那样绕，倒腾 N 次，正午，到达元江县城。元江至元阳，咫尺之遥，班车却少，而且还要先坐到红河，再换乘才行。

　　十月深秋，北方故里早已寒意逼人，云南边陲却一片火热。汗津津地与售票大婶理论，心头已颇为不耐。旁边忽然一个帅哥插话：看梯田何必到元阳？元江这里的那诺多好。是吗？是咧！口说无凭，帅哥举过手机唰唰翻屏，瞧到没？自家拍的，原汤原水不带 P。

　　果然有几分意思，那就……那诺？

　　六十公里的山路，坡陡路弯，一个急拐又一个急拐，眼瞅着就越升越高，非常好玩却也紧张得头皮发紧。车行三个半小时，暮色苍茫中，总算平安落地。

　　那诺有"云上"之称，名副其实，每到半上午，云雾就从脚下沟谷升腾而起。山头看云，云在脚下。本人下榻处即"云上宾馆"，听名字就让人飘飘然。不出房门，开窗即可观赏日出云海，确有云中仙的感受。

　　来了才晓得，帅哥实在有几分不负责任。他说的梯田不假，却没说十月份不是看梯田的季节。稻谷刚收割，还有翻田灌水两大程序，才有那种如诗如幻的画面。然而也无所谓，我的观点，自己看到的最好。与一堆堆摄影家们在最佳时节拍出的梯田拉开距离，也算别具一格，何尝不是趣味。

　　季节不对，游人就少，几乎没有。这多好，清静，不必人挤人去爬山头争夺拍摄位。晃悠几天，看日出看云海，看梯田看古寨，玩得蛮自在。临行前一天下午，还巧遇了当地哈尼族老乡办丧事的过场。

　　不掺水分的民俗实况，不是旅游景点的表演节目可以类比。尤其出殡前的聚餐，规模实在大得惊人。几乎全寨人都到场，街头空空荡荡，小卖铺小餐馆一律关门。

　　一队队临村亲友（多是妇女）全副本族服饰，装扮齐整而来，主家有锣鼓迎接，还要放一挂鞭炮。重要客人（我猜想大体是乡间负有审视监督殡礼过程的"人主"一类）要一大队盛服妇女到村口去迎驾，古意浓浓。

　　去聚餐现场"观摩"，起初小心翼翼，这种场合，谁晓得人家讨厌不？完全多虑了，哈尼族民风淳朴，没有藏区那种剑拔弩张的彪悍气氛。不见外，主家几次催让我们入席就座。不好意思，而且看看桌上饭菜，也不是我这娇弱胃口能消受得了。放开胆量拍几张民俗风情，已经很满足了，赶忙自觉撤离。

　　"云上"那诺几天，实在是个意外。

"云上"那诺

张壁的秘密

前几天去了一次绵山脚下的张壁。

现在比较关注这个古堡的,多是一些海外或江南游客,山西人反倒不太知道。我们的车在仅隔几十公里的另一个县问路,问一个一个摇头,印证了"墙里开花墙外香"的俗语。

张壁的对外宣传,重点是"隋唐地道",与军事和战争有关。地道本来就有几分神秘,何况是隋唐地道。但这个"隋唐",不见得定论。只是某些"专家"一面之词。这二年"专家"似乎很喜欢发言,不过据说许多高论未必靠谱,胡咧咧水平的很常见,不足为信。他们的依据是村里有个"可汗"庙。而考证下来,历史上山西境内做过"可汗"又带大批兵马在附近招摇过的,有一个隋末唐初与大唐抗衡争雄的刘武周同志(突厥册封他"定杨可汗")。刘可汗曾在介休城外与几公里远驻扎绵山的李世民部队玩过几次较大的军事游戏,其方位,即在张壁附近。是不是地道就是那时用来"藏猫猫"而挖造的?好像说得通。

然而确凿证据至今找不到,"专家"们翻遍史书典籍,没有任何官方或民间的记载。可以理解,军事行动总是天机不可泄露。但历史上许许多多更重大的战役为什么会有详细记载,而张壁的"藏猫猫"活动却保密工作做得这么好,没留下一点蛛丝马迹?这是存疑之一。

此外,我还有另外两点大疑问:

其一,刘武周在介休附近与唐军打斗,是取攻势。铁骑纵横,摧枯拉朽,很短时间就把唐军驱出晋域。这样的态势,他为什么还要花气力在地下修筑用来防御的工事?

其二,整个张壁古堡下面,上中下三层地道,迷宫般曲曲折折盘旋十几公里,那可不是小打小闹的土方活儿。麻烦的是,这种工程,作业面狭窄,不可能千军万马挤进去大干。也就是说，大工程却得老太太纳鞋底般慢慢来，没个三五年见不了成效。问题在于，刘可汗与李唐的刀兵游戏在介休并没有延续很长时间。他有必要有可能在这么个贫瘠荒凉的黄土沟里旷日持久地深挖洞吗？

此类问题不是一个匆匆游客需要去细想的。导游讲，前前后后已有多名历史和军事专家来实地考察。或许他们能找到真正的答案。

在地道中走来走去，我想得更多的还是关于"人"。人才是最大最难解的谜。

这十几公里地道，不论是谁，又为了什么而挖掘的，有一点毋庸置疑，它确实是用于军事行动。地道的诸多设计，都与防敌杀敌有关。构思巧妙，机关算尽。人的想象力和创造力，即使在阴沉沉的地层底下依然被发挥得淋漓尽致。

可惜的是，让我们永远测不透的想象力和创造力，大部分都不一定有益于人类自身。眼前的地道，是战争的辅体，为了保存自己而消灭对手。对手是谁？同类！聪明才智用到这些方面，算不算一种悲哀？然而，现实中，这又怎么避免得了。

一条土洞，成了千百年后解不开的谜。这个谜团中，耗尽了多少人的心血，又隐藏着多少曾经也活生生过的人的秘密。那些掘洞的苦寒百姓或者普通士兵，年复一年劳作于此，就是为了修筑一道不能让人知晓又基本没有被利用的地下通道。许许多多宝贵的生命，究竟活出了什么价值？

恐怕这才是无解的永远藏于黄土地深层的谜。

张壁可汗庙

源神庙的神灵

介休东十数公里，有狐岐山，又称洪山，从山势看应属绵山一脉。山无特色，有名的是洪山源泉和泉上的源神庙。

所谓"有名"，从我而言，是久闻其名。四十多年前听介休同学絮叨：山下泉水如何清澈庙内源神如何灵验等等。但没有如雷贯耳，只是耳旁风一吹，不上心，姑妄听之，更未动过实地考究之念。三晋大地，可看的太多。

此次到洪山，算机缘偶合。去看张壁古堡的一位同行者要到洪山访亲，全车人都得陪行。好在顺路，离张壁几步路。然而就又一次听这位访亲者提及洪山的泉水和源神庙。反正来也来了，亲临视察一番，无可无不可。

洪山镇因山得名，镇子不小。据说先前阔过。什么年代？访亲者说不清，我依然当耳旁风。老皇历，没准头的事。眼前的洪山镇，大面上无非是个普普通通的乡镇。各式店铺，街头小摊，修屋筑路，车来车往。有几分竭力向外面世界靠拢的热闹，但也隐约感觉出一种将败未败的没落气氛。

实在讲，真没把洪山往心里放。只是后来回到家中，心血来潮查资料，啊，了不得！我有眼不识洪山，它先前还真阔过，而且阔得有名堂。

史载：洪山古有"陶村"之称，陶瓷业非常发达且技术领先。起码始于唐代，后历经宋金元直至明清绵延不断。宋代是其最辉煌阶段，所烧造的瓷器，质地不逊于北方几大名窑，很有市场。一直延续到二十世纪五十年代，产品还拿过巴拿马国际博览会奖章。可惜毕竟是历史。古"陶村"留下的，仅剩几处某些研究者眼中极有价值的"宋代瓷窑遗址"。而洪山瓷器，在改革浪潮的冲击下，早已灰飞烟灭荡然无存。

读着这些资料，我才想起，洪山镇里，路边残败的院墙，有许多是用半成型或破损的瓷器制品垒砌的。那应该就是当年健美的洪山瓷器的畸形后代了。

什么原因促成了这种畸变？挖煤！

介休的挖煤业，现在岂止国内知名，恐怕国际上也有点知名度。所谓现代"晋商"的煤老大，最先就是从介休崛起。一代以挖煤为原始积累的大款诞生了，他们的身家财富，有说几亿几十亿，有说成百上千亿，总之，是外人想象不出的天文数字。举一小例，某"煤款"可以宝马车一买几十辆，其财力你去推测吧。

洪山周围，已被大大小小的煤窑蚕食殆尽。在挖煤致富且速富的效应下，瓷窑纷纷落马。煤窑翻天覆地地改变了洪山。

最直观的改变，是洪山的泉水。也是查资料才知道，所谓"洪山源泉"，最早《山海经》就有记载，后来北魏郦道元的《水经注》也曾确切写明："胜水出于狐岐山，东流入汾。"故洪山源泉又称"胜水"。

当初"胜水"盛极千年，甚至中年以上村人，都还记得清泉喷涌碧水长流的景象。明日黄花，转瞬凋零。周围一片煤窑，地下水位不知下降了多少。洪山源泉还想胜出吗？源泉处石砌池塘，早已干涸成垃圾坑。所谓某些个人的财源滚滚，其实不过是流淌了千年万年的大自然胜水的代价罢了。

走过干涸无水的源泉池，拾阶而上，即是"源神庙"。庙起造于何时已不可考，从庙内现存一块"千年碑"得知，最晚在宋代，这里已经香火鼎盛。有来头的一座小庙。所以，小庙大神灵，供奉的"源神"也有几分来头。

源神之名起得好，诸神中，怕是查不出这二字，算地方特色。最初听到，我误以为是"原身"，大概有过什么高人在此坐化？到洪山才晓得是"源神"，费猜想了。管理源泉的神？太具体，基层小神。负责众神出处资格任免的神？神仙组织部部长，那可神权大大，是吃贿赂的好差事。

进去后，才发现我的猜想大谬。"源神"含义有点讲究，不那么简单。

从主殿说起，正面坐着尧舜禹，本来是凡世间人，祭祀供奉他们，应该是感激他们在华夏文明的草创阶段起过引领作用吧。把他们作为"源神"，还算有几分道理。比高高在上远离人世疾苦就知道和孙猴子打架的玉皇老儿强。

两边有几个陪站：西门豹，郑国，孙叔敖，李冰。这四人有讲头，都是古代兴修水利的大功臣。这就与三点水的水源之源有了密切关系。

西门豹不用说了，知名度很高，出手就在河边给"河伯娶亲"，幼儿园娃娃都知道。其实他最大的功绩是治水，疏通漳河水系，富庶一方百姓。孙叔敖，做小朋友时杀死两头蛇的故事也很有名。他的作为，是修建了我国最早的大型渠系水利工程"期思陂"。郑国，人名而不是国名。好像他的传奇故事少，不太明星，所以现在明星们炒作自己的绯闻是有道理的。郑国本人故事少，他主持修建的"郑国渠"，却相当惹眼，不仅水利专家们研究，许多搞政治的人也研究，把它与郑国（现在是国名）灭亡以及中原统一联系起来。至于李冰，知道都江堰的人就知道他，货真价实的治水劳模。

我们这个民族，吃的是水土饭，所谓一方水土养一方人。土里刨食，须臾离不了水。然而自古以来，水施大惠也生大患。治水几乎成了古代中华民族的头等大事。把几位兴水利治水患的功臣视为民族发源之神，我看说得过去。

两厢配殿的人物也奇。左边孔孟，右侧老庄。显然与治水工作无关。但换个角变，他们梳理的是脑子里的水，是开源中华文化的关键人物。放到这里，作为次一级的"源神"。一，可见他们在"源神"设计者的心目中，重要性要稍逊于正殿那几位治水先贤。文人学者也许不高兴，但老百姓自有老百姓的道理。二，他们在华夏文明的开拓发展中所起的作用毕竟相当重要不可忽略。可见老百姓还是尊崇文化，能给只溜嘴皮不干实事的大师一席吃供之地的。

洪山源神庙正殿

176

我也走过大大小小不少庙宇，但这样的排列组合和供奉格局，是第一次看到。而"第一次"，给人的思索和联想总是比较丰富。

　　据说，建"源神"庙的起因，仅仅是为了山脚下的洪山源泉。一溪碧流，曾经养育了两岸百姓。我们的百姓，懂得感恩，懂得上天赐予的这股"胜水"的珍贵。故建庙以奉祀，且千百年至今香火不断。

　　追溯源头，不忘根本，一个民族也许才能行远而不迷于歧途。然而，源竭了呢？无水之木会是怎样的后果？这恐怕是我在小庙中最大的感慨。

平遥印象

一

上午到平遥城。

最早到这里玩，是二十世纪，刚玩摄影的时候。那时的平遥城还没有被炒作，小县城很封闭，见不到游人，自然也没有收票一说。城墙随便上，大院任意走，见我这个背相机的家伙过来，老乡还觉得稀奇。

渐渐有了知名度，渐渐有了商业运作，然后变成旅游热点。这期间，我自己来，陪友人来，先先后后不下十几次。感觉越来越不好。小城开始喧闹，质朴开始蜕变，老乡的热情开始转化成贪婪。走到哪里，都必须先掏票，而且随时走在街头，就会有人招揽你坐车或住宿。从性质上讲，这里已经基本不是古城，而完全从骨子里演变成现代大商场。尽管还披着一张旧日的躯壳，却像极了穿一件旧衣服的演员在做戏。

不过，这个县城，给过我许多美好记忆。当年独自在静寂的古城墙上散步，后来与友人在这里徘徊，现在回想，非常有味，那毕竟是我青春和美好的见证。

这次重来，没有对老城抱什么奢望，我知道它已经变质。而实际看到的，比想象还糟。平遥城西成了大工地，据说是张艺谋大导演要在这里搞他的"印象"系列平遥篇。城西一片狼藉，推土机，运输机，轰鸣震耳。挖出大坑，堆起土堆。这让我想到古代的攻城战。冷兵器时代，攻的一方往往采用类似方法。张导演在这里作践祖宗，现代商业运作迟早会一点点把古老攻占。对或者不对，不重要，潮流而已。他不搞这种"攻城"工程，也会有人搞别的什么"印象"，要不钱怎么花，又该怎么捞？随便折腾也是一种好玩。

绕了城墙，走了小巷，拍了照片。其实没什么意思。只是对我而言，还能登城，还能玩相机，大概这也算意义吧。

二

我也想用印象这个词，它不应该成为张艺谋的专利。

不晓得几个月后张"印象"开张了会怎样花团锦簇莺歌燕舞，然而我眼里的印象或许有几分煞风景。

现在是古城流行古城走红的时代，说不上好还是不好，说不上这种审美观是进步还是倒退，一种时尚跟风而已。"古城"的城，其实是一种生活或生存的载体，载着的是里面的人。人心如果已经不古，城能古吗？存疑。

一件事物，拉远了就会有几分美感，这是常识。对古城，人们其实是把它推远去看的，抹去那时繁冗艰辛的生活细节，只留大体轮廓，又在轮廓中重新填入自己的想象，这还能不美？如果真让你回到那种时代呢？恐怕不一定是幸福的事。那时的人真幸福的话，也不会被后来的新城推翻替代。

想象中的美好虽然诱人，而大凡诱人的东西，或者，大凡美好的东西，都不会长久。人们不破坏掉它是不会罢手甘心的。

平遥是古城，从某种意义而言，是说它有一副旧躯壳。实际上，真正的古城早已随岁月的流逝和古人的作古而消逝。单说这个躯壳，我料定它也不会久存。城外的"印象"工程就不说了，城内的翻新也在时时进行。我这次进古城，就看到各个景点在利用五一节前的淡季大搞装修。装修若干次，躯壳也似是而非了。

当然，起码现在观赏，大体的"古"貌还是能做到的。骨子里呢？人心不古才是真相才合潮流，平遥人也不可能活在真空。或许相反，他们的经商意识是能跟上时代的。比如，曲径小巷深处，到处是装潢簇新的"民居"客栈，比如，街上到处都有可以出租的新款自行车，还有，马上就要开张的张大导演的"印象"剧。总之一句话，"古"不是本意不是目的，扯去这套外衣，看到的是另一个字：钱。

向钱看的结果，谁能守住旧巢而不变？时代如此，人性如此。

不进那些漆饰一新的所谓景点，在小巷里走走，就会看到平遥城的另一面，那种败落，恐怕才是"古城"的真相。对游人而言，这种真相不知道最好。我们是个喜欢自欺又欺人的民族。还是自以为欣欣向荣吧，那多好。

三

到平遥，意思是游古城看古迹。

游古城古镇，看古迹古物，是古今中外人们的通病，它因于怀古情结。

怀古情结，是一种有趣的心理现象。其原因比较复杂。或许是为了满足好奇，想知道以前的人们在别样的环境中怎样生活，是不是活得更有趣一点？或许是因为误解引发的向往，现世活得无奈，回到过去也许会比较幸福？或许不过是对岁月流逝人生无常的一种回顾与祭奠，旧景虽在而人世更替早已物是人非，难免感慨。

几百年上千年的进化，人类的生活肯定有许多变化，但骨子里，我总以为变化未必很大，无非还是衣食住行发财升官满足私欲那一套，形式不同标签不同而已。真正回到古代，绝不可能像穿越剧里那样都去做王妃或贵族，不平等是一样的，权势和横暴是一样的，黑暗和无奈是一样的，人世永远是人世，不会因为退回古旧或向前发展就成为天堂。

人类健忘，过去了，岁月磨平了旧日的阴暗和恐怖，似乎就具备了几分朦胧美。这不过是一种自欺，是一种自己给自己的心理安慰。好像我们曾经有过完美幸福安康平和的时代。但事实呢？比如吧，在平遥的县衙，每天都会给游客上演几场县官升堂办案的情节剧。大老爷圣明而无私，断得公道办得合法，多好。那是可能的吗？开玩笑。

许多古景点的类似情景表演，或者古装戏里的人模狗样，都喜欢拖一根辫子，这好像成了泱泱大中华的一种标志，起码，它也不会被人们觉得有何不妥。国人健忘，也就几百年，当初为了推行这根辫子，曾经让几百万草民人头落地，那种血腥的时代，是否幸福有趣？

我们是个自以为有悠久历史而且还喜欢回顾历史的民族。其实，我们那点历史，不是草民百姓的幸福史，而我们回顾的也不一定是当初真正的历史。我有时想，这种血腥的专制的而又往往被后人抹去黑暗面的历史，真不如没有，学学邻邦印度，人家没有历史，不也照样活得差不到哪里？

有没有历史，真的很无所谓，尤其对布衣百姓而言。听听就可以了，骗局，别当真。

岁月流逝，人世变迁，有其无法逆转的道理。走在古城街头，看到那些残破的建筑，我想，该过去的就让它过去吧，该毁灭的就让它毁灭吧，几百万人头落地，我们都可以轻轻松松忘记，几座破房子算得了什么。

平遥古城

辉腾锡勒之行

一 一粒鼠屎坏一锅汤

这次去内蒙古辉腾锡勒草原，我有点迟迟疑疑，原因是同行几位都过于正人君子。为首的 A 君在政府某机构做个芝麻官，此次因公事出行而能带一部不大不小的车。另几位友好的蹭车者，据称都有那一带的相关业务可以顺道打理。他们说是去玩，却又都理直气壮冠冕堂皇。唯独我无所事事游手好闲，找不出一丁点聊以自慰的理由。夹在正人君子中，颇有一粒鼠屎坏一锅汤的不妥当。所以，车行前一小时，我还在电话里很矫情地半推半就。

后来亏了那位芝麻官，有官场上揣摸别人心事的历练，一下子窥透我不过是口非心是的惯用伎俩。打趣说，那我们做鼠屎，你就算别有滋味的野山菇好不好？这话我爱听，心里美美的，虽然明知道 A 君不过是调侃。最主要的是，我原本并非真不想去。

我急匆匆背了个包，以野山菇的圆融姿态挤上车时，他们又一致改口，乱嘈嘈喊着"欢迎鼠屎光临"的口号。总之现在已经上来了，退我是不退的。我只好诡辩：看别人是啥自己才是啥。所以，我就做你们眼里的鼠屎吧。反正不管谁是鼠屎，接下来熬汤的工作可由你们了。熬成什么味，本人概不负责。

二 古关重重山峦起伏

无论是几粒鼠屎中的一只野山菇或者相反，只要故弄玄虚，与众人拉开一点距离，在旅途中就可以少许多麻烦。此行一共八人，恰好"八仙"，有几"仙"是很熟悉的，惯例的互致问候再侃两句家长里短身体如何，便不再相互搅扰，一路给我提供沉思默想的机会。他们几位却是很忙，边谈论官场或商界的动态，边你方唱罢我登场地接打手机，都仿佛胸中百万甲兵且日理万机的架势。

山西界内的路程，我多次走过，熟悉而亲切。沿途古关重重山峦起伏，留下许多史话，每次经过都会让我感慨一番。其中雁门关和广武城附近，当年只匆匆走了一下。那时设想改日到此徒步几日，却不料从此再没找到合适机会。看峰巅上一闪而过的古长城，这一留于纸上的计划又一次诱惑着我心底的欲望。

大同市北，晋蒙交界处的古长城，是"万里长城"中极重要的一段。因为地势开阔毫无屏障，历史上多次入侵的外族铁骑，大都是从这一片平坦和缓的地域呼啸而来。所以，这里是历朝历代抵御北方游牧民族南下的最薄弱也是最重要的防线。我国古代军事史中很著名的"边城五堡"，就在这一带。尤其到明朝，这里"兵马甲天下"，据说全国九分之一的军队都驻扎于此，足见其军事上的显赫地位。若干年前，我的徒步长城行动就是从这里开始，一路向西，直走到黄河边，后来从古城墙垛口摔下来，把脚踝摔断才罢休。

三　希望能看到一片没有遭受践踏的真正草原

此行主要目标是草原，其实车过雁门关，沿途就出现不少小草刚掩住地皮的大片草原。少年时期，我第一次坐火车走这一带时，举目尽是沙滩和盐碱地，几乎看不到生命的印迹，甚是荒蛮。几十年的治理，现在有点成效了。人为绿化一种大面积、退变、恶变了的地貌，实在是需要付出极大努力。可惜的是人类往往短视自私，还总把逆自然而动当作一种伟大。直到自己生存要受到严重危胁时，才能有所醒悟。

出"边城五堡"长城，进入内蒙古界。草原更多起来，不过并不纯粹，人为痕迹太重。或与农作物错杂，或布满林立的电杆，或被横七竖八的道路剪裁得残缺不全。从观赏的角度看，很不可取。但问题是，现在少有人迹的地方能找到吗？那些算是极可取的草原，过不多久，也会被无所不能的两条腿动物占据而后践踏得一塌糊涂。

行前看资料，我们的目的地——辉腾锡勒草原，还没有一塌糊涂。是这样吗？我有点惭愧，因为我已加入前去践踏的"八仙"行列。但我又渴望着，希望能看到一片没有遭受践踏的真正草原。

四　辉腾锡勒

辉腾锡勒，蒙语"寒冷的山梁"或"寒冷的高原"。应该说是名副其实的，即使是在炎热的盛夏，早晚穿厚衣甚至大衣也不为过。同行中有两位娇怯怯的薄裙女士，一出车门就赶忙租棉大衣，才免去瑟瑟发抖的狼狈。

寒冷是因为地势高。草原基本位于阴山山脉东段的山顶，海拔二千米左右。相对于周围平坦的牧区，简直算是拔地而起，直冲云霄。不过事实上这里完全不会给人在"山"上的概念。沿公路缓缓上行，眼前出现的是开阔而略显起伏的大草原景象。总体看，植被比较完整，绿茵绵延，野花烂漫，无边无际，比我到过的几个著名草原游览区都要好。

然而"净土"在人间恐怕是不存在的。一路走去，各式车辆浩浩荡荡，拉满了兴高采烈要去大肆践踏一番的游人，这其中自然也包括混入一粒鼠屎的"八仙"小分队。

外部杀来的不算，草原当地，也正大兴土木，到处可见建筑旅舍的工地。最惹人注目也是此地所谓几大奇观之一的是"风力发电站"。在一大片开阔的草原上，早已树立起密密麻麻的风车阵。自然资源的利用当然不错，但斜来歪去的电缆却把草原上空布成蛛网，总让人觉得有几分古怪。第二天早上，我去拍日出。这是一次很奇特的日出，因为云层作用，日出演变成一场以假乱真的"日食"过程。可惜匆忙中跑了几个小山坡都选不出拍摄角度，无法避开横拖竖拽的电缆和七高八低的电杆。

我们最看重经济效益，我们满足了当下需要，但这片高山草甸的美景还能维持多久？

五　我的迂腐念头是落空了

据我观察，从都市的繁华与喧闹中暂时出逃两三天的旅游者，大多未必会真心诚意去亲近自然。许多人不过是以出游为借口，找一种陌生环境放肆放纵一番。所以，原始自然的景区就必然有很现代气氛的歌舞狂欢，美其名曰：体验某某民族风情。

风情不能说没有一点，但因兴而发以情而动的自然态歌舞与组织出来的以钞票为动力的场面毕竟不尽相同，无非是聊胜于无，大多数人也只能这样过过干瘾，满足一下好奇和虚荣，也宣泄一下某种情绪。

我们住的地方，恰有一个百把人的大旅行团，晚饭时举行了一场规模空前的蒙古族歌舞晚会，有当地职业演员表演，也有客人临场助兴。女主持大概是感觉气氛不够，便煽动团里的美女们给帅哥送哈达。并说按当地民俗，女士给男士挂哈达，男士要先把女士捧过的酒喝掉，才可以得到别有寓意的那条哈达。美女们不约而同盯准一个外国帅哥，排起长队献酒挂哈达，把个外国帅哥灌成红脸关公，步履踉跄百般推辞才下了台。有时看来，做帅哥也实在不易。让类我的这种不帅哥们酸溜溜在一边幸灾乐祸。

晚饭后，蒙古包旁边还有篝火晚会。愿唱愿跳，很随意。音响震天动地，煽情吼叫着：摇啊，摇起来！果然一大群男生女生还有同我一道的另几位"仙"人，都跟着节拍摇头晃脑群魔乱舞起来。设想中，本来应该有安静清幽散发着青草气息的草原之夜让我驰骋思绪。但现在看来，我的迂腐念头是落空了。旁观着人们的活蹦乱跳活力迸射，我明显觉出自己的严重落伍和不合时宜。

六 现代化了的骑马儿戏

凡草原，必有骑马项目，铁定程序。我以前是一贯不上马背，自认为没有骑士风度。但大节不保，这次没能坚持住，硬被同行者逼上马。他们的理由很感人：支援牧民奔小康！反正不掏我腰包，我想我就大方地"支援"一下吧。

辉腾锡勒，是我见到马匹最多的草原。时不时就可以看到无所羁绊的马队从草甸上奔驰而过，有点影视镜头里的模样。不过，供游人娱乐的马群却不那么自由。一大早就披挂好马鞍笼头，然后被赶到旅舍附近，等候着城里文明人的挑剔。

这些生意场上的坐骑，早已被现代化了的骑马儿戏折腾得毫无脾气，懒洋洋被主人拖来牵去。我心里有数，知道它们久经训练，温柔持重得像老大娘，所以给那些先坐上去的同伙们一一拍了"马背上骑手"照后，也没来得及刻意选择，笨手笨脚就攀上身边的一匹黑马。坐稳，直腰，环视草原，果然觉得自己有点高大。

事情免不了就会出个意外，上马一会儿，我觉出异常。胯下这匹黑炭般的大马，居然不与它的伙伴同列行进，而且还必须时时由主人把缰绳扯紧。一问，旁边几位牧民坏坏地嘿嘿笑着，说我骑了匹性格暴烈的"马王"，只能独往独来地走在最前面或远离马群，绝不允许别的马随意靠近。

这一下搞得我战战兢兢起来，刚刚培养起的一点高傲情怀不翼而飞，脖颈和手臂都僵僵的，生怕"马王"突然发威。只盼快点结束这种败兵溃勇般的胡闹。好在"马王"比较顾及我的情绪，远离大群，慢腾腾踱着八字步，安安全全把我驮回出发地。

七　我与辉腾锡勒相通了

此地最热闹的唯一收门票的旅游点是"黄花沟"，有不到黄花沟等于没到辉腾锡勒之说。其实这完全是种误导。黄花沟有点特色，几个山包造型奇异。但仅此而已，充其量也就是雨水冲刷出的一道几百米的小山谷，较之我老家的太行大峡谷，无论山色水声还是曲折幽深，"黄花沟"也就一小碟黄花凉菜中的一支蔫黄花。它的优势在于，它周围恰好是一片平坦的绿草地。

当然人都好奇，生怕自己来了半天等于没来，所以都要购票进去走一走。寻常山谷，几块大石，十几分钟就到谷底，真让人觉出几分荒唐。据说，雨季时，这条沟谷会有流水。这我相信，任何大山的每条沟谷都是在雨季被冲刷出来的，黄花沟显然不能例外。然而，那样的时候谁敢来这里看山洪？

沿沟谷从小山包另一面再返上去，路边又挤满了驮人的马队。我这次是咬紧牙也不骑了，我说我甘愿把"支援"牧民奔小康的伟大义务出让给别人。

让他们在马背上颠吧，我独自走上山坡走入一片翠生生的绿色。和缓舒展的阳坡上，芳草萋萋，野花怒放，这才是我真正喜欢真正醉心的。眺望着沟谷对面的白桦林和远处曲线绵延的大草甸，嗅着脚下浓烈的青草气息，我找到了辉腾锡勒的感觉。那一瞬间，我想，我与辉腾锡勒相通了，足矣！

八　草原不能没有另一面

除了第二天早上拍日出的几分钟，这次在辉腾锡勒基本没见到太阳。概念中，草原总是与蓝天白云同在，仿佛只有那样才能构成辽阔明朗的动人画面，起码从所见到的草原图片来看，极少云层密布雨丝泼洒的场景。那不仅是不好拍摄，而且也似乎有悖于人们对草原的理解和期望。

阳光下的草原肯定生动而鲜活，但阴雨中的草原也是一种真实。乌云低压，寒雨透骨。迷迷蒙蒙之中，会让人生出苍凉而忧郁的思绪。草原不能没有另一面，正像人生也不会永远灿烂光明一样。这样的时候，或许更能让你明白，一个马背上的强悍民族,为什么马头琴的旋律往往会幽幽地悠悠地述说着哀怨和感慨。

雨似乎没有停的迹象,细细柔柔湿润了无垠的草原。不知道曾经有多少游牧于此的一代代先民经历过同样的阴雨,而这片"寒冷的高原",还会给多少后人带来想象和欢乐?我们撤离了,带着一点不太尽兴的遗憾。

辉腾锡勒黄花沟

初探北岳

　　第一次攀爬北岳恒山，是 1992 年春天的事。如果没有当时的日记，其过程恐怕早已忘记。所以有时想想，涂抹日记虽然是个比较穷酸且搞不好就会惹麻烦的习惯，但未必毫无益处。如果不"日记"，现在来写这篇"迟到"的游记就不那么理直气壮。当然也因为那时胡记一通留下"凭证"，才又敢放纵自己的怠惰，一拖再拖，拖到现在才动笔整理这段旧事。

一

　　4 月 29 日，早上醒来，有外出的冲动。这是我的劣习，经常毫无理由就心血来潮踏上旅途。先掏口袋，有几张大钞票，这很重要，粮草得保证。再匆匆收拾行囊，无非洗漱用具几件衣物再加一部相机，三抓两抓就办妥。甩门而出，直奔火车站售票口。去哪里？最接近的一趟车次开往大同，那么就这趟。于是我上了北去大同的列车。

　　车厢拥挤，或许是因为白天且短途的缘故。好在始发站有位，而且我还靠窗，心里很踏实安稳，可以悠悠然享受旅途的孤独和胡思乱想了。

　　我分析过自己的出游，通常没什么明确动机，也不在意去什么地方，随机性随意性很大。似乎只要逃出高楼林立的城市，哪怕看到的是极普通寻常的乡村田野，也会晕乎乎觉出喜悦和满足。我把这称之为"乡野情结"，或许是儿时山村生涯的后遗症吧？

　　这是趟慢车，在快节奏的时代，它就尤其显得慢。但这种站站必停老牛破车的行驶，却很合我意。前面没有目标，往往让人惶恐，但同时也会让人神经放松。反正不知道也就不急着赶到什么地方，正好可以漫不经心承受无所求也无所谓的蜗行过程。

暮春时节，江南早已草长花艳。而塞外北地，春意仅仅初露萌芽。只有轻浅而稀疏的绿色，在沿途残断起伏的黄土坡上不经意地点染着。但毕竟是走到了旷野，旷野之上，是真正意义的蓝天白云。已经够了，望着这种略显单调而不失生动的画面，足可以任我纵情想象。曾经的沧海桑田，无数的四季轮回，一茬茬生命，恰如坡上的野草闲花，逝去而又常新。其实简单，却又似乎总可以撩拨起人们心中一些说不清的情绪。

车行前方，横亘着一座气势雄浑的大山。从地理上看，东西走向的这条山脉，许多世纪以前，曾经是抵御北方游牧民族南侵的重要防线。所谓的内长城，即基本倚此山走势而建。内长城著名的"三关"，有两关：雁门关、宁武关，就在火车线东西两侧山上。

穿洞过桥，时明时暗。仰头望去，山石峥嵘，刀削斧斫般的悬崖，显出层层叠叠蜿蜒扭曲的断层，那是大自然数百万数千万或者上亿年剧烈造山运动的创作。稍稍推想一下，在人类还没有出现，甚至在生命还没有出现之前，大自然已经在这里肆意作为。面对如此场景，怎么能不感觉到人类的渺小和我们平素那些所得所失的微不足道？当然还可以换一种思路，生命是这样匆忙短暂转瞬即灭，我们还有什么顾虑不敢按自己的意愿率性张扬坦然放肆地生活几天？

出山，过宁武关前的阳方口，不远处即是朔风强劲的朔州城。这一带地势开阔，荒漠无际，算是地道纯粹的塞外。少时跟随父亲曾在朔州生活过几年。那时的这个时节，是一年中最不诗意的时候，或者也可以说是最诗意的时候。说是春天，却还脱不掉冬衣，整日北风呼啸，黄沙蔽天，不戴遮风镜都不敢出门。教室里一看，小脸蛋上一个个都是化学部队般的大遮风镜，很恐怖很搞笑。课桌上，不一会儿就铺细细一层沙尘，正好让意马心猿的娃娃们边听课边在上面做抽象派绘画大师。

弹指几十年，对人而言，已是旧梦依稀。看车外，并不见往昔那样肆虐的风沙，然而春色也不明显，若隐若现，聊胜于无。茫茫旷野，似乎依然蜷缩于冬日残梦之中没太醒来。沿途多是曾经金戈铁马尸骨蔽野的古战场，枯草萧瑟，老树寒鸦，不能不惹人联想，发几声长叹。

二

因为是慢车，所以大多是短程客。上来下去，前前后后的旅客已换了几茬新面孔。周围时不时就有因争座位因取行包引发的小闹剧。剧里的主角一般都很投入，面红耳赤，捋袖揎拳，仿佛生死存亡系于一役。人性中有许多方面，很难理喻。说我们思虑悠远？但往往连明天或几丈远处的恶果也不去多想。说我们近视？有时也未必，不过是短短几站路的过程，却也会捍卫千百年基业般不肯相让相容。

吵吵嚷嚷之中，我居然面对窗外连绵不尽的苍凉蒙眬入睡。时间或许并不太长，咣当一下，车停于一个小站，我醒了。

小站无遮无拦地摆放在塞外朔漠的一方沙碱地上，它后面不远，是被枝丫突兀未见新绿的树木半遮半掩着的一个小村。几个肮脏的农家娃，立在村前的土埂上呆呆眺望着火车。我想起儿时太行山里的小伙伴，他们那时把走出大山到几十里远外的县城当作一种无法实现的梦想。如他们一般的自生自灭于荒山僻野的微贱人生，在一次长长的旅途中，不经意间就可以看到许多。但有多少上层的主流的先生们会想象到他们的生存？然而，没有了这些野草般的万千生命，主流的上层的繁华锦绣社会又会成什么样子？

这是一个不能深想也无法深说的话题。起码对我而言，未必有资格评说指点。我已经很远地与那些儿时伙伴拉开了距离。我想起他们的时候已愈来愈少，我曾经想为他们做点什么的念头也愈来愈淡。即使是仅仅举手之劳的这种"文字"涂抹，我又真的为他们写过什么？

火车启动，小村渐渐走出视野。这样的小村庄太多太普遍，没有特色，毫不起眼，用不了多久，就会从我的记忆中消失得无影无踪。但小村却会无声无息地比我们任何一个人都恒久留存在那里。那些孩子会成长，带着他们的梦。炊烟飘荡的陋室草屋之中，也会有许多生离死别月缺月圆的故事。然而小村的这一切都不属于我，我被火车带到更远的地方。

太阳偏西，火车气喘吁吁爬进大同。出站，我略略迟疑，没想好是先在车站附近住下还是到市里随便逛逛再看情况。显然我的迟疑给站前各式拉客的人提供了出手机会。几个丐帮或青洪帮一类的先生女士哗啦一声把我包围。有的给我看廉价旅店的招牌，有的劝我去游览云冈。一片闹嚷嚷声中，我最后屈服于一个黑脸汉子的连说带推，他说，他的车去浑源县，马上就走。浑源我知道，是塞外出美女的地方，而且县城就在北岳恒山的脚下。这两点都颇具诱惑力，我不能不动心。

三

一辆很破旧的面包车。不过还好，尽管不是"马上"，但也没太耽搁时间。黑脸汉子拉客的武艺比较高强，不一会儿，老鹰叼小鸡般又捕捉两个客人，车出发了。

出市区，向东，再向东南。沿途景观已不尽相同。两边，先是很成气候的防沙林带，随即，绵延出一大片迷蒙的荒沙滩。晚霞夕照，几座残缺不全的烽火台悲凉地默然矗立，仿佛凝固了的历史断章，让你刹那间用眼睛触摸到许多世纪以前生生死死的画面。

瘦麻杆司机总让我怀疑带几分酒劲，要不就是直肠里憋着一泡稀屎，反正态度凶凶地旋转着方向盘，把辆破车的潜能折腾到极致。车身扭扭歪歪，窗玻璃嘭嘭作响，几个打瞌睡的客人被甩得东跌西撞。很有点烈马乱蹦的感觉。

"烈马"蹿过荒凉的沙地，前面渐渐看到了起伏的土丘。然后是山峰，沟谷里暮霭浓重，石崖上寸草不发，另有一番冷峻而肃杀的气氛。

山下一条宽阔的河床，铺满大大小小久经磨砺的卵石。细若游丝的溪水，抖擞出柔弱的粼光，清清寂寂地在卵石间蛇行斗折而去。不由就让人心头生出浅浅凉意。

沿着河谷和山崖，时不时会有古久而傲然挺拔的烽火台出现。有的紧紧倚傍着石壁，堆砌于小小一块平台上，四周孤零零的甚是冷寂。若干年前的戍边将士，就在这陡峭的悬崖下，守护一座烽火台，把自己一生中也许最美好的时光消磨殆尽。他们有过怎样的寂寞和艰辛？有过何种生死考验或甜美期盼？只是历史进程中的弹指瞬间，活泼泼一大群生命和那些生命的故事就已灰飞烟灭，留下的不过是静默无语令人费猜的一片残痕。

还有一些烽火台，建造在较平缓而略宽松的地带。周围有河流，有小块小块的田园，有很袖珍的却也鸡鸣狗吠的山村。这是不是当初就存在的有意形成的格局？但我的想象中，或许那时不过是个小小军营。天高皇帝远，渐渐有了随军家属，渐渐演变成村寨。烽火前沿，荒岭边关，也免不了男欢女爱春种秋获。

逝者逝也，将士与那些无谓的战争去了，而围绕着古烽火台的一方与世无争的田园生活还在继续。

破"面包"不堪蹂躏，在途中罢工两次。被黑脸汉子和司机拿榔头狠扁一顿，才哼哼唧唧重新上路。但基本顺利，没把一车人撂在古烽火台下。八点过，总算到达目的地。已经暮色浓重，小县城里灯光闪烁，显出几许神秘。

车在街心广场停住，似乎这里是县城最繁华处。时间虽不太晚，却已行人寥寥。幸好还有几个街头小食摊，让我解决填饱肚子的问题。然后匆忙奔到县招待所，登记一个小院落里的房间，正是我喜欢的那种。

住客很少，长长一排平房，只有我住的屋子闪亮着灯。不管有没有好梦，今晚可以独享一院清幽。

四

恒山，名气肯定很大，毕竟是五岳之一。据说当年秦始皇搞过一次名山选秀。天下十二名山，恒山排第二，好生了得。老二老三，始皇帝的排行榜不过一家之言，当不得太真。让我心生好奇的是宋朝某画家的评说：泰山如坐、华山如立、嵩山如卧、衡山如飞、常山（即恒山）如行。恒山怎么会"如行"？我查过资料，似乎是说，恒山山脉，群峰耸立，自西南向东北，重重叠叠，略显某种角度的倾斜，颇具极动感的奔竞行走之态势。

站在恒山峰巅，能看到"如行"的壮观吗？

晨六点钟起床外出。

很冷，所带衣物全都披挂上身，仍然冻得浑身做筛糠状。筛了一时许，等来恒山发电厂的接送车。当时的想法是先到发电厂，那里好像有两个老同学。到人家地盘，拜访一下是礼数。另外心里有小九九，想叨扰"地主"，让他们轻车熟路领我进山。

但如意算盘落空，同学不在。有点失望却又顿觉轻松，免去一大堆客套，而且不得不为所欲为地自由行动了。路途并不远，从电厂返至公路边，乘一辆嘣嘣乱响的小三轮车，十几分钟就到恒山入口处。

那时恒山开发刚起步，盘山而上的还是一条土路。一大早连售票人都不见，正好省我一顿早餐费。听坡上干活的老乡指点，我选择了羊肠捷径，没去弯弯曲曲绕公路。捷径所经，是普通的农田，与别处的黄土坡没啥区别。不过体力消耗却大，一会儿就让我汗流浃背，有了登山模样。

几十分钟，到一略平坦而开阔处，看指示牌：停旨岭村。这是恒山主峰下唯一的一个小山庄。其实从这里才应该算作登攀的起点，北岳主峰近在咫尺，陡峭而挺拔于眼前。再往前走，即是真正意义的山路了。

所谓"停旨岭"，来由说法不一。有说是"秦止岭"的误读，因秦始皇当年祭祀恒山在此止步而得名。但另一说法或许更准确，历代皇帝派臣下拜岳，走到这里就不想出臭汗再往前攀爬了，山上道士只能在此接旨，故名。总之，这以前的土路，虽然也费力，但还都是铺垫。从此以后，那才是正儿八经的登岳。

一般人到这里，都要小歇一会儿，吃碗当地有名的浑源凉粉再动身。不想走也好办，与别处旅游点一样，有驮人的马队。怎么轻松怎么来，只要舍得钞票。

继续往前，景点连成一串。三五步就有个什么什么名堂：虎风口、大字湾、果老岭、姑嫂岩、飞石窟、还元洞……但在旅游指南上不这么赤裸裸地叫，另有名堂，比如：虎口悬松、果老仙迹、云阁虹桥、玉羊游云……很拽很酸的词，大都故意让人难以记住。

我一般也不喜欢记这些。到某某地方，偏不听介绍，先自己东张西望。本来很不错的自然风光，看了让我觉得愉悦就行，何必非让那些招牌牵着思维走？当然这做法也常常让我吃亏，难免会犯有眼不识泰山的大错。随心所欲乱走一气，回去查资料，哦，走过也瞥了一眼的某块石头某个物件，原来就是颇有说法的什么什么呀，后悔不迭。不过下次再出去，依然老毛病，愚顽不化。

恒山本来是很有历史和文化积淀的，但恒山这些假假真真的牌照同样没引起我的留意。我不过是把恒山当作一座寻常概念的山去游览。切入点的不准确，让我没能一下子找到对恒山的感觉。

恒山的游人往往不多，地处塞外可能是一个原因。不过更主要的，恐怕还是恒山那片巴掌大的景区太单薄太一般，与想象中赫赫然的北岳反差甚大。不费多少时间，就可以把几间大都不甚久远的建筑走完。也不费多少气力，几乎是还没来得及领略登攀的乐趣，就已经到了峰顶。我当时的感想是：这也称得起一"岳"？

登顶的容易,让我兴致大减。沿一条显然常有人走动的山路前行二十多分钟,没看到什么动人风情,便决定到此为止。连恒山是不是"如行"的问题也忘到九霄云外。

稍歇,在本子上写下:十点零五分,登上北岳。(后面还有几段对恒山大不敬的话)。我起身匆匆下山。

几年之后,我二去、三去恒山。在恒山的周边山村,在恒山的后山和几处山谷间走了许久,才对恒山有了新的理解。即使仅仅从一座自然态的山峰去观赏,恒山也很有内容。深入进去,有许多美不可言的景致。只是因为浅尝辄止,只是因为受限于一时一地的表象,我们往往会错过并不太远的另一番天地。

而且,我也隐约领悟到,或许恒山那种有所寓意和极具象征性的"如行"姿态,才更能体现它作为五岳之一的分量。

这都是后话了。

恒山悬空寺与北岳道观

去五台山琐记

一

五台山去过五六次，大多是陪别人，重点在"陪"而不在去，所以不写。独游五台山，我只有一次，第一次。我就写这次。但去是去了，却没有严肃认真地游。胡乱走一圈，不得要领。所以，不够资格写"游"。保守点，就"去"吧，而且还是"琐记"。凡属"去"范围内，逮啥记啥，想记啥记啥。大概就这意思。

几年前，五一节前后，我在晋北一带悠荡。正是没什么绿肥红瘦可观玩的季节，只能到处找寻一些破旧庙宇。东找西找，来情绪了，想想，与其零打碎敲游击战，何不杀上五台山看个够？

正好是五月四号，青年节。我在的那个小镇，没有直发五台山的班车。尘土飞扬的路边，探长脖子苦候了差不多两小时，才等到一辆过路车。接下来是一场挤车战斗，小孩哭大人喊，很有气氛。我比较胆怯，护着包里相机，不敢太投入，只能退在一边看大家热气腾腾的后脑勺。等我上车，连狭窄的走道都早已排排坐定。不过幸好，有售票大嫂的帮助，我在司机身旁的发动机盖上强行挤到半个屁股的位置，毕竟也算深入群众，总比一路鹤立鸡群舒服。

车一开，发动机盖由热而渐渐发烫。上面几个人有点坐卧不宁，大概就是所谓热锅上的蚂蚁？好在路程不是太长，屁股挪来扭去，也就一个半小时，近午，到沙河镇。

这里是五台山的北面入口，下车发现，要进山的人还真不少。路边，一群学生娃（后来才知道是从北京某院校来的）正与几个面包车司机讨价还价。学生们都不书呆气，很江湖，叽叽喳喳围着司机。我一想，正好，静观其变，没准能收渔翁之利。就撤到一边的小饭店。

等我腮帮酸酸地咬完一碗坚硬的面条，学生与司机的谈判刚好结束。学生胜利，从一座十元砍到七元。大家欢呼一声，蜂拥而上。我也不敢怠慢，赶忙夹在中间挤进去。恰好省了那碗面钱，不奋斗而享受战果，心中甚是得意。

二

起初一段路程，无非平常田间景象。渐渐近山，另有情趣。一涧清流相伴，潺潺不绝。忽然又是几枝艳艳春花，惹人侧目。车里学生，看得劲头十足，大呼小叫，兴奋得像是去登天堂。

天堂是否美妙？不好说，现实感觉是，温差就让人难受。刚才山下乘车，单衣已经足够。几多盘旋，愈上愈高，车内就凉飕飕，进而又发展成一片寒意，似乎退回冬天。此时车行处，是在北台山麓。北台为五台最高峰，据说海拔三千多米，有"华北屋脊"之称。时已五月，然而这个"屋脊"上，路畔、沟谷、松林，到处积着厚厚冰雪。难怪又称五台山为"清凉山"，岂止清凉，简直是"高处不胜寒"。

再往前行，车经东台。东台另有一个雅名：望海峰。司机说，这里观日出最佳。天气晴好，甚至能看到大海边的秦皇岛，因此才有"望海峰"之称。能望那么远却又偏偏会是秦皇岛，我有怀疑。不过旅游景点的这样那样说法，大多不必当真，听完哈哈一乐即可。后来我真的登过一次东台，去不逢辰，正是满天乌云密布，别说数百公里外的大海和秦皇岛，对面山头都影影绰绰。只看了台顶一座破破烂烂的小庙，也算没白走一遭。

半下午时分，到了台怀景区北端的碧山寺。时间尚早，又被车里学生娃娃们喊叫得头晕耳鸣，决定弃车独步。寺门前，竖着大牌，上面介绍，此寺是五台山唯一的最大的十方丛林之一。几个副词修饰，诱惑得我心痒，赶忙购票入内。转几圈，规模确是不小，庭院开阔，殿堂巍峨，与我前几日所看的那些荒山野岭的小破庙当然不属同一档次。

正徘徊观赏间，见寺内僧人从四面厢房趋出，云集正殿。排座次，奏器乐，然后朗朗诵经。僧人各具情态，或虔诚，或随意，或含笑，或蹙眉。咿呀有韵，仿佛当年革命群众齐声宣读毛主席语录的场景。

诵经声中，我飘然出寺。登一土坡，又遇一簇院落：五郎庙。即宋代杨家将中杨五郎的削发出家处。五郎庙是俗称，正名为"集福寺"。集福其实蛮不错，但毕竟不如"五郎"有名。所以有名，不仅仅因了"五郎"这位放下屠刀而皈依佛门的帅哥，更主要的或许是因为此庙中修行者居然多是比丘尼。"郎"庙而尼居，集福寺变集尼寺（可别去联想吉尼斯），此中缘故着实费猜。按时尚规则推测，莫非多为"五郎"粉丝？掌嘴！我小人之心了，以俗念而揣度佛界，罪过罪过。

离五郎庙，沿土坡蜿蜒而去，走入一处山坳。杂木丛生，荒草蔽目，依稀似有房屋。初时以为或是当地农家，走去细看，方明白是圮废庙宇。残垣败壁，瓦砾狼藉。仅存一间北屋尚还完好，隐约似有人声。

踱到门边，窥视室内，见正面供有佛像，一削发女士正跪于桌前，抑扬有致念念有词。土坑上另坐一位长发披肩的女郎，手捧经卷，垂眉默诵。还有一位尼样老妇，正忙碌于灶边。审视一番，三位女士的确切身份不甚明确。属没办正规手续的个体出家人，还是另立门户来此光复旧庙的开拓者？可敬的是三人定力好生了得，一陌生男人在门边探头探脑，她们居然不闻不问，有那么点泰山崩于前而心无所动的气概。

已是晚云薄暮时分，凉风习习，鸦雀归飞。我想我也得寻投宿处了。隔着门槛，问一声台怀镇的方位。做饭的尼样老妇总算抬头搭腔，满脸慈祥，很是热心地给我指点一番。顺她描述的路线，我匆匆而去。

三

台怀镇。这名字起得好，五台怀抱之中，明白简洁而形象。如果你现在飞到天上，朝下看，五台山的五台如花开五瓣，而台怀就恰是中心的花蕊。

我急匆匆步到花蕊处，天色已经很晚。来得不是时候，也是事先欠考虑，偏赶上旅游高峰的热闹。谁让自己总会心血来潮？夜幕下，我东窜西窜，出入了许多小旅店，到处客满。平日里低三下四的店老板，总算也可以扬眉气粗一把，嗓门亮亮地拒我以门外。十几家过去，我有点泄气，心想，再进一个门，若还没有，索性到某个庙门前参加丐帮。

呵呵，柳暗花明了不是？这家店进去，老板口吻较为客气。虽然还是没有床位，却又说可引我到他什么亲戚家去歇一晚。于是，仿佛电影中与黑道人物接头的情景，在昏暗的迷阵般的小巷里，曲里拐弯绕来绕去，绕到一户农家。

带我的人一声呼叫，院主迎出来。一看就是地道农民，老实巴交。没说住不住，他先让小女儿给我端水，还不忘叮咛一句："放白糖，多放点！"这让我想到太行山老家，乡亲招待尊贵客人，常常也是一大碗放了白糖的开水。喝几口小女孩端来的水，即使真的再有更好住所，我也未必会走出这个小院。我喜欢这种自家人的感觉。何况，我还没有选择。

普通的小院，干净，清幽。我被引进南屋一间窄窄的厢房，小是小点，却也整洁。木板铺，显然是临时支起的吧。房里有种能引出儿时记忆的农户气息，让人不觉就神经松弛。

我住了两晚。我想自己也许是第一个入住者，主人连价钱都不定，让我看着给。走的那天早上，我着实为难了一下。看着给，看什么？没有比较尺度。我放了五十元，比外面小店的标价高了点。但冲那碗白糖水，肯定是少了。

四

在台怀镇，实际也就待了一天多时间。最大的感觉是对庙没感觉了。举步就是庙，此庙连彼庙，出庙又进庙，除了庙还是庙。实实在在一个佛国世界，别说见庙就烧香就朝拜，就是随意从所有庙门前溜达一圈，也很费把子气力。

一早外出，还有新鲜感，显通寺，圆照寺，白塔寺（五台山标志建筑），罗睺寺……依次而看，较为认真。渐渐游人拥挤，温度升高，心境也便浮躁，少了兴致。许多各有说法的大小寺庙，依当时内心一闪念，或匆匆一进，或在门前略作停留，就算完事。看来什么东西都不能多，即使美好庄重之物，也要适可而止。所谓"过犹不及"，确是至理。当然也不是全无感受。五台山众多建筑群，有几处，但凡一去，是没法不给你留下记忆的。比如镇海寺一带秀丽清幽的景色，比如龙泉寺精美绝伦的石牌坊，都颇耐人细细玩味。

快近中午，汗津津地去爬了菩萨顶。这里是五台山最大的喇嘛庙，且不说建筑，僧人们那身有点藏域风味的服饰，也是一种略带神奇色彩的诱惑。

沿正途攀爬了一半，我离开熙攘的人流，从侧面的灌木杂草丛中绕过去。这一胡绕绕出名堂，看到堂皇庙宇的背面，居然垃圾堆积臭气扑鼻，多少也是所谓佛门清净世界的另一番真相。

应该很少有人走我的路线，后门极其冷寂。守门的是一位老喇嘛，态度倒很端正，举着一只脏兮兮的大手索要票钱。我瞥一眼无人值班的售票房，便起了"歹意"，想与老喇嘛略略周旋。我握钱在手，另一只手也向老人伸出，那意思是，一手拿门票一手付钞钱。僵持不下，老人也觉无奈，嘿嘿一笑，把手收回，朝里摆摆。显然是给我指一条进入佛门的免费道径。这一宽宏放行，给了我好心情，在寺内逗留的时间甚长。

到五台，遍登五个台顶朝拜文殊的五个法身，名曰"大朝台"。而只到黛螺顶叩拜礼香，即"小朝台"。虔诚的香客是要大朝台的，但没有三五天时间，折腾不下来，而且还得有好体力做铺垫。据说当年乾隆皇帝数次来此视察，都没能遍朝五台。没事找事的臣子和喜欢掺和的僧人替皇帝着急，想了个折中之法，在台怀镇东的一座状如海螺的山包上修建一庙，内塑五方文殊像。然后宣布，到这里一拜即等于拜遍五台。

朝拜也有这等便宜取巧法，何况上行则下效，何乐而不为？渐渐地，小朝台盛于大朝台，黛螺顶香火腾腾而台顶庙宇成了瓦砾堆。久之成俗，大凡游五台，一般都把登黛螺顶作为必选项目。所谓"不登黛螺顶，不算登台人"。何况毕竟省了那么多事。

我当然不愿免俗，而且山不太高，石阶平整，正好轻轻松松表现一下对佛的虔诚。当然真爬起来，也不怎么轻松。看介绍，说有1080个台阶。不出一身汗，是登不到顶的。

黛螺顶上，桌面上的讲究是拜五方文殊。其实那个规模不大的文殊庙并没给我留下太多印象，倒是抚栏眺望略有趣味。俯瞰山下，群峰环抱，河流蜿蜒，庙宇林立，游人如蚁……好一幅引人惆怅的图画。

五

听"文革"期间去过五台山的同学讲，那时的台怀镇破破烂烂一片凄凉，吃顿饭都困难。但眼前的台怀镇却繁华如一个颇具规模的城市。各式店铺，各种服务，应有尽有。街头人声鼎沸，挤来拥去，好不热闹。即使夜间，歌厅舞厅，霓灯闪烁，笙歌阵阵。这哪里像是佛国？俨然浓缩而精华型的人世。更有趣的，多有佛门弟子，东张西望，徜徉其中。确是僧俗和睦，其乐融融。

当初遁入深山的僧众，也许是要与人世拉开距离，以便静心修行？然而佛门做人的欲求和俗世崇佛的向往，佛门普度众生的愿望与俗世喜欢猎奇的心理，却又把二者紧紧拉到一起。结果呢,好好一座与外界隔绝的自然山水,就渐渐糟践成人欲纵横的山中新城了。

很难说佛门的感召力大还是俗世的污染性大。看世人虔诚敬香叩拜如仪的场面,看僧人握着手机凶巴巴索要门票或拿抽签之类把戏蒙钱的场面,免不了有时就会把二者界线混淆。似乎只有职业的分工不同,而所谓信仰,应该也是有的吧,但分量未必很重。

我是正午时分坐车出山的,一路向南,越走越暖,与五台山北麓简直是两重天地。山外,已是一片桃红柳绿。

五台山寺庙群

京城逛胡同

把我蒙了眼拉过去，单看那一段胡同，告诉我说这是偏远山区的一个破败小镇，我绝对相信。同样的街巷，在北方随便哪个小城镇一走，大体不过如此。然而你要说这是在首都，在中心地段，距天安门不过一步之遥，我就有怀疑了。

从狭窄如"一线天"的小胡同穿过，会生出滑稽感，与不远处的皇家太庙比，说天壤之别都有点不够味。站在破旧的院门前向内窥视，那份拥挤局促，让人头皮发麻。在这样的环境中求生存，实在需要耐力和勇气，或者还需要某种委曲求全的智慧。

这只是我作为旁观者的观感。乡巴佬揣度皇城根大爷，挠不到痛痒处。也许人家住在里面还心境大好有滋有味。不说别的，单看经济账，这破房子放到太行山里，几百块钱没人要。而京城地面上，且又是绝佳位置，少说也得几百万。所以您瞧仔细了，胡同里出出进进的，可都是身家数百或者数千万的主。

人跟人不一样，房跟房也差得不是十万八千。爹妈把人家生在天子脚下，还捞到这么几间小破屋，那就是人家的造化。飘茵落溷，眼馋也白搭。当然说到底，京城地皮的天价，还不是要乡下平头百姓们承担？

大栅栏周边曾经繁华过，陕西巷、胭脂胡同、八大胡同一带，据说是大清朝时期的红灯区。笙歌弦乐，秀楼美女，款爷抑或官爷在这里醉生梦死。当然，现在走在这些窄窄的巷子里，已看不出那时的痕迹了。岁月浪花不仅会淘尽千古英雄豪杰，红粉嫖客同样也被淘成一握腐泥。

旧时王谢堂前燕，飞入寻常百姓家。信然。不过两句诗用到这里很牵强。这一带从前并不是什么"王谢"大族的居住地，充其量无非是地痞流氓寻欢作乐的污垢场所。只是岁月变迁，现在已成了真真正正寻常百姓的住家了。

小院里寸土寸金的利用，让居民们不得不把生活空间拓展延伸到院外街头。衣物"万国旗"触目皆是，聊天的洗菜的透风晒太阳的，再加上窜胡同收破烂卖小货的，倒也很有活在凡尘的气氛。

胡同也有新变化，最明显的是改造了公厕。想起以前在此处转悠，如厕方便大不易。气味扑鼻，污水横流，要冲进去实在需要默念几句"下定决心不怕牺牲"。为这一改造，我得拍几下巴掌。其次一个变化，是胡同里一排排架起了空调，正能量，表示生活水平提高，小旧屋里也许更惬意几分？私家车也摆了不少，时代特色。只是行路愈发艰难，驾技也更受考验。途中恰遇一次面包车掉头，扭呀扭呀十几分钟也玩不转，周围一串声的讥讽叫骂，好不热闹。

停靠最多的当然还是三轮和单车，京城旧俗（起码是十几年前的旧俗），在胡同里还勉强得以维持。

最大的亮色，是家户门前的小草闲花豆架瓜藤。只有好心态才能在如此局促的空间营造自然。哪怕是一星半点，也格外赏心悦目。乱麻蛛网般的电杆电线上，忽然攀出郁葱葱一架瓜蔓，实在可以算作一种创作。而俗气浓烈的老屋檐下，颤悠悠绽开的小花朵，又何尝不是一种特色风景？

一大片世俗里井氛围中，略显文雅点的地方是距八大胡同仅几步远的纪晓岚故居。在门口待了一小会儿，没进去，一是舍不得掏几十元人民币，二来也知道先前这里不过是个面馆，早与那个所谓"纪晓岚"有八竿子距离了。不过触景生情，脑子里浮出邪念，红灯区开在家门口，纪才子不是风流也胜似风流了。总算给自己找到好借口，咱做不了文人才子，那是咱离八大胡同太远。假设、如果、倘若……咱也每天泡在红灯区，没准也能混成半拉子狗屁文人。

每次到京，我都喜欢逛胡同。胡同是京城的另一面，更真实而平民化的一面。不过这一面在演变，近在咫尺的大栅栏主街已经被改造得相当时尚。老字号的老铺面保留下来的极少，大部分都弃旧貌而换新颜了。看起来新新的，也不错。味道自然就大不相同。

最惹人注目的是前门大街居然铺出两道铁轨，似乎是为恢复当初原貌。多少年前的"当初"？非那一段不可？设计师的情结吧。仿旧的街道上开轨道车，那会是怎样一种情景？看路边地井盖，有"前门天街"字样。噢，通天车，或者：

开往天堂之车。不会真是这意思吧？这车可不能随便坐。咱现在还不想进天堂，待在小胡同里，过人世间的人生就蛮不错。

京城逛胡同

漫步天台山

漫步天台山，想到李白"天台四万八千丈"的诗句。荒唐，有那么高吗？最多也就海拔一千多米。不过，与诗人不能较真，他们是另类神经病，何况李白"诗仙"，诗人中的诗人，神经病中的神经病。他还敢说自己"白发三千丈"，你能摁着他脑袋拿卷尺去测个究竟？

我们一般只能说：李白同学想象力丰富啊，四万八千丈刚刚好啊，三千丈也不怎么长啊，诗人的浪漫和夸张嘛，很美很有味。

大多数常人恐怕不太容易理解诗人脑袋里的云云雾雾，用医学观点看，那或许不过是一种病态的幻觉。常人活在条条框框规矩理性逻辑准则之中，这当然不错，但也正因为如此，我们做不了诗人。诗人必须另类，越没规矩越不逻辑越神经兮兮不循常理，或许才越可以接近诗人的诗意。所以，不妨给自己做个判断，人家说好你也觉得不错，人家说白你也没看成黑，那么恭喜你，可以理直气壮站到正常人行列里。反之呢？更要恭喜你，没准你成了白发六千丈的李白 2.0 版。

满大街都是浑身酒气疯话连篇的诗人，这世界未必美好，或者反倒有点可笑。但没有几个斗酒诗百篇的李白，这世界怕也会显得过于千篇一律刻板僵硬甚至荒凉冷清。

漫步天台山，凉意袭人，浸透肌肤。是享受吗？要看季节。初冬且山里的凉，真真确确透心凉。进山坐了一截观光车，敞棚，无挡风玻璃。沟谷的风飕飕灌过来，凉意演变成冷又升级成冻。前排两位男士，酷酷地昂着秃脑瓜，无遮无挡遭受寒流洗礼，我瞧着都直想替他们打哆嗦，实在佩服俩爷们的革命意志。

我不行，没勇气在冷气中玩潇洒，而且得益于耳根软，出发前听友人劝，鼓鼓囊囊多套了件防寒服，一副不胜娇柔之态。缩着脖子躲在庇护之下，依然拔凉拔凉，凉得脑袋痛了几天。

人还是要学会认识自己原谅自己。想到以前冬雪季出游的往事，历历在目却毕竟都是过去式了。那时候有资本自以为是，那时候即使跌倒，伤皮伤骨也有大把时间让自己恢复。然而年龄会改写一切，你认不认账，岁月的后面也不再会是当初的自己。

热情还是有的，这说明不了多少问题。对于精神可以替代物质的神话，我以前一直深信不疑。不过后来渐渐明白，即使是真理，也往往有条件、有底线，谁能仅凭意志抵挡时间的流逝？欣然接受和认可现在这个经不得寒也受不了热的自己，或许才是明智。下山后揉着冷冰冰的脑袋，心里想，再出游要掂量自己的耐受度了。老本为重，已是城垣半壁，剩水残山，经不得任情铺张随意放肆。

迟暮衰朽之念，难免销损革命进取（胡折腾）精神，不过也有几分轻松快意。不强迫自己去受外界河山之累，不也是解放和自由？闲来坐拥天下，在室内亦可神游太虚，灵魂出窍，想象自己上天入地，海月轻舟，没准我也可以变成神经不正常的诗人。

漫步天台山，想这"天台"二字，天上之台还是齐天之台？都有点高渺之意。古人登山而纵览天下，极顶而绝世弃尘，思绪悠远，胸襟洒脱，给人联想又直示主题，名以此既直接明了却也不失山野宏阔气概。九州六合之内，居然有六座"天台"，说明这通天的山名很接地气。

时代变迁，现在是胡乱鼓捣和眼盯效益的年代，鼓捣现实的山水，也鼓捣山水的名字。我步于其中的此"天台"，山名被鼓捣成"天姥"，大意是要把这片山头与那个叫武姥的女人捆绑到一起。牵强了点，但可以理解。唯人民币为衡量标准，不可能不作秀，不可能不媚俗。武姥与此山，有没有关系不是问题，有句名言：假话重复百遍就成了真理。当然，可以换个概念，把假话理解成宣传，或再退一步，把假话说成是炒作，也属正常。这正是我们这个时代的一大特色。

其实"天台"变"天姥"倒也没什么不好。以前是站在石台上观天下，现在是踩在姥身上望风景，似乎更多了几分可以让人意淫的意趣。那个叫武姥的女人，生前很风光，死后也不寂寞，让后现代的男男女女常过来踩踩，也算姥女士为新时代做了贡献。

外国咋样不好说，没有感受也没去收集这方面资料，而国人实在是千百年不变地喜欢拜倒在名人脚下。帝王辈那就更不得了，他们是天人交配的非常品种，他们是真理正义和普世权威的化身。翻开历史看看，大体不过是帝王将相的发家史，如何权谋，如何征战，如何杀伐，如何驭众。贱民百姓永远与史迹伟业无缘。别说千百年后，即使活生生的当下，谁会拿你当回事，用你的名字来命名一处风景？台而塈，这山似乎就化腐朽为神奇，山中的石头都立马添了皇家气韵。

国人什么时候才能真正挣脱屈服和仰望皇权的奴才意识？路途恐怕很遥远。

漫步天台山，松杉耸立，溪水叮咚。灌木野草，稠密葱茏。缓步于原生密林之中，那空气不是一般的新鲜，清冽而纯净，毫无杂尘。这才是人类应该呼吸的空气。想数千里之外浓重雾霾中蝇营狗苟的那些所谓富贵豪华，说一声"何足道哉"，未必算是矫情。

倒推 N 万年，另一群你我他在原生态的密林中活蹦乱跳，那肯定是一种混沌愚昧态。用科学昌盛的人文理念去看，人类走出森林好像是天大的进步，好像会越过越美好。果如是？身在此山中，怕很难自己给自己做判断。人类丢弃了的，人类破坏了的，没准才是人类最需要或最美好的。起码，被荒蛮和偏远保存下的这一片片自然山水，对人类的真正益处绝对不比那些尖端的科学发明低下。哪一种更有利于生命的勃勃成长？哪一种将毁灭人类的性灵？

人是一种有趣却也很可恶的动物，所到之处，凡所爱凡有用，必享受必毁灭而后快。好一处自然风光，只要可以换钞票，马上通路架桥，砌一堆豪华建筑，引诱人们开着车到这里游玩观赏。自然渐渐不自然了，人气泛滥，文明肆虐，山水只能是节节败退。若干年后，还有多少真正自然纯正的风光？连最富有也最慷慨的阳光和空气，现在不也是已经变态？

正午阳光暖融融，临湖而坐。隔岸，远处森林郁葱葱的枝叶被阳光照射得闪闪烁烁。不多的几个游人早已散去，周遭静谧，正好闭目冥思，这实在是大享受。许多人所谓旅游，打仗一样，赶集一样，摩肩接踵熙熙攘攘吵吵闹闹，拍几张到此一游匆匆离去。似乎也看了，似乎也走到了，感受了什么？理解了什么？时代培育的就是这种浮躁文化。

下山途中，车里的音响正播放一档旅游节目。几个主持人叽叽歪歪相互搭台表现，有个男生说自己的旅游是到一个地方就会安心住几天。为什么呢？他说，欣赏一句话：我们应该时时停住脚步，让丢失的灵魂赶过来。

这句被其他几个主持人调侃为"好小资啊"的话，却让我颇多联想。小到一己大到社会，我们总是拼命往前赶，前面有许多目标，前面有更好的生活，前面有一个个或许成真的梦想。

　　然而，然而，我们也许在慌慌张张的追赶中真的丢弃了自己的灵魂。

　　旅途中，人生的进程中，还有社会的发展中，其实我们有必要时时停下脚步，等待被丢弃了的生命中更有价值的许多东西的回归。没有这些东西，越富有的物质社会，实际上就越可怕。

晚点与拍摄

火车晚点，通常不算好事。猴抓猫跳，心头火起。但有时也不尽然，辩证法所谓：糟事往往含着幸运，起码多混了友人一顿包子晚餐。

上车看表，足足推后六小时，延搁得可以了。然而还不够，这趟车似乎有点破罐破摔，越走越没精气神，时不时被甩到边线上发呆，给别的正点车让路。让着让着就拖拉成十几个小时。

我的第一感觉是：赚了。多卧十几个钟点，若住店，岂不还得多缴一天房钱？第二个联想是：坐车也有点类乎处世为人，断断不可谦让。让一步看似不打紧，而差一步没准就步步差。差个十步二十步，这辈子就算白瞎，靠一边看别人昂首阔步了。所以世人时时刻刻做冲锋状，打破脑壳往前挤，也不是没有道理。

不过，已经晚了呢？那就得换角度，晚或许也有意外收获。乡下老乡常说一句话：迟饭是好饭。意思是说，没赶上正顿不一定没饭吃，没准大厨要单独给你开一次小灶。显然不靠谱，估计得看人品。

我却赶上了"好饭"，人品爆棚的感觉。这趟车已经几次坐，大体是沿着晋陕交界的黄河西岸北上，正点时统统夜半三更，车外如何景致？看不到。

好奇还在其次，主要这一道线，与我往日经历有点关联，确实想看看。十几个小时的时差，乾坤恰恰颠倒，本来应该的黑夜变成一路灿灿的阳光照耀。晚来的"好饭"，我当然求之不得。

二十多年前，那时自己还断不了偶尔发发神经病，曾在黄河西岸的穷乡僻壤独自行走过几个县。有什么意思吗？当时以为是有的。现在看，也就是没事找抽的另一种形式。极少有人到这种地方旅游观光，也实在没什么景色可看。典型的黄土高坡，土塬，沟壑，细小而混浊的河流，还有零星散布于土崖下的窑洞……

不过好像自己蛮喜欢，一道道梁来一道道坡，走得兴头十足。收获也不是没有，经历过那种静寂、苍凉而荒蛮中的跋涉，相当于吃一剂泻药，虽没把神经病完全治愈，总算是退烧不少。

　　那时的陕北黄河沿岸，还基本停滞于久远的过去式，与外面世界拉开距离。这距离轻易就会给人一种时代错位的感觉，引发你的联想和沉思。贫瘠的环境，一茬茬生存于斯也繁衍于斯的窑洞人生静静地自生自灭于文明世界的视野之外。他们或许也有自己的酸甜苦辣？作为匆匆过客和旁观者，我实在没法准确定义。

　　再没动过重游此地的念头，我已经不愿意改变记忆中这一带地形地貌的概念。然而被现代化的火车拉着路过，还是有重睹一下的小小好奇。二十多年，对黄土地而言，可不是短时间。一场大雨，一次洪水，就可能让大块土崖化成泥汤。沟沟壑壑的泥汤汇成黄河，然后才有下游冀豫平原的出现。所谓能量转换守恒，大自然就这样顽童般地搅泥浆造陆地，玩得开心。泥汤流去，沟壑纵横，我曾经踏过的那些小路，怕也早已没了印痕。

　　正是盛夏，车厢里冷气吹得凉飕飕，很舒服。放松身心，散漫情怀，凭窗而坐。
列车在点染着绿色的一座座高耸而连绵不绝的土崖间不停钻着山洞。
明灭转换，场景跳动，仿佛谁在屏幕上随手乱点出的图片。
时而一道弯曲的小路，
时而几孔隐秘于树丛中的窑洞，
坡地的玉米，
河滩的野草，
山里娃，几只羊，
一片苹果园，枝头累累果实已经泛红……

　　我想我应该拍几张照片了。不是有什么值得一拍，无非仅仅因为一种习惯。这习惯其实不好，是以前自以为玩过几天摄影的后遗症。

　　拍摄有什么意义？在一个全民拍摄的时代，我越来越困惑不解。让几个亲友熟人或"圈子"里几个符号知道你还活在人间还窜到哪里玩了一把摄影"艺术"，那又如何？

　　当拍摄已经时时处处人人都在玩弄的时候，拍摄其实已经没多大意义。别说别人会拿它当回事，自己恐怕也未必对自己拍的一大堆起居住行吃喝玩乐的所谓"现场报道"真当回事。也就相当于你想清理喉咙了对着痰盂哈呸一下而已。

东流水上漂浮的几许泡沫，转瞬就消散得无影无踪。

我早已不发烧，即使外出远行，最多是在一堆食品和衣服的空隙处塞一架小卡片聊以充数。对于自然风景，乱拍滥拍也是一种煞风景。倒不如用用心，静静观赏一会更有味。

庆幸自己从摄影大军里做了逃兵，这或许有点自我原谅自我宽慰自我解嘲。但没有了拍摄的欲望和冲动，出门游走实在轻快了许多。看到了，看过了且又于静默中与自然做了交流，也就可以了吧。那些美好的画面，让它隐隐影现于大脑的某个角落，用回味去渲染它、勾描它、重塑它，岂不也是一种心灵的享受？

扯远了。我还在列车上，我从包里把小卡片掏出来。

"后遗症"告诉我，飞速行进中的抓拍，专业相机是何等重要。大炮筒不是没有道理，要在环境苛刻的条件下，才能领会到几万元几十万元高档器材的功用和威力。不过这对我不重要。我只是习惯使然，手中有一个小机器摆弄就足够了。镜头贴着窗玻璃，手指随意按动。它拍到什么？不知道。我只顾自己眺望着窗外。

记忆中这一带沟坡土崖的概念，基本没有被颠覆。然而，也有不少变化。最大的变化当然是正驶行着这趟晚点列车的钢轨，扭曲和穿透了荒蛮山野的静寂。

土崖下，旧式的原生态的窑洞仍然可以看到，那是先民于艰辛的生活挣扎中逼迫出的杰出创造。只要有一身力气，只要舍得下蛮力，找一处土崖，削出一个笔直的平面，然后开挖，挖挖挖，土洞出现，挖出的土即平铺成小院。洞里砌一方土炕，摆几件日用家具，洞口稍加遮掩，就是一个遮风挡雨的安乐窝。窝里繁衍养育，窝外日月星辰。这样的模式存留延续了几千年。二十多年前，黄土崖下几乎到处都是这种式样。

土窑的演变是把星散于东沟西堰的窑洞移到沟谷间的平川。土打垒，平地起拱架，架上用土坯砌窑。窑洞村落出现，人们喜欢合群，而且平川毕竟有许多便利。

再进化，窑洞用砖石砌造，窑面贴瓷装饰，窑前停着拖拉机小轿车，现代文明节拍被火车和公路带进山沟。

车窗外，几种模式更替变换，未必不成风景。

回家后，看一下小卡片的工作成果，这拍的什么？画面模糊，没有构图，烂片中的烂片。然而我又不服气，想出几句狡辩的话：

用高档相机拍出别人想拍而拍不到的艳丽无比场景奇特的图片就是摄影吗？我看也未必。或许随手拈个小卡片，去拍别人不屑于看更不屑于拍的寻常事物，且能拍出自己的观察和思考，这才叫真正的摄影。

何妨狂言一句：舍我其谁乎！

陕北黄土窑洞

211

丢失的旅途

几年前的生死劫，曾经让我在病床上经历过一段大脑失控，医生称之为"幻觉"，直白地讲就是精神错乱。幻觉中，现实与想象混杂在一起，你不知道自己究竟存在于哪个空间，也丢失了正常的时间概念，甚至做没做什么还在不在人世间也无法确定。

那几个月的奇幻情节，让我对自己的往事记忆也很生了几分疑惑，多少有点不那么自信。大脑的越轨只发生于病态时吗？它会不会在常规状态下也可能依据我们记忆中某些素材自行其是推衍出一些虚拟情节，就比如作家进入写作状态那样？正如《红楼梦》所言：假作真时真亦假。真真假假，大脑如果一搅和，我以为的经历是事实吗？我记起的往事确实发生过吗？或许未必靠谱。

前些年整理自己的旅行笔记，忽然发现丢失了一次旅程。依据记忆，那次行走，是在山西吕梁地区距离黄河不远的某处沟谷。准确地点没了印象，但过程和细节却非常清晰。

弯弯曲曲一条土路，土路终点是一个普通的黄土塬小村，这是大概念。大体相似的游走有十几次，所以这个概念作不得数。主要还是此行过程中某些特色细节，让我总以为这次旅途的真实性没有问题。

我是在一个岔道口离开公路的，类似的随意行程，是我独自游走的常态，没什么理由，也没任何计划或准备。只是走到某处了，忽然就有拐进小路的念头，于是就让自己的轨迹出现自己也把握不住的曲曲折折。半下午时分，土路把我带到一个小村。因为累也因为对周边情况不熟悉，我决定就在这个小村住下。

住处主人留下的印象很浅，记得比较明确的是院里摆放着一辆破旧的拖拉机后车厢，几个丫头小子翻上翻下吵吵闹闹好不烦人。一个拖鼻涕的小儿郎，出来进去紧随我身后，比比划划对我脖颈上的相机表示出好奇。院里光线不好，草草拍了两张孩子与窑洞的画面就收镜下班。那是胶片时代，没有现在数码族来得爽快。带几个胶卷出门，不敢肆意乱摁快门。

晚饭时，自然要问问附近景观特色。有了解环境情况的意思，更主要是顺便解释自己到这里要干吗。三十多年前，即使省城也很少人对旅游有明确概念，乡下老乡更是听都没听过这个词。突然来一个背相机的家伙东看西看，老乡肯定有疑虑。二十世纪八十年代，阶级斗争的弦在民间乡下还没松弛，我这种流浪汉式的乡野游走极易引起误解。

主人大体明白了我不是阶级敌人也还基本神经正常，只是要看看山水，拍几张报纸能用的图片，于是热情介绍：那就到黄河吧，出他家门，顺道走十几里路，就能看到一条大河宽又宽。

对黄河我不感兴趣。大部分河段，河流平缓无奇，又是泥汤浑浊，实在没什么看头。而且那一段时间正一直活动于黄河沿岸，一会儿山西一会儿陕西，有个小渡口就过一次河。来来回回早看够了。但我还是决定去一趟，反正来也来了，反正也没有明确目标，去哪儿也是去，有个目标准比没有强。而且我的经验提醒我，路途中没准就会偶遇点小意外、小惊喜。

第二天一早，按主人指的路线出发了。说是十几里，乡民给出的距离往往都是橡皮筋量出来的。这一点我颇有体会，一般要有两到三倍的心理准备才差不多。事实也的确如此，我那天沿着起起伏伏的沟谷盘旋来盘旋去，整整走了一个上午，不少于三十华里，才接近一条不知是不是主人说的那条大河。

之所以确信不疑走过这样一段路程,最主要记忆是因为中途路过一个小村。小村比我昨晚住的那个还小，十几户人家，古朴原始，完全保持着黄土塬特色。路旁一个没有外墙的小院，正有农妇在喂猪。土崖下是几眼当地多见且普通的窑洞。我借口讨水喝，在窑前石条上坐下，计划小歇几分钟。这一坐，坐出一个关键情节。

那一带黄河沿岸的土梁上异常缺水，这是我以前所不了解的。黄河近在咫尺，梁上却水比油贵，想象不到的事。村民日常用水都取自旱井。所谓旱井，是在住家附近低洼处挖的地窖，窖底泥土夯瓷实，下雨时引周边雨水流进去储存起来，澄清待用。这样的水常有泥腥味，如果正好遇到雨后不久，那水就未必清澈且难免其中漂有树叶草根蚊虫之类。没有心理准备，未必谁都能畅快喝下去。比如我，就得咬牙又咬牙。然而，老乡给不给你喝也是问题。大多数时候，讨要一杯开水很困难。沟谷土梁的村庄，岁月似乎停滞于几世纪前，有暖瓶的或暖瓶里恰有开水的人家少之又少，问十家不见得能成功一次。

讨水喝也就随口一说，通常经验，半上午半下午，老乡家一般没有开水。无非是个话头，搭讪闲聊几句，问问前面路况，休息一小会儿就走人。果然农妇几分不好意思哎一声，连说几个没滚水没滚水。（老乡呼开水为滚水，沸腾而翻滚的水，倒也形象。）这是我意料中的回答，感觉还轻松了一下，不必浪费咬牙表情。其实我在路途中养成了尽可能少补水的习惯，有一瓶水装在背包里足可以坚持一整天。但接下来的情节进展却有点小意外。农妇放下猪食盆，起身说一句：给你烧一口吧。她随手就从墙角抱一把秸秆进了窑洞，谢绝都来不及。沟谷人家，那年月，性情实在得让你无法消受。

"烧一口"，农家常用语。不是真让你品用一口，端到面前的绝对是农家大号碗，满满一碗。我清楚，在这地方，千万千万要对水表示出极大敬意，人家请你喝水比招待你一顿饭都情意深重。如果碗里再放进一把糖，那就更是把你当作重要尊贵的上宾。我那天的那碗水虽没加糖，却也算得上"特供"级别，没法不喝。然而一大碗啊，泥腥味不明显，水的清洁度却差劲。对我这种小洁癖的人，确是考验。也正因为这场有点意外的考验，我深深记住了这趟行程，它应该不会有假。

小村庄很适合我的拍摄兴趣，先拍照还是前行到黄河边看看返回来再说？感觉时间还早，又听农妇说从她家"崖脑"（窑洞顶）有条小路，不几步就可以到河边。噢，那就索性把这"不几步"走完，也克化一下刚才硬着头皮灌进胃肠的一大碗旱井水。

秦晋两地的窑洞分许多种类，砖砌石垒或土窑，即使土窑也不尽相同。我姨妈家那样的土窑，是先在平地搭一个拱形模架，然后在模架上用土坯砌成。而黄河沿岸黄土塬的土窑，却是真正的黄土窑洞。选一座黄土崖，劈出平面，从这个平面挖挖挖，山顶洞人的生活就揭开序幕。

爬上土崖，即是农妇说的"崖脑"，草丛中果然隐隐一线小路。但"不几步"却并不真是不几步。顺零零碎碎的小块庄稼地走去，翻了几道土梁，差不多行走了一个多小时，中午时分才看到沟谷里的一条河流。出问题了，这是黄河吗？是我住宿那家主人说的大河吗？沟谷间一条窄窄的河道，弯曲着绕出一个大回环。从我了解的资料中，山西境内没有这样弯曲且这样细窄的黄河。或许是昨晚我住宿处那个农人没有说对，而更大可能是后来这位农妇概念错误给我指了另一个目标。起码眼前这条河，我可以断定它最多也就是黄河的一条不太稳定的从附近沟谷引伸过来的支流。

这倒不算事，本也未必想去看黄河。错误的结果是看到另一条我不知晓的河流，小喜欢了一下。顺着也就一脚宽的小路慢慢下到沟底，走到河边。几株小白杨，一片芳草地，水流和缓，沟谷寂静。境界小了一些，风景也很平常，却是我的喜爱。主要是沟谷中绝无人声，而陌生、寂静且空旷无人的荒野，恰是酝酿幻觉的温床。一个人陷入这种景况氛围，身边的草木河流与土崖，就带了一点压迫感和催眠性。不由得心头就会生出莫名的奇怪的感觉，虚幻，不真实，恍若白日梦的意味……

没让自己肆无忌惮地驰骋想象，很快让灵魂回归皮囊的物质需求现实。在河边一块大石上坐下，喝水，啃干粮，算是午饭。寂静荒野中独自一人的午餐在那些年是我的常事，也是后来时时想起就很想重去荒唐几次的一种自以为的享受。

没有目标，时间尚早，所以不急。在石块上坐了一个多小时，静静享受这一道现在只属于我的沟谷河流。感觉体力已经大致恢复才缓缓起身，想着返回讨水喝的小村去拍几张黄土崖窑洞的村景。

我没走原路退回，先沿河道溯流而上，走了几百米远。事后回想，这几百米是一种误导，把我导到一条可以走牛车的乡间大道。按我的经验，这样的车道通常都会通向附近一个较大的村庄。从大体方向推测，感觉它应该可以带我返回小村。然而黄土塬的土路，被七沟八梁扭曲得奇幻而多变，走着走着，就会从坡梁的一边环绕到另一侧，不熟悉环境的人，很快就失去方向。待我走出差不多两个多小时后，我有点明白，方向不对了。

走进一个比较大的村庄，问路边老乡，我说不出村名，而十几户人家的小村附近很多，要去哪一个？老乡们也只能笑笑。只怪自己的随意性，再没能回到那个小村。黄昏时分，这条走牛车的土路把疲惫不堪的我引回前天一时兴起而离开的大公路。

对于往日的旅程，我有两个可以让自己准确无错重返旧场景的依据，一是草草涂抹的旅途日记，二是随手胡拍的一堆垃圾胶片。凡我独自行走，所见所感，都会多少在本子上留几行文字记录，也总要习惯性拍几张"到此一看"。

但任何事情总有意外，这次记忆清晰的旅程却找不到相关"日记"。曾经在火车卧铺的枕头下丢失过两本日记，丢得我很心痛，莫非这段旅程记录正好就在丢失的本子里？前些日子重新把一万多张那时拍的黑白片翻出来检点，颠来倒去，几十年过去了，那些沟沟坎坎，那些乡村老屋，我自己也分不清是拍于什么地方。还有很重要的一点，讨水的那个小村我偏偏没有拍摄。也就是说，我已经没法证明自己真的有过这样一次旅程。唯一的依据只能是记忆，而人的记忆却未必可靠。

想过重新去寻找一下这个地方，有几个点是已知数，所属县，近黄河，弯曲的河道。然而为了什么，证明自己的记忆没有出错？其实真去寻找，几十年时间过去，真有这个地方也未必找得到。前一段骑行，从太原到武乡一段路程是我曾经步行走过的另一条路线，有文字也有图片。但骑行到我当年拍片子的地方，已经辨认不出了，河东河西，面目全非。就算拿出当初的照片比对，也很难说我确实拍的就是这里。

我常给别人讲的一个观点：生命存在与否，要有参照物才能确定。对每个具体个人而言，亲友、同学、同事和与我们有过往或纠葛的人就是参照物。参照物在，一个人的生命才算存在。而所有这些参照物消失之后，一个具体的生命也就没有了。放到宏观场景中，世上所有参照物都会消失，结论很明显，世上所有的生命也都等于没有。

一件过去的事件与生命一样，也要有参照物才能确定它的发生与真实，记忆是很难作数的。然而参照物都会改变或消失。这让我想起外国一个科幻片：《这个男人来自地球》，影片中主人公如何证实自己存在过几万年？没法证实。

一个个当时的"同时代"人消失了，当年的地形地貌改变了，即使你确实觉得自己活了几千年几万年，然而只有自己做自己的参照物，你的话谁会相信？

或许我丢失的这次旅程，不过是大脑的臆想，它只是我在某种情况下的一场白日梦。因为我无法用参照物来证实它的确切性。对自己而言，是不是真有过这次旅程其实没多大意义，就算白日梦，它一样好玩。换一种思维，整个人生何尝不是一场白日梦？

我还会有多少机会出逃

二十年前，我从广元去巴中，一百六十公里，大巴走了十多个小时。听起来有点匪夷所思，可以推想出当时的路况，用艰难曲折形容，毫不为过。而现在这段路，已经全程高速。包括两个市区内的扭捏徘徊，费时仅仅两小时略多。

对比强烈，反差很大，时代毕竟进步了。不过我还是怀念当初十多个小时的艰辛跋涉。那才有点人在旅途的感觉，那才能给人欣赏车外风景的机遇，那才更易于在略显倦怠和无奈中激发人的思维和联想。

现代人很难酝酿出唐诗宋词的隽永雅致。节拍太快，竞争太多，浮躁都来不及，与人打斗都力不从心，哪有闲情平平仄仄？窝在大巴车里风驰电掣，怎么可能调动出内心深处的诗韵？

古人远足，是实打实的"足行"，长襟博带，芒鞋竹杖，慢慢踱来。最多不过骑头小毛驴，已经算奢侈了。比如宋代陆游同学在我正行走的这段川巴路上，就是"细雨骑驴入剑门"的。崇山峻岭，细雨迷蒙，骑着小毛驴晃呀晃，想不写诗都不行。

快速好还是慢点好？高速公路好还是乡间小道好？这是个问题。我的答案是，慢点，更慢点，乡间小道好！野味的小路往往贴近山川自然，缓步而行才有观赏的自在从容，散淡放纵的旅途，更容易让外界风景融入内心。

巴中小城，隐于川北大巴山崇岭中，或许即名之来由？上推几十年，这里算得上天高皇帝远。川陕交夹处且山路艰险交通不便，所以才做了红军割据一方的地盘。

若从旅游角度看，市区附近没什么大亮点。只城南山上"南龛"石窟值得一游，但也限于对佛教石窟艺术有兴趣的雅士们。而我来这里，另有自己意图。

前些年曾写过一篇小文：《出逃——我的第一次旅游》，记述自己儿时第一次"出游"经历。这个"第一次",就发生在巴中小城,目的地即是城南山上的"南龛"。故事确切属于"我的",然而我却很难说清,理由简单,那时自己仅仅三岁。

岁月果然是一川江水,没怎么在意间,半个多世纪就流淌而去。许多往事都在记忆中渐行渐远渐渐风化,而这个"第一次旅游",却有点让我萦怀难忘。我想,是不是就因为它很难说清,才让我这样无法释怀?一个三岁小儿,如何从据说管理严格的幼儿园成功出逃?如何涉过城外水面开阔的大河?又如何攀上山坡到达"南龛"?

无解,所以有趣,所以我总想旧地重游,去回访追忆这一段有几分奇妙的出游道径。

此次"又去巴中",一路高速顺畅,且有两位美女同行,这当然是美事,起码途中不寂寞。谈东话西,车速又快,连本来预备好的旧地重游的感慨也没机会宣泄,更来不及涂抹几句怀故诗文,实在是小小遗憾。

两位美女不得了,都玩摄影,都做导游,都时不时会言说几句学问。据说江湖上混得人模狗样,一个雅号"沉鱼",一个尊称"羞花"。

我呢,不能与小女子为伍,辈分总得高点。她们封我为"祖师爷"。听起来有朽木味,却合我现状,欣然接受。

"祖师爷"在南龛门口傲气了一把。

售票小姐抬头望窗外发问:三张票?

我答:一张,这两位,导游。

一老头儿,有两个美女导游护驾,这种旅游团恐怕不多见。

南龛石窟前,两位女"文青"手忙脚乱,拍照、观赏、研判、推敲……

我是门外汉,泛泛浏览,偶尔听"沉鱼"的讲解,不甚了了。所幸者,自我感觉没沉到哪里。还时不时脚跟稳稳立定给她拍工作照。充分证明"祖师爷"不是鱼。

我更多的时间是在石窟周边随意走走,一面自然还会想到五十多年前那个小男孩。他怎么会来到这里?他那时想到了什么?没人能帮我准确还原那段小故事了。

其实也无所谓,这世间,无数的人生,无数的经历,无数的故事情节,曲折回环,酸甜苦辣……一阵清风,烟消云散。何况垂髫小儿的一次闹剧?

它只对我有点意义，它给我童年记忆点缀出第一个顽劣淘气的画面，它给我人生之旅存留了第一次外出行走的坐标。

在梦中，我常常来到这里，那是梦，但或许也是一种真实。

下山，另一目标是我儿时住过的幼儿园。我坚持要步行，理由很简单，三岁小朋友轻松走完的路程，我们打车去，是不是有点太夸张？

其实内心还有没说出来的意思。我能有多少机会故地重游？能有多少机会重走儿时路线？我想慢慢品味"第一次"的旧梦。这一点，恐怕身后两位美女想象不出。她们年轻，而年轻往往意味着今后的机会很多，同样还意味着未必理解"一期一会"的深意。

不过，这一趟重走儿时路，不太浪漫。巴中的环境早已远远超出我的估计。这两年，全国大折腾，所到之处都变成大工地，巴中同样如此。五十多年前巴掌大的一座山中小县，已衍变成高楼林立的城市。

从幼儿园到南龛，原本只是一片稻田一条河流和一小段上山的小路。简单直接，十几分钟的事。现在呢，堆砌了各式各样的楼房，路线也只能绕来绕去，绕得我这个"老巴中"也摸不着北。

问路，还是问路……过大街，再过大街。

好不容易，"羞花"女士指着一条狭窄的小巷提示我：这就是"文星街"啦！

"羞花"后来说，她有种穿越历史的感觉。

记忆中，"文星街"古色古香，温馨美丽。我对朋友讲，这条街肯定会被保留。其实，我只是希望这条隐藏着也印证着自己许多儿时记忆的小街能现实地存在下去，一厢情愿而已。

身后是阳光灿烂热闹嘈杂的新建大街，眼前却是夹在高楼中间一条光线幽暗房屋衰朽的小巷，真有恍若隔世之感。立在小巷的阴影里，我觉出内心流淌着些许潮润，潮润中又掺揉着一丝浅浅的怅然。

还真是一种穿越，虽没有横穿到唐朝，却也真真切切跨越了一个大时代。我的评语：半纪云烟。

小巷的另一端，是我儿时住过的幼儿园，它还在，还是幼儿园。不过我出逃的那个大门已经封堵，变作临街店铺。五十多年前，一个小男孩就是从这里起步，开始了他周游天下的旅程。

在《出逃——我的第一次旅游》小文里，结尾是这样一句话："我在想，从那以后，我又有了多少次冒险之旅？今后呢，我还会有多少机会出逃？"

　　我还会有多少机会出逃？

山 野

一 古庙

密林已渐渐遮掩了小道,披荆斩棘(可不是形容)才灰头土脸走过去。悬崖下,果然有几处残垣颓壁。

山风轻拂,荒草萋萋,寂静无人。时有几只不知名的鸟儿啼鸣着飞去。置身于这一片冷落衰败的古庙,心里回想着读过的有关它的文字。不能不叹息,为它几百年前曾经拥有过的晨钟暮鼓香火缭绕的盛况。

又想到了"人"。这种奇怪的动物,它出现在哪里,哪里就有生活。劳作,梦想,当然也失望……它走了,曾经的繁忙,曾经的堂皇,都会变成一堆没有生机也看不到意义的废墟。

似乎为了印证这一点,从我刚才穿过的密林里,走出几个远方的游人。他们青春而朝气,说笑,拍照,大声感叹,在破壁间走来走去,刹那间就给这座死寂的古庙带来活力。

当他们叽叽喳喳围坐在青石边,摆出一大堆食品时,我转身离去了。我想,这古庙又会因了几个游人的出现而留下一点新的故事。

二 河边

山色葱茂。但我没急着走过去。我被清澈透亮的河水吸引。

举目望去,河水似乎是从大山的隙缝中涌出。在阳光下,四溅的水花闪闪烁烁,携着两岸青草的芳香,无拘无束流淌而来,又在光滑的大石中穿行而过,活泼泼吟唱着奔向远方。

走到一片柳林,我停住脚步。柳枝,绿草,小花,河边软绵绵的沙堆,真是一片疏阔柔和的景致。我躺下，像儿时在太行山乡玩累了一样。暖暖的太阳照射着，手触到近旁光溜溜的卵石，柔嫩的小草随着轻风拂动脸颊，痒酥酥的，直让人想笑。

半眯着眼，静静望去，是湛蓝辽阔的天穹。越望越深越望越远，渐渐就有一种离地而去的幻觉。水声远去，花木隐去，有了朦朦胧胧的睡意。这，是不是就叫"自在"？

三　进山

背起行囊，向大山走去。那是另一个难以捉摸的世界。

远眺，群峰秀美而单薄，不过是天际剪影般影影绰绰一条曲线。走近，它的峭拔它的突兀它的伟岸气势，都会令人惊叹。然而，这还是表象，真正的内容在沟谷里，在大山深处。

山中天地的情景，往往在没有真正走进去时未必全能靠想象去推测。就比如通常的社会生活，在我们自以为大体不过如此的常规概念外，究竟另有多少不为我们感知不为我们理解的人群和生存方式？我们恐怕也未必能想象到。这想法，我每次走进大山时都会涌现于心头。即使一条乍看起来很平常的小山沟，走进去，就会看到许多明显不同于山外社会的另一番景象，再细心，还可以发现许多常识之外的生命形态。

大千世界的丰富多彩，总是超出我们的认知范围。走进一座山，就等于重新走向一门新开的课程。也许正是因为如此，大山才诱惑着自己。

四　沟谷

游人罕至，基本是原生态。这种没被现代商业运作污染的山野才真正叫作"山野"。有趣且麻烦的是，没有任何指引前行的路标，只能凭想象和直觉去摸索，有丛林探险的味道。

小路七拐八绕。名副其实的"小"路，仅杂草深处浅浅一线印痕。但已经足够了，说明毕竟有人走过。最大的问题不在"小"而在"岔"。岔道很多，时不时就得面对一次选择。想到古老的哲学名言：人不能两次踏入同一条河，那是讲世间万物的流动性。有人改了一下：人不能同时踏进两条河，成了人生难以选择的意思。

踏进哪条"河"？生涯常遇的难题。难在任何选择都有风险，都得面对许多未知：捷径还是绕远？走通或者走不通？得到什么又失去什么？除非不走，要走，那就必须选择一条"河"。

纷乱错杂的小路，必须选，必须有所舍弃。不过也好玩，进或退，走哪边，由自己完全做主，没谁对我强迫。毕竟不是事关"重大"，如婚姻、学业、工作……其实，这些又何尝事关重大？想看轻想看小，它就轻小，轻重大小存乎一念。即使"重大"，同样得选，同样得舍弃，同样不能踏入两条河，同样有许多让你无奈的未知。

直觉失灵，我的选择出错，不过也很难说是不是错，走那边又会怎样？也许更糟。"小路"越走越难辨认痕迹，最后消失在一小片似乎是山民遗弃已久的荒地。再走，困难了。脚底满是泥泞，时不时就踏进水洼。周围灌木丛杂，野藤横曳，每前行一步都东扯西拽。最骇人的是遭遇几条爬行动物，让我大出几身冷汗。

可以退，但不甘。灌木丛似乎有限，再咬牙，再挣扎。果然钻了过去。一阵喜悦，埂堰下，看到一条很清晰的进山路。歪打正着。坚持错误，有时也有其偶然的合理性！

五　绕路

山那边是大海，我要去的地方。

农人给我指了两条路：一条是脚下的"大路"，两米多宽，能过一辆三轮车。农人说，"大路"好走且不绕远，穿过前面一个峡谷，很快就到。另一条小路，没入山林，要爬上峰巅，难走，路途也远，不过，风景好。正是这"不过"诱惑了我，我想，那就走小路，翻过这座山！

踏上小路，渐行渐远离开那条有人有车的"大路"，我进入一片很天然的丛林。农人说得没错，绕远且难走的小路途中，景色秀美，如诗如画。

密集的松树齐刷刷布满山岗，几株白桦婷婷娜娜摇曳于其中。布满苍苔的巨大石块，猛然间就摆个造型横亘于面前。草丛里有流水淙淙作响，时不时在拐弯草稀处闪烁出炫目的波光。红的小果绿的小草黄的和蓝的小花，细细碎碎连绵不绝铺展于路边崖脚下。

记不清谁说的，也许是自己的语录：世上没有白绕的路。似乎绕远的小路总会引我走向更自然的风景。

六 密林

心灵深处生长着一片神奇而野性的密林。我常会恍恍惚惚地猜想：或许那是祖先在大森林生息繁衍留下的印记？要不为什么当我闯入深邃而幽暗的大森林，就觉得一切都似曾相识？

踏着铺满碎叶的小道走向密林深处，我有远游回归的亲切感。倚靠着参天古木，聆听清风在枝梢沉郁柔美的低吟，透过稠密的叶缝眺望飘逸而过的几丝晚云，突然会有一道亮光穿透层层记忆深入内心。是的是的，好像记不太清的某一天，好像并不很远的什么时候，我就如现在这样，踏着同样的林中小道，倚着同样的古木，领略感受过同样的场景。

深信自己的记忆不会无中生有，而且我不止一次被同样的感觉和意念震撼。来到这片郁郁苍苍的大森林未必偶然。我在找寻存留于心灵深处的一片神奇密林，那是我的祖先或者还有我自己曾经生活过的真正家园。

七 山水

山中有水，山水交融，这样的景致颇有意趣，不由就引出许多联想。刚硬与柔软，固守与灵动，执着与探寻，凝重与鲜活，伟岸与秀丽，男人与女人……其实，这都属狭义，不全面。比喻总是蹩脚的，很难说明事物的本质。

就比如仁山智水的说法，我一向觉得很牵强。山有时是包容宽厚的，有时也冷峻无情拒人千里之外；有时是坦荡荡矗立的，有时也曲折幽深诡谲多变；能说山只是仁者吗？水是阴柔善变不拘常形的，但水也不乏黄河壶口瀑布那样的豪气冲天，不乏大江大海那样的雄阔宽广，能说水仅仅是智者吗？

山与水，组合起来就是"山水"，一个多奇妙的词。山水是什么？是自然，是大自然中最常见的形态。它外在的美，或者它真正的内涵，就在于它的自然天成。

山水是大画卷，也是大文章。大到我们永远揣摩不透想象不到。我们可以欣赏，但必须敬畏，更要懂得珍惜它赐予我们的美好。

别去想蹂躏它，别去想战胜它。它比我们想象得不知强大多少，而且它不一定仁，不一定智。

八　和谐

选一块平滑的石块坐下，要在这里补充水分和食物，顺便在本子上胡乱涂抹几句"游感"。

坐的时候，眼里只有那块看过去让人感觉舒服的大石块。坐下才发现，我真是会坐，坐得好，坐在一片郁葱葱的草木中央。其实，这是玩笑话。在山里，随便一坐，周围都是这般景象。

喝水，环顾四周，叫得上名的：红松，白桦，老榆，一株细细的山杏。更多的是稠密如墙的棘丛，石畔柔嫩如丝的小草，星星点点的野花……简直是一个小小的植物王国。

想到的不单是美，不单是悦目的景色。更耐人品味的，是在这一隅山谷里，生机勃勃的大小物种，都以各自的姿态用各自的方式求取和维护着自己的生存和发展。

这里应该也是一种社会，林木花草，有机地组合成一个严密完整的群体。然而不同于人类社会的，是没有让千差万别的草木简单划一。它们依然各具形态，尽力在阳光下展示着自己的活力。年复一年，四季轮回，在竞争和较量中，呈现出一种相互依存的和谐共荣。自然的国度里，谁能说谁伟大谁渺小？谁能说谁重要谁无谓？谁能说谁可以、谁应该去决定其他物种的命运？

自然的和谐也许才是一种最有活力也最正常的和谐。

遭　遇

一　小肚鸡肠

坐火车蛮好玩，尤其奢侈点有一卧铺。身心宽泛，或吃或睡，或看窗外山长水远，很悠悠然。但也有几怕，怕时不时遭遇个小故事小情节，让你做不成完美的活神仙。

第一怕，是置放行包的争夺战。上车伊始，人人争先恐后，为占据有利地势，场面实在是烽火四起热闹得让人头皮发紧，所以我一般尽可能避开。但一退避就往往会失去存放东西的权利，引出小麻烦。总不能坐着车还把包扛在背上吧。

前些年出门，我免不了携带摄影包。此包太累赘，外出行走要时时挎在肩头，乘车时还得给它安排个合适妥帖的位置。某次上车，我总算把它放到行李架上，自己轻松地去洗了把脸。返回一瞧，不翼而飞，一下子急出满身汗。好在没有丢失，是被隔壁铺位的旅客拖下来扔到一边，给他的大箱子腾出位置。默念了若干个忍忍忍，还是没忍住跳将起来与对方争执一番。血压应该蹭蹭蹭高一大截，哪还有悠悠哉的神仙意态。

现在我是再不背摄影包了，拿个小数码机就出门，有农奴翻身得解放的感觉。虽然还不能彻底回避置放行包的问题，然而好在我的行包不大，几件衣服，水杯牙具之类，无所谓扔到哪里。

但包小了，就仿佛实力不强的国家，有被歧视忽略的可能。前不久乘车，我上得早，很顺利，先把自己的小包在行李架上安顿好，以为争夺战没我什么事了，很超然物外地躺下静观别人打斗。

不一阵儿，上来两个年轻女士，大箱小包拖着七八件，搬家似的。她们叽叽喳喳抗议先来的人把行李架占满，要别人让点空间出来。人家的要求不过分，但放上去的大箱子谁都不挪动，协商讨论的结果是把小包放到大箱上。我的包也算在其中。

我说我包里有相机，不愿骑在别人头上，那不够稳妥。我说我就一个小包难道就不能有我一点独立存放的位置？但后来发现除我之外他们都是大箱派，寡不敌众。何况一争吵，又会破坏好心情。索性，把包取下，放到铺位上。反正也就一个晚上，多大事。

但心里还是有点愤愤。

第二天下车，那两位女士在站台上截住我：大哥行李好少啊！

我说是咧，你们是不是东西太多不好出站？

是呵是呵。

是不是想让我帮你们提几件？

好呵好呵！

请几个搬运工嘛，多大事……

我背着自己的小包扬长而去，轻飘飘晃悠着出了站。

谁说我这人宽宏大度？有时也难免小肚鸡肠。

二　呼噜之灾

我上铺是位很矜持的女士，一身珠光宝气，怀疑是伪劣产品，要不敢这么招摇？一坐下就拿出时装杂志和零食，起劲地翻起劲地吃。不过体形适中，合乎"放心"指数。

对铺是个白面书生式的先生，正儿八经的白面，拍护肤霜广告不用修饰。白净的圆脸上架眼镜，衣冠楚楚。除嚼口香糖的声音偏大，似乎没别的毛病。也基本没有超出"放心"指数。

"放心"指数——

我乘车时对周边旅客的一项预测标准：凡体态胖硕者、牛高马大者、口臭逼人者、语调高亢者……都属指数超标，有可能是夜间睡觉打呼噜的危险分子。

我乘车最害怕的就是遭遇"呼噜"派。所以一上车就要对上下左右的同伴"预测"一番，给自己增加点迎接考验的心理承受力。

但我的预测往往不灵，高手总是不显山不显水的，比如这次。

车厢熄灯，一片黑暗。列车单调的圪等圪等声很催人入眠，我已经有睡意了。

然而，耳际响起一种受苦受难的呼吸声，是对铺白面男士发出的，仿佛被什么人压在石板下，呼哧呼哧喘不过气，半天憋足劲长长怪叫一声，骇得人心头鹿撞。

这么斯文的人也打呼噜，我为自己看走眼叹息一声，探手敲敲中间的茶几。不错，他有反应，马上翻翻身，睡梦中还不忘用鸟语"哨瑞(sorry)"一句。但"哨瑞"归"哨瑞"，一翻身还怪叫。我只好再敲，且加大敲击力度。他又翻身，又"哨瑞"，然后又继续被压在石板下怪叫。

我豁出去了，起身，出掌，击向白面先生。等他愕然坐起，我也"哨瑞"一句。这一掌比较有实效，半天没听他苦大仇深的呼噜。

可以睡了吧……

又有一种声响传来，阴柔、清晰且格外尖利，是我上铺女士发出的。那声音颇有个性，一下下拖长，如小铁铲缓缓剐蹭锅底，比白面先生的呼噜还可怕，吱溜吱溜，难受得让人脊背发麻。

我侧身，堵耳，声音还是绵绵不绝。练过密语传音？我忍耐，好男不跟女斗，期待别人出头。但别人似乎忍耐功力都比我高强，浑然不觉，睡得正香。

我想，我凭什么就该做好男？抬起脚，狠劲向上踢去！

呵呵，果然不错。刮锅底声音停止，周围总算安静。

不过，睡不着了。

踢的这一脚，力度虽然不错，角度却有问题。我的脚趾开始发痛，而且越来越痛。

此行的最大收获，下车后，我足足一瘸一拐了半个月。起初怀疑是不是脚趾骨折？幸好后来确定是软组织受伤。

想起我那恶狠狠的一脚就后悔！

三　话痨大仙

我坐车一般不与人聊天，自己看看风景，或在本子上涂抹几行文字。所以总担心遇到"话痨"大仙，对着你耳朵眼吹风，絮絮叨叨喋喋不休，躲避不是又无法入静。当然也怪自己定力太浅。另外还有007一类人物，有窥探欲，非要查出你祖宗三代何去何从，让你头皮紧紧的以为自己是不是刚才不小心踩了哪位黑道老大的鸡眼。

某次乘车，对座是一位慈眉善目的老太太，让人看着心里放松。通常来讲，这样的老太太性情随和，麻烦少，好相处。我屁股还没落稳，她就先开腔关照：你喝水不？这暖瓶有开水啊。老人家的热心你能不回应？我赶忙很正人君子地答：哦知道，我一会儿喝时自己倒。

一说一答，就算接头暗号对卯了。老太太兴高采烈地自我介绍，她来这城市看女儿，女儿的女儿上幼儿园了，她来带了一段时间孩子，孩子都离不开她了。女儿的女儿如何乖巧又如何淘气，如何不吃饭又如何贪吃，如何懂事又如何小性子……

我一边嗯嗯，表示蛮有兴趣在听，一边整理铺位，倒一杯水放在桌上，掏出笔和本子，然后客气地打断老人关于她小外孙女的长篇报道：您也到终点下车？

是的啦。她是去看儿子。儿子在那座城市上学，毕业了就留在那里。儿子是怎么怎么优秀，在那里如何轻松应聘了个好单位，又被派到非洲哪个国家搞工程。回来后怎样拍拖女朋友，儿媳家里怎么高贵又怎么不通情理。儿子买车了，买房了，原来买时房价多少，现在涨到多少……

我实在不想听她儿子的故事了，又打断她：您一个人出门，老伴呢？不一块儿出来走走？她说老伴是单位老人门球队主力，正在哪里参加比赛。老伴做过什么级别的领导，后来退了，人情冷暖，上医院看病要车都麻烦。老伴原来身体不好，高血脂糖尿病还有心怎样肺怎样肝怎样，吃了什么药，看过哪些名老专家医生。老伴后来打门球，一打就打去哪几种病。他们门球队多少战多少捷，出席过这里那里比赛，得了多少奖，奖品有门球杆、球鞋、运动衣，那运动衣是啥啥牌子，质量……

我想在本子上记点什么，这是我的习惯。从旅途开始，想到什么，看到什么，听到什么，随手涂抹。今天遇到障碍，想是没法想，看呢，只看了老太太，听自然更是全听她的了。我一面继续嗯嗯，证明自己确实还在做忠实听众，一面无可奈何地在本子上写：真怕遇到"话痨"大仙……

四　佛义核心

按佛家说法，这大概就叫有缘。偏偏在一上车，偏偏在这节车厢，我看到了一次不寻常的送别。

站台上的送别原本多见，但此次的生别离却有不同。车窗外老少男女数人，一律无语而双掌合十低额垂泪，被送者是个身披紫红色僧袍的年轻喇嘛，坐于窗前与车外送行者默然相对，泪水滚滚而落，气氛有点压抑而异样。人众之处，僧人如演员作秀般抛泪作别的场景，我是第一次见到。

喇嘛很年轻，三十岁左右（后来交谈时证实了我的判断），浓眉秀目，广颊直鼻，面皮白净。如果蓄发，肯定是令许多美女倾心的帅哥。

我起初不过是有点好奇，并未想过去攀谈。但车行途中，那喇嘛提了一大袋甜橘挨座发散，口称这不是一般甜橘。

是经过佛门度化的甜橘？是开过光的甜橘？我心里很大不敬地想。于是从自家水果袋里捡出一颗大梨回赠过去，同时说道：这可不是一般的梨！他粲然一笑，大方接住。我俩的龙门阵就此排开。

几小时的长谈有点火药味（主要责任在我），面对一个专业僧人，我对佛义的谈论显然有班门弄斧之嫌。

争辩之点：佛义的核心是什么。

他说，一个字：善。

我说，应是两个字：自然。

他说，只有善心善愿善行，才能让人从纷争的人世中静下心来，静心才能生慧，生慧才能看到悟透世俗的虚幻，才能在修持中获得喜悦，才能最终挣脱轮回。

我说，善不过是方法，是通向自然的道径。佛家所谓"善心善愿善行"，无非是让人循"善"一途走出羁绊走出扭曲走出污染走出浑噩，不为世间一切浮云所遮蔽，找回那个自在清明自然而然的本性。

他说，你对佛义的理解来源于道听途说只言片语，而佛典广博浩瀚，佛理玄妙精深，不入佛门，不读经典，岂能识佛家正途？

我说，佛家认为万物皆有佛性，甚至放下屠刀就可立地成佛，还有渐悟顿悟之分，未必非走深山野寺遁空门读经书一途才能见性。如果那样，世人大多做不到，佛家"普度众生"岂不是一纸空话？

争到后来，两人都明白难以说服对方。而且争辩之中，我的措辞难免激烈，有点必欲置对方理屈词穷的低风格。但这位比我年轻十几岁的僧人，却一直出言谨慎，面带微笑，温文尔雅，颇有大家风度。仅此一点，我已处了下风，我想我还是收兵吧。

两人把话题转到了家常，气氛轻松了也随意了，刚才围观我们"辩经"的众人也渐渐散去。

我说起刚才站台上送别一幕，有几分调侃地问，那几位是随你学经的居士？他沉吟一下，说出了自己的家事。我才恍然，却又随即更觉糊涂。

那几位送行者，居然是他的父母，他的娇妻，还有他的爱女。当时只是匆匆不经意一瞥，我隐隐记起那两位老夫妇苍苍白发和闪闪泪光，隐隐记起那位美丽少妇颤抖的双肩，隐隐记起立于最前面的小女孩泪水点染的秀美脸庞。

他说他的出家有戏剧性，他的青少年时代有许多次充满血腥味的打架斗殴事件。他最初不过是想修炼气功，却遇到寺院一位高僧。从此他的人生走上另一道径，这道径最终把他引到川藏交界处一个偏远山乡的喇嘛寺。在那座寺里他已苦修了四年。

那么，他为什么要回来探家？他与家人又怎样相处？他的出家仅仅是因气功而高僧而……？

云雾缭绕的情节，给我留下一段费猜想的僧家故事。

五　道士道姑

与他们，一"道士"一"道姑"，在火车站不远处很热闹的小街相遇。

旅途中，遇人遇事，似乎很没道理也难说清，就仿佛我们的人生。说不清的事，不妨胡说。比如，可以认为冥冥之中确有造化之手在巧妙拨弄，于是，不迟不早不左不右，恰好让自己撞个正着。

只因为还得几小时才能上车，又因为在闷热吵闹气味难闻的候车大厅不免心烦意乱，于是我来到这条小街，随意坐到路边石阶上观赏形形色色的路人。

"道士""道姑"过来，偏偏在我身边不远处坐下，摆开卦摊。那道士生得倒也清秀端庄，如簧之舌很有蛊惑性。他说他使奇门遁甲，九宫八卦，时辰方位，休生伤杜，景死惊开，说得头头是道蛮像回事。不一会就连蒙带吓，唬住七八个人给他掏钱。

世间事往往有所谓巧遇。过一阵上车，我刚把自己在铺位上安置妥帖，"道士""道姑"居然也飘了过来，停到我的对面。俩人确有几分行走江湖的修炼，没惊讶也不扭捏，大大方方，熟人般向我点头致意。

这一路我走得颇不寂寞，观赏这对男女，也听他们东拉西扯泄露一些另类人生的"天机"。当然我明白，他们的"道"貌毕竟是表象，他们信口演义出的故事，真真假假虚虚实实，只能等同于时下电视剧中流行的"戏说"。

对大多数人而言，习惯了随俗从众，当然也可以理解为没那种机缘。总认为只有做安分守己的乖宝宝才是正常而合理的人生。当我们稍稍偏离一点习俗和传统，或者只要去除固有的成见，就能明白，在通常的前台表演之外，还有隐在幕后或游离于常规边缘的许多种生活。

牛医郎中，占卜杂耍，乞讨卖艺，走街串巷……若明若暗半正半邪的另类人群以及遍布各地名山要镇有点神秘玄妙的寺庙道观，往往让我们难以用所谓正常的世俗观念去判断。

这是一个相当庞大的群体，各有自己不同的观念、规则、方式、道径。他们肯定也有自己的烦恼苦衷，但他们却不必为学业、谋职、人情世故、领导脸色以及什么部门什么人物的评价和看法而惶惶不可终日。他们另有自己消遣人生的世界。

稍加留意，这俩"道士""道姑"打扮的年轻人更像一对情侣。选择这样一种方式出行，恐怕也有一段离奇曲折的铺垫。

"道士"说，他们并不以此为生，他们另有想法，要凭自家"所学所长"遍游大好河山。想法不错，实施也不费气力。真个是仅凭三寸不烂之舌，就能舟车万里。

然后呢？

然后也许真留在哪个道观。

不"也许"的话，还会怎样？

"道士"沉吟，看一眼"道姑"说：那也可能……

"道姑"脸色微红，哼了一声。他们肯定有自己的答案。

六　血腥风景

在风景甲天下的 G 城火车站，我近距离目睹过一场真正意义的"血战"。

那是个蚊虫飞舞闷热烦躁到处袒胸露臂充满肉欲诱惑的夜晚。穿梭不定的游人和旅客被艳丽炫目的灯光捉弄得时明时暗时红时绿诡谲怪异。

突然就爆发了战争，几声凄厉的哎哟声和一片凶狠狠的喊打声，霎时改变了这里慵懒暧昧的情调。

是一群很年轻的"斗士"，面孔都因亢奋而扭曲得狰狞恐怖。得势的一方已经把溃逃者击倒在地。他们真下得了手，木板、皮带、铁棍，闷声闷气噼噼啪啪抽打着对手的血肉之躯。

周围人群，大多是静观其变，漠然而带点兴奋。另有几个光膀小伙子，居然也冲过去，投入对失败者的打击。

"血战"持续了近二十分钟，没任何人过问。总之，那些人打够了或是打累了，才骂骂咧咧说说笑笑摇摇摆摆离去，仿佛刚参加了什么舞会或某某人的生日派对一样轻松自在。已经面目全非且鲜血还在淌流的两个挨揍者，慢慢爬起来，捂着头上的伤口，一瘸一拐缓缓走出人们视线。

不知道因为什么，也说不清双方谁是谁非。血战发生了又过去了。对别人来说，仿佛电视剧里再蹩脚不过再熟悉不过的一个镜头。没多大一会儿，站前广场又一派平和。

能因此判定"血战"者是坏人吗？

人是从血腥中来到世间的。人的一生恐怕都离不开血腥味。人对血腥的喜好，不亚于任何最残忍嗜血的动物。就比如文明世界的拳击赛，有没有血腥味？围观者何等兴高采烈。

任何战争，不论冠以什么名义，都是血腥的，都肯定是以一批批鲜活的血肉之躯为筹码。这还不过只是一种直观的"血战"。

商战、政党派别之争、体育赛场上的拼搏、人与人情感事业职位待遇甚至平日里的牌棋对垒方方面面形形色色的打斗……哪种不隐含着击败对方的血腥？

只不过，人又最善于给自己的"血战"寻找理由，为这为那。

究竟为了什么？

南国G市，车站前高架桥下。

我是在民工大潮初起时到那里的。

天南地北数以万计衣衫褴褛的农民拥挤在桥下。疲惫、焦躁、茫然、失落、无依无靠……

只不过就因为屁股下一张报纸大的临时栖息地，发生了一场近百人的捍卫老乡"领土"之战。战斗场面热烈，双方都那么投入、无畏，拼杀得难解难分。

血腥味中，他们也有自己极充分而正义的理由。

不过是一张报纸大的水泥地面。该属于谁？能属于谁？谁才有资格占有它？谁能真正占有它？谁占有了又能怎样？

层层逼问下去，只要你愿意。任何华美的理由都很难经得起血腥的冲刷，也未必真有什么意义。

似乎有点煞风景，煞风景或许是一种意味深长的风景。

七　面对老师

道上行走，难免磕碰纠纷。我的经验，此时最忌面红耳赤驰骋口舌。晓晓之事由，大数无碍身家，且萍水一遇，马上你东我西，争出对错又如何？而且往往难分胜负，你说你的道他论他的理，声嘶力竭一阵，影响观风景的雅性，大亏。

所以常在日记里提示自己：但凡这类遭遇战，先把面对的人当作老师。摩擦或者麻烦，是老师的考题，考量我涵养。用这个角度理解，大致可以避免热血上涌，调出平和情绪去避开或化解，维护自家悠悠然心态就算及格。当然，老师的考题有时会偏会过，也不妨小回击一下，但原则是不陷入争吵，别与对方互赠口水。

某次在卧铺车厢遭遇了"老师"，一个描眉粉腮的中年妇女。她正感冒，上车就咳嗽不停。遇这种旅伴，真的无奈，法律又没有禁止感冒乘车的条款。麻烦的是，这位很注重修饰自己表面形象的女士实在旁若无人，咳吐的痰，用纸巾一包全丢到中间小桌上。

先在心里默念几声"老师考题"。想想怎么解？第一步，当然得戴口罩，防传染是必需的。第二步，客气提醒"老师"把痰纸处理掉，别堆在桌面让大家观赏。"老师"斜我一眼，没吭声也不处理，继续咳继续往桌上丢。这考题有难度了，再想想，得冷静，不要搅乱我享受卧铺的气氛。那就第三步，我把"老师"的排泄物清理掉如何？多大事。做到这一步，对方稍有自重意识，总该收手了。

没想到的是，"老师"居然不让我过关。不动声色继续往桌上丢她的喉咙异物。到这个份上，几句恶劣话已经涌上喉咙。真要吵吗？再转念，她可有感冒病毒这个撒手锏，面对面，唾沫飞溅起来那还了得？忍，这大概是最后一招，求助老祖宗的闭眼大法，把头转到另一边，眼不见为净总可以吧。

然而心里小不甘，得回击一下"老师"的无赖。我又起身，喊过列车员说：

这个老大娘病得厉害，咳得气都喘不过来，痰都堆在桌上，你们看怎么隔离一下老人家？我怕传染啊。

"老师"这回有反应了，腾地起身，嚷嚷着：谁是老大娘？谁是老大娘？看清楚点……后面一串难听话喷涌而出。

我微笑一下，没接茬，躺倒转身面壁，把耳机塞进耳朵眼，一面听歌一面刷屏。隐隐听到列车员让她把痰纸扔进垃圾桶，隐隐听到她在电话里给某人发牢骚：气死我啦，有人喊我老大娘……

今天考试分数不高，但让"老师"气气肚子也好玩。

某年在青海，少有地跟了一次团去绕湖环游。那时自己还在摄影发烧，途中免不了举相机抓拍几下，所以预先与旅行社讲好要坐大巴前排靠窗位置。

出行清晨，我刚坐定不一阵儿，车在某酒店又接了一位很有风度的中年女士。后来各游客自报家门，她说自己是上海某高校外语系教授。确否？我以为差不离，她的外语水准蒙我绝对没问题。

女教授上车，一眼就盯住我的位子，立即向导游要求调换。理由不少，她腰部脆弱不经颠簸啦，有晕车嗜好预防呕吐啦。导游有点为难，指指我说这个座位这位客人事先预定好了。本来我已经有点怜香惜玉，想请其就座。谁料女教授瞥我一眼：一个民工，坐哪儿不行，非坐那里？

什么话，民工就没资格坐前排？我心中愤愤。但随即想起自己的提示：老师，考题。好，民工就民工，不吭声，不反驳，可以了吧？然而让座的情绪是云散了。

其实，女教授说得不错，我当时已在青海东南部崇山峻岭间转悠了一个多月，身穿一件迷彩服，脏得不成样子，连自己都觉得像个民工。但听别人说，心里总有几分不得劲，虚荣心作怪。好在按捺了自己，避开语言交锋，起码保证环湖路上的抓拍情绪。

车开了，导游让大家出节目。这场合我最弱项，没法掺和，赶快转头看窗外。女教授却开始展示才艺，或用英语朗诵某某名人大作，或高歌一首字正腔圆的外文小曲，本事实在了得。然而纳闷了，她怎么不放过我？居然喊话：民工来一首啊。蔑视？嘲弄？我得迎战，忽然生出恶搞的念头。

等她又用鸟语声情并茂念叨了一段什么话，我探手把麦克风拿过来，那民工就出个节目啦，给大家讲段笑话：

老鼠妈妈望子成龙，教导鼠宝宝们要好好学外语。鼠崽们自然听不进，害得鼠妈经常絮叨。某日，鼠妈鼠宝正口水战，忽然蹿来一只大猫。鼠宝们惊恐万状，鼠妈却不慌不忙，放开嗓门吼出几声狗叫：汪汪汪！那猫吓一跳，赶忙逃遁。鼠宝宝们实在佩服，连忙问："汪汪汪"咋这么给力？鼠妈得意万分："汪汪汪"是外语啊！现在你们知道外语的厉害了吧。

笑话不生动，但针对性太明显，车厢里一片哄笑，女教授的脸立即飞红。好在小导游机灵，夺过麦克风，自己唱起歌来。这题算答对了还是打错了？反正女教授再没站出来表演才艺。

途中下车方便时，小导游在身后追过来说：老师，大家一个团出游也是缘分，她随口一说，您何必较真？我成了小导游面对的"老师"，黑色幽默。想想，也许这次考试，我又不及格？伤人毕竟不好，说咱一句民工真不是事儿。

八　夜走铁路

常会想起自己在大山里夜走铁路的一段旅途。那是一段让我总觉得有所寓意的经历。

那天下午在大山里的游荡很有趣味也很尽兴。但我忽略了时间问题，因为不远处的铁路线而有恃无恐。当我在晚上十点多钟顺着铁轨摸到一个小站时，才明白自己犯了一个不了解情况的低级错误。这样的山间小站，除白天会有一两趟短途慢车停靠外，一般是等不到过路车的。候车室门紧锁，更没有想象中卖小吃的小摊。我只能饥寒交迫地在候车室门外等一晚上了。

然而，这还不是更糟的。午夜时分，站内值班人员在巡查时发现了缩在候车室门边的我。他马上喊来五六个工人把我围住。不容我解释，他们用自己的逻辑判断，眼前这个流浪汉，肯定是坏人，肯定干了什么坏事才流窜到这里，肯定今晚又会对这个荒凉的小站下贼手。

几个人还算客气，没对我严刑拷问。但他们坚决不准我待在车站，非逼着我赶快离开。

我明白自己别无选择，只能继续上路。我顺着铁轨走向浓黑的山谷，离开时，还听到身后很得意很满足的欢笑。其实他们应该比我更明白，这种时候让一个人在深山里行走是多么危险。而且，这个人现在正处在特别需要休息的状态。然而，他们还是狠得下心，非把我赶走。当然，我也知道，他们有理由，他们肯定觉得（起码可以堂皇地表白），之所以逼走这小子，是依循了可以摆到桌面的自我安全意识。

前行的途中，又有一段路遇巡道工的情节，不细说了。总之是，他对我更存满疑问和敌意。常识上讲，怪不得人家。夜半三更，独自在荒凉的大山谷里游荡，能有好鸟？

不知是出于一种什么心理。失望，愤慨，或是索性该怎样就怎样了？我离开起码能让自己把握方向的铁轨，沿一条土路走进深邃骇人的山沟。

后面的行走也忽略：

石块、棘丛、野草、小河、田埂……

摸索，跌跌撞撞。

天蒙蒙明时，我听到不远处悠扬的鸡啼。那声音让我回到童年时淳朴宽厚的山乡。

再走，果然走近一座小小的山庄。

晨雾飘拂着，隐隐的瓦脊上炊烟袅袅。

一个女孩挑着两桶水，正从另一条小路上姿态动人地走来。

我说：我渴，能喝口水吗？

女孩轻轻把桶放到我脚边，朝我一笑。

我俯下身，我的眼有点潮润。

这或许是上苍对自己的点化？人世间还是存在着信任、理解、关爱和许多美好。

风 景

一 我的历山

我怎么可能拥有一座山？我只是看到了我眼里的历山。

第一次登攀历山的尝试在 1998 年的 8 月。与友人 DF，乘他的桑塔纳轿车，几乎就要从南面强攻上去。但只走到山脚，在那里巧遇一个听过我课的学生。学生给我们现场讲了一堂历山课：山路如何坎坷和山顶如何美丽。美丽肯定有诱惑力，让人向往。而坎坷却唬住了我与同行的友人。知难而退，走历山功亏一篑，留下一个不大不小的美丽悬念。

此次是从相反方向进山。原以为也会小有曲折，而实际行程却简单畅快得太缺乏趣味。从曲沃出发，过夏县、沁水，一马平川到下川村。除最后几百米盘山石路稍觉颠簸，基本是不知不觉就直达最高峰——舜王坪。顺利得出乎意料，好走得让人遗憾。历山的神秘一下子从我心目中消失殆尽。

或许来得太不适时宜。原来想象中绿茵铺地山花烂漫的舜王坪，在早春的寒冷中，依旧一副光秃秃灰蒙蒙的景象，只能从枯草丛中刚努出的几点隐约嫩芽去推测几个月后风吹草低见牛羊的画面。我想，倒不如真的不来，不来还能留一个美丽幻觉在心中，让历山依旧远远飘飞在神秘云雾的高处。

也不是说来得毫无价值。沿途黄土塬的春光就很撩人，浅黄一片轻绿一片，粉红一片洁白一片，土坡上迎春花山桃花雪梨花开放得热热闹闹。下川村南的西峡谷里，画面也有韵味，野草闲花，碧潭怪石，还有沟谷两边的大山，都很耐人观赏。大自然毕竟给我们保留了许多选择，未必非把历山的舜王坪当作主题。

最大的收获，是发现自己还不那么平常心。面对自然，面对久远，心境仍会浮起联想云絮。舜王是否真在这里放牧耕作，已不可考。但肯定有许多代的先民在这里播撒过希冀和汗水。山谷无言，草木无言，它们只是静观默察，看一茬茬转瞬即逝的人群来了又走了，这其中也包括我。

我的历山与舜王的历山肯定不同，似乎永恒的河山未必真能永恒，更何况渺小的你我？这虽不是可悲的事，却恐怕也不是一件可乐的事。大自然总会用它的漫长时时提醒每个个体生命的短暂。知晓了自己的短暂不可逾越不能挣脱，同时也更应该知晓珍惜这一点短暂。它随你我飞逝而去，它点点滴滴抛洒于每一段旅途。走下历山，留在山巅山路山坳的那几丝短暂就成了去而不可复还的故事。

历山顶

二 珏山之思

当初这座山一定很美，比肩而立的双峰如手携手的一对娇羞玉女，袅袅娜娜从阳刚的太行峰峦中走来。我很佩服为此山起名为珏的那位先生，也羡慕他看到过那时的这一对碧玉山峰。

有青春年少，恐怕也就免不了老朽，即使是似乎永恒不变的峰峦也应如此。眼前的珏山，虽然还不至于成了鸡皮老妪，但毕竟过了它的如花妙龄。岁月留给它的是许许多多人类征伐的印迹。山脚下灰白的河床里，静躺着无数失去溪流滋润的卵石，如一只只干涸的不甘合上的眼睛，疑惑地瞪着上天。低矮细小的灌木小草，已经怯怯地在山间仰起了柔嫩的腰肢，这层薄薄的绿色，让人心痛地忆起若干年前这里林木茂密的青春岁月。沿着刀疤般的盘山公路上行，更让你不由感叹人类的伟大，坚硬也罢，美丽也罢，一座自然的珏山就这样在人类的把玩中转瞬坠落红尘。

最可怕的还不是衰老，有尊严的衰老也是一种美丽。在人类蹂躏践踏砍伐的威逼下，珏山已变质成另一番俗世模样。若不是一条蜿蜒而上的山路，沿途的铺面餐饮人家，实在就是一个寻常小镇，或者还不如。从那些新修建的粗劣的什么什么庙宇或什么什么景观中走过，望着售票孔内布施箱旁神像座前小摊后面一双双暧昧贪婪直盯你钱口袋的眼睛，谁能说清该觉可笑还是该觉可叹。

珏山在没有命名前会是什么样？珏山初有名时会是什么样？珏山将来又会是什么样？前不见古人，后不见来者。我来过了，我下山了。带走的，或许也就是这几行文字。

珏山

三 游青莲寺

下珏山，暮色中，匆匆游青莲寺。

青山环抱，流水飞瀑。对面即是粉雕玉琢的珏山双峰。尤其妙在中秋之夜，从这里望去，恰见圆润的月亮从双峰间低凹处缓缓上升。那种意境，也属人间百年难求一遇了。建寺于此的老僧，真有眼力，真有眼福。且不论佛界的修炼，即使从我世俗的心目中，这枚小巧的青莲上，果然意趣悠远。

　　游佛寺的目的恐怕因人而异，譬如我，并不是有求于佛，要升官发财长命百岁，而只想从古久的建筑群中感悟水月镜花世事沧桑。据说形而上的佛法是无边的，但形而下的佛寺却并不恒久。它比肉体凡胎的俗人生命要悠长得多，但总体一样，有兴有衰有起有落有荣有枯。眼前残破的青莲寺就是例证。

　　这座始建于南北朝时期的古寺，风风雨雨，已有一千五百年的寺龄。它兴盛过，曾有同时容纳五百多名僧尼修行的壮观时期。晨钟暮鼓，伴青崖碧溪，许许多多僧尼和香客在这枚小青莲上生存过，出现过，又都过客般消失。而青莲寺外大千世界，一千五百年，又有过多少惊天动地的大事件生发了又寂灭了呢？

　　与以往的入庙一样，我对莲座上的神圣不感兴趣，对建筑物的什么什么风格不感兴趣，对某某碑刻某某壁绘不感兴趣。引我注目的，是残垣败壁间萋萋青草星星野花。我往往感动于时光之手毁灭万物的无情，感动于微小生命代代繁衍的抗争。那种清丽中的残缺美，那种衰败中的新生美，那种瞬间与恒久的和谐美，总会引发我许多莫名的感慨。

　　夕阳晚照，圮废的石基上，一束小黄花开得正艳。石基上肯定有过美妙的楼阁，现在却荡然无存。石基上或许还会有簇新的建筑，但也许连这石基也会消失殆尽。然而，这一瞬间，娇嫩的花朵却在废墟上静静地舒展着自己的生命，享受着周围一大片空寂中美妙的黄昏。如果万物都有佛性，此时的小黄花儿是否正用我即我的意境体现着无边的佛谛？

　　我虔诚地伏下身，静静观赏着这奇妙的一瞬，莫非来青莲寺要寻找的仅此而已？

青莲寺

四 看恭王府

到恭王府，实属随机而起意的。原本要看什刹海周边胡同，但那一带现在成了京城胡同游"景区"，哄外国人的。凡要让外族看，以国人好面子的劣性，就难免有粉饰成分。少了杂七杂八，自然也少了原汁原味的市井俗气，没什么看头了。

我外出有自己习惯，喜欢看看别地方普通百姓的柴米油盐日常起居。我觉得那比所谓风光大片要有趣生动。作为参照，往往可以让我从旁观的角度反思自己的生存。这只是我自己的旅游歪道，低格调的审美，不适用别人。

到什刹海时间尚早，没怎么转悠，被那里修饰和管理出的新时代"胡同"气氛扫了兴致，索性取消计划。周围几条马路，摆着一排排三轮，这是京城"胡同游"的道具。看阵势，可以推想游览观光的热闹。好像是刚上班，生意还没开始，穿戴统一"工作服"的祥子们歇在路边或候于车上等着拉客。这种吃气力饭的行业，能在航天器上天的时代依旧延续于京城，实在也是奇迹。说明古旧和落后有时也可以变成吸引老外的节目。

其实新"祥子"不好做，要有水平。我尾随过几个拉着客人的三轮，"祥子"口若悬河滔滔不绝，讲胡同讲景点讲民俗，一套一套，侃得云山雾罩，实在让我从心底佩服。

恭王府

三轮车队附近，有一指示牌：恭王府。提醒了我，反正时间还早，又没别的目标，那不如就近看看这个昔日王府。其实我也清楚。所谓恭王府抑或和珅府，不过是招牌，旧貌而毕竟新颜，引游客游兴的。

这里几年前也进过，那时只开发后花园部分，现在算完璧了。好看不好看？说不出。值不值得看？说不出。总之不过是看过了。唯一引出的一小点感受，是后花园假山处的"曲径通幽"。曾经有人认为曹雪芹的红楼大观园是以恭王府为蓝本，也许？起码"曲径通幽"这一块，较之城南新造的大观园公园的"曲径通幽"更要幽幽然。

别的感受就浅了，无非权贵曾经的住宅。由物推人，想象一下朝朝代代的两级分化，想象一下机关算尽后还是逃不脱生死轮回人灭物依旧的故事。浏览这类整饬出的"古"景点，有考证癖的先生们是否会有别的大发现？或许吧。于本人而言，实在是为了满足一下好奇的成分多。进去过，走一圈，足矣。

五　火山石

海南的火山口风景区，名气很大，毕竟这样的景点不是很多。但从观赏火山的角度讲，似乎没多大看头。所谓火山口，早已被热带植被和稠密的树木遮蔽得严严实实。不仅概念中那个典型的锥形凸起看不到，就连喷吐岩浆的底部凹陷处也被树木植被掩隐得不甚明显了。

然而也不是完全没看头。景区绿化不错，像个小型热带植物园。许多火山岩块堆砌的景观石是这里亮点。但需要细看，低下脑壳凑过去，看那些变幻的颜色曲折的纹路和多姿的结构造型。想象一下，地下矿物质，被高温融化成一锅粥，包裹在薄薄的鸡蛋壳里。忽然某一天，涌动的岩浆喷涌而出，携带着毁灭一切的高温滚滚而来，流向大海，然后在沸腾的水汽中凝结成千奇百怪的石块。那会是怎样一幅惊心动魄的画面？好在，或者遗憾，那时候人类还没有出现。

看着火山石随意想想，大自然其实是顽童，时不时就会鼓捣点恶作剧。现在看起来是景观，现在看着蛮好玩。当初呢？人类总自以为是，觉得自己多么了不起。然而大自然打个喷嚏，啐口唾沫，对人类而言，就是灭顶之灾。

前不久看美国黄石景区的纪录片。据说那里的火山又快喷发了。还据说，黄石火山的喷发，将不仅毁灭美利坚，恐怕整个人类都要被格式化。如果据说成真，人类会用怎样的心情去观赏火山？

科学家往往吃饱撑的，别研究此类耸人听闻令人悲观的项目好不好？大伙儿闷着头赚钱购屋养儿育女鸡零狗碎多惬意。可惜大自然就是大自然，所谓"天地不仁，以万物为刍狗"，它偏要朝你们这窝蚁人拉泡稀屎，后果怎样，它才不在乎。反过来说，人类在乎过大自然吗？

海南火山口风景区

六　游曾家山说阿龙

曾家山，小有名气。这两年，川北周边，馋野味的，玩摄影的，或仅仅是受炒作之忽悠去满足好奇心的，各式游客络绎不绝，为曾家山门票事业做了许多贡献。

赴曾家山是意外，几个朋友原计划拉我到附近的河滩晒太阳，目标鱼洞河。车行的那条公路路况不错，据说再往前几十公里，就上了曾家山。是吗？不就几十公里，何况还开着一辆现代化交通工具。头脑一热，车辘辘重新转动，直奔曾家山。

掌舵的阿龙，胖胖的很福相，不爱江山爱驾车，对那些牵动小资情怀的山山水水不来电，握着方向盘追风逐电才过瘾。他实在是自觉自愿做义工，最大乐趣是把夫人和夫人闺密送到景区大门，然后待在车里睡大觉、刷手机。

其实此行我觉得最有意思的就是阿龙。言语不多，不附风雅，你们说这里河好山好，你们去看，人家是不屑一顾。你们对镜头自拍互拍，手忙脚乱，人家也不掺和，悠悠然坐一边享受轻松。这大概才有几分看透风月的意境。

人生没有定式，自我感觉最重要。风雅好，不附风雅或许也别具一番感受。通常意义的所谓"审美情趣"是品味，一顿现实的鱼肉佳肴何尝不是人生滋味？角度不同，享受也就有别，孰好孰坏，实在没有确定标准。

我大体算是山水派，起码购了门票，就要入内游览。既来之则游之，探探曾家山究竟。

或许正是曾家山褪去艳色的季节，卸妆后的舞台明星，姿容其实也就那么回事。炒作有时很吊胃口，炒作也会造成臆想中的落差。总之，久闻其名，进去看了，山崖石柱有几处，密林小路有几段，野趣确实有几分，然而包装也明显，不过尔尔。最深刻的感受：石阶弯弯曲曲时上时下太累人，累得后来只有余力迈台阶，哪有游山玩水的雅兴？还是阿龙大智慧，留在山顶自由自在，不和我们一道受这份自讨苦吃的时尚罪。

当然，还可以反过来想，也很不错了。经历了许多山，有名的没名的，都因了地域差异略有结构植被的不同，但从"山水"风光角度而言，似乎没有多少差别，无非山石溪涧沟壑林木，曾家山也是如此。所谓弱水三千饮一瓢足矣，有眼力有定力，一山看好，即是游遍天下名山。

阿龙的不为所动，阿龙的漫不经心，也许比我们经不起诱惑，非得走进去淌一身大汗累得屁颠屁颠气喘吁吁要高明许多。

不介意了，不当回事了，才是真正的超脱。拉开距离，给自己内心留点想象空间，是不是更能理解山水的内涵？我得向阿龙学习。

曾家山

七　记忆昭化

　　巴蜀古道上的昭化，已有四千年历史，名副其实的古城。但在华夏族群范围，古久其实不算回事，久远的城镇乡村多了去。昭化的特色，或者说昭化的知名度，也许与汉末那一小段"三国"史有关，昭化在蜀汉建立和巩固的过程中起过重要作用。

　　但对于所谓历史，我现在基本是持忽略无视的态度。史实之实，实在多是御用文人们的涂抹。别说已经过去的存留于纸片文字中的那些"官史"，就我们生活于其中的理论上是直接看得见的"现实"，又有多少真相我们能看清楚或看明白？

　　所以对我而言，昭化的历史，闲话而已，谈资而已。重要的是我曾经去过这个算是陌生的地域，且不止一次。

　　第一次大概在九年前，昭化还基本没有开发。僻静的小巷见不到游人，陈旧的房屋残破不堪，古城墙废墟淹没于荒草丛中，那可真正能让人品味到作"古"的衰朽。记得我登上也就剩一米多高的所谓汉城墙，望着远近农田，还很发了几分沧桑兴替的怀古幽情。

　　因为太冷清，因为太破败，那次昭化之行草草而过。没有留下几幅印象完整的画面。

　　几年之后再进昭化，景象大变，扑面而来的是商业炒作气氛，十足的新型旅游"古"城模样了。街巷相当整洁，房屋大多翻新，土城墙也用砖块包装得有了影视效果，箭楼堞墙上自然还少不了要遍插彩旗。这彩旗和街头檐下的灯笼，最初或许小有新意，后来就渐渐演变成一种流弊，国内大凡所谓"古城"，一概少不了如此装饰。彩旗和灯笼似乎成了"古城"新娘的婚纱，不穿戴就上不得厅堂。看多了，看腻了，反让人觉出荒诞和可笑。

　　眼前的昭化，实际已经是一座推倒重来的新城，2.0版。当然这并不影响它原有的"古"标，也不影响人们来这里寻古忆旧。新和古，无非是人类思维中的概念，相对而言。放到无穷大的进化背景中，几百年乃至几千年，算不得什么差距。

　　房屋建筑、河流山川，较之我们常人，似乎是可以存留久远的。其实也不见得。旧时侯门，王谢深宅，还有印迹吗？貌似恒固不动的山岳，其实时时都在变化。弃旧而出新，才是宇宙间的定律。

古，只在概念中，只在记忆中。若再去昭化，我不得不面对的，恐怕又是另一个 3.0 版、5.0 版的新"古城"了。

昭化古城

八　在路边

距要去的景点还有一段路程。走累了，在路边坐下。

坐下就不想走了，路边也有风景，何必非去那个景点？

常常会这样，本来以为自己有目标，一累就忘了。或者一累就觉得，所谓"目标"不过是自己给自己找的某种理由，让自己觉得在路上走来走去毕竟也算是做着什么。竹筐一样的生命，装几件这样"做着什么"的东西，似乎就填满了，不再空虚。

身边的路不是主干道，但车流不断。这两年车是越来越多，人们都匆匆地开着车在路上飞跑。人人都自以为有目标，人人都心急火燎奔向那个自以为的目标。这让我想到读过的一本书：《一个人的村庄》，即使在一个偏远的小村庄，村人也都忙乱，也苦苦甜甜追寻着什么目标，一代又一代的生命，都以为不这样就不是活着。

然而，即使这样就算活着了吗？那些目标真的对人生有什么意义？我刚才想要去的那个景点是否非去不可？

不知道这条路上以前的人忙了些什么，而以后的人们会知道现在走在路上的人在忙什么吗？没人知道，一切都是过程，过去了也就没有了。

其实，有没有目标，这一生也未必因此而多了什么或少了什么。赶不赶时间这一生也不会因此而长几年短几年。流动如风，风过无痕。我坐在这里是自己的一生，我走着无非也是自己的一生。对路上的其他行人，对汽车里那些神情端庄自以为重任在肩的人，有目标或没目标的我有什么要紧。于是我想，何必强求自己非要走向什么目标？

放松身心，眼前所见，也许就是一幅好风景。

山路行

一

山是有魂灵的，有情怀的。你不向它招手，你不向它走去，你不低着头一步步在山路上向它致敬，它又何尝瞧得上你？对"悠然见南山"的人，它也同样悠悠然坐卧于云雾深处拒你以千万里。

登山，这是从我的角度而言。或许，山峰会说，是它沿一条小道缓步而来，走向渴望亲近它的我。

一座山，往往只向迎着它、喜爱它、敬畏它的人亮出自己的真相，敞开自己的胸怀。它用一段段嶙峋的曲线，一片片郁葱葱的山林，或者道途边简简单单的野草闲花，挑逗着也考问着每一个登山者。

你感受到什么？你看出了什么？你被什么吸引？山只用自己身躯上一段山路就知道得明明白白。

山会告诉你，别那么自大，别以为自己有多强壮多内涵。即使拿一座最不起眼的小山包与你相比，你能比过它的恒久站立？你能比过它的耐风抗雨？你能比过它包容那么多细碎生命？

别说一座山包，你歇脚时身旁那几株小树小草，你都比不过。你不过是匆匆过客，转瞬即没。而那几株小树小草，却会一年又一年享受日精月华的营养，静静地却也粲然地在山的怀抱中成长了又成长。即使秋气侵逼，即使冬寒肆虐，最多不过是舍弃枝枝叶叶，把一年的感受收获到根系，在崖下土层中酣梦几个月。待到某一天睡足了，哗啦啦挺身而起，又翠生生招惹出一坡春意。

你呢？很了不起的人呢？许多年之后，当那几株小树小草又在和风中起舞歌咏时，你已化作它们脚下的一捧腐土。

远远的，一座山不过是天际隐隐一线剪影，那么不起眼，那么单薄。山走过来，山才显出它的气势它的宽厚它的挺拔它的沟壑。即使一座小山，要理解它都未必容易。它只与可以与它对等的人交流。它把你当作强劲的对手了，把你当作真正的朋友了，它才会吐露真言，才会把隐藏于衣襟褶皱中的美好亮出来给你看。

二

在山路上，一抬头，小路从前方密林或草丛中蹿出来，精灵一样扭动着纤细的腰肢朝我奔来，我就会有一种拥抱它的冲动。心里会轻松自在地说：把我交给你了，随你把我带到什么地方，即使悬崖，即使绝壁，即使光秃秃没有任何景致的峰顶。

曾经拥有过一条山路，这是何等幸运。我知晓你的手腕，总是把谜一样的答案抛到山林和石壁的那一头，牵引着我的些许好奇和期待。尽管那最后的答案往往不过如此，然而每次我都愿意听任你的摆布，愿意照着你随意七绕八拐的指引走去又走去。

其实我也有我的算计，我也有我的小聪明。谜底算得了什么？目标算得了什么？对我而言，都不重要。追随着曲曲的小路，观赏小路沿途抛撒的花花草草，我已经够陶醉、够得意、够开心了。即使就这样一直走去，就这样流连于小路的自在天然，而不去揭晓那个谜底，不去计较庸人们强加给一座山一块石一道桥一条河一片林的矫情粉饰包装改造，又有什么不可以？

最喜欢的是人迹罕至的山路。置身于静悄悄的荒野草丛之中，我总会有一种恍惚，把小路当作挂在山壁上的河流，我只是一条突然掉进河流的小鱼，游呀游，溯流而上，竭尽全力，游向那个诱惑着我的云深之处。

鱼的溯流而进，各有自己目的，或繁衍种系，或化龙飞天。我呢？我是一条很没责任心的自由主义的鱼，我只想着任性地游去。

顺着小路幻化的河流，游向峰顶。想起多少年前一次登山，半下午时分，终于到了方圆不过几丈的山顶，几块大石毫无遮拦地摆布于野草萋萋之中。我爬上一块大石，把自己展铺在石上，张目望去，是万顷碧蓝，心中一颤，那是不是我这条鱼游到的大海？

我还游得动，我还可以登上一座小山。不止一次地想过，希望在生命终结的那一天，我还能登上某座山峰，最后一次把自己平展展铺于山顶的大石之上，孩童般开心地张目眺望穹苍。然后呢，然后我就游进那一片无垠的碧蓝。这样的归宿多圆满。

三

　　远远的，透过林木枝叶隙缝，叽叽喳喳的欢叫声传来。我想象那里应该有一大群山喜鹊，它们在开会，在商讨鹊国的国计民生。正有许许多多小鹊翘动着美丽的尾巴，在枝头，在岩上，争先恐后发表自己的见解。它们各自都说得那么自信，那么急匆匆，都来不及等别人把话说完，都未必听清了对方的话语，还一个比一个声高，终于汇集成丛林山石间一片欢乐的声浪。

　　我有点着急，更快地迈动自己的双脚。我希望能赶上它们的集会，介入它们的争辩，没准我这个流浪汉的发言会给鹊们带去几条长治久安的启示。再奢望一下，我或许还能参与它们的投票表决，我将以把自己变作一介鹊民的姿态，加入它们的社团，同它们一样，叽叽喳喳无所顾忌地喊叫或者歌唱。

　　走过一座小桥，绕过一块巨石，石后一个宽阔的半山小广场。我一笑，看清楚了，小广场上，是几百个游山的小学生。我知道我没有介入他们的资格了，没有在他们中间欢叫雀跃的机会了。真希望他们是想象中的一大群山喜鹊。

　　这些游山的孩子，应该是把攀爬至半山腰的观景台作为目标。或者更准确讲，是把半山腰平台上的野餐作为目标。他们已经卸下全部"弹药装备"，席地而坐，七八个人一圈，圈里是各自背上山的"粮草"。这应该是一顿初级共产主义的聚餐，不分彼此，不分多少，不分档次高低，全都掏出来堆到中间，开吃，打闹，争吵，嬉笑。

　　我没有被邀请入座，他们压根没注意到有我这样一个入侵者正游走于他们身边。这让我有几分不满，有几分嫉妒，还有几分轻轻的感叹。如果说我真是一条山路河流中的游鱼，我已经游得太远，我已经感到轻易就会缠身且很难驱去的疲倦。他们呢？他们才刚刚出游，他们还不知道游途的漫长和艰难。等他们在山石小道的河流中再游荡几年，他们会变成什么样？他们会记起中间那一堆堆几乎把一个大超市搬空的各式食品吗？他们会理解那些食品后面长辈的关爱和呵护吗？他们明白不明白现在的自己是多么幸福？

　　曾给友人讲，别与孩子争斗，上辈人是永远斗不过孩子的。也别为孩子操心，将来的世界是人家的，将来的生活也是人家的。我们这些老鱼，还能勉强维持自己一段游途就已经相当不错。

　　我离开这群孩子，又一个人游去。我虽然不知道自己有什么目标，但我又似乎总以为自己有一个什么目标。

四

与一片松林对峙,我立在山路开阔处,晚秋的太阳用温暖抚过我汗湿的额头。

我听到松树们的低语,看到它们在轻风中摇晃的手臂。是向我打招呼?是欢迎我加入它们阵营?也许我有做松树的资质,或者,我瘦成了一棵松树?

有小朋友对我评价:好瘦呀,竹竿。小朋友没看到我最"竹竿"的时候,几年前刚从手术台下来,被护士妹妹们用纱布紧紧一缠,我感觉自己真被缠成一根细长的竹杖。竹杖被隐形巨人拖曳着,在住院部的走廊戳来戳去,那也算我抹不去的一段故事。

早已不做"病号"了,却再没有把瘦掉的脂肪补回来,依旧一根竹竿在贪婪饕餮臃肿的人世间戳来戳去。努力过,狠劲往嘴里填塞,鼓起肚子力争多占有一点空间,然而没效,还是一根竹竿。此身合是竹竿未,再鼓肚子也枉然。

化作一棵松树,是不是好?我很怀疑。我知晓自己秉性,挤在密集的丛林里,我只能做失败者。我不会学别的树去追求上进。一片松林其实就是一个单位、一个社会,所有的树都必须拉长脖子竭尽全力向上攀爬才可以获得生存权利。即使看起来似乎无限的阳光,也不会普照大地上的每个生命。对于一片松林,谁的树干向天庭靠得更近,谁可以在高处伸展开自己的枝叶,谁就占据了生存和发展的优势,就可以遮蔽和阻挡别的弱小。丛林里的拼搏和相互绞杀,同样是血淋淋的没有一点温情。

我只能像在人世间一样,选择躲到一边,歪歪扭扭倾斜着身子,从树木与树木的隙缝间偷一点阳光。或者,索性逃逸。

一棵逃逸的松树,一棵游走于松林之外的松树,好玩,也苦涩。

五

山路无言,然而我总感觉山路是有记忆的。它像一条存储量巨大的磁带,不知录制了多少过客的来往步履和他们的向往、欣喜、焦虑、汗水。独自一人,在细叶微音的催眠中沉静下来,让思维恍惚飞舞,就隐隐可以读出磁带的某些信息。

信息幻化成片断的镜头,我有点明白,自己在山路的出现其实没有多少新意。我不过是百年前或者千年前走在山路上的某个人的复制文件。可惜红尘喧闹掩埋了我记忆深层的刻录，让我遗忘丢失了千年或百年前原文件的自己在这条山路上行走的许多情形。

我只能重新走起，像以前多少次那样，一步步往上攀爬，还以为自己是第一次甚至是第一个走在这样的曲曲小径。走过一坡草丛，我知道，千年前草丛中已留有"我"的印迹。走进一弯山林，我知道，百年前"我"就来过这里。

一个又一个久远的或者将来未知的"我"，兴冲冲从山脚下迈开脚步，心中存满了期待和未知，前面会有什么稀奇？林中会有什么遭遇？几处景观有何意韵？我的体力可以把自己推到山顶吗？

每一个"我"，都被所谓目标牵引着注意力，顾不得停住脚步放松身心细细品味路边的风景。淌着汗水，大口喘息，沿着石阶和土坡奋力往山顶攀爬，总以为攀爬才算努力，总以为攀爬就是上进，总以为有那么个目标才算人生。

然而，任何一个"我"都有限度，有的山可以上去，有的山只能到达半途，有的山远远望一下便知遥不可及。而终于爬上去的，又如何？我不是我了吗？生活从此变化了吗？

我是登过几座山包的，我以为我是过来人。下山途中，我可以略带怜悯地回答迎面遇到的后来者。他们总希望从我嘴里打听到他们想要的好消息：快了，再过几道弯，再登几十个石阶，或者再用十几分钟，光灿灿的峰顶就可以到达，那里有人世间见不到的风景。

其实我最想告诉他们的是另外一句话：爬到山巅，就该下山了。

这话，很适合另外一座谁也避不开的山。那座山，三十岁是山巅？四十岁是山巅？无所谓，区别不大。总有某个时辰是你我最重要的一次攀爬的转折，从那个转折开始，不得不真正下山。

下山，没有来时的费力，更少了来时的新鲜和兴奋。唯一的好处，总算可以换角度重新理解原来看到的以为明白的沿途风物。不过最让我迷惑的是，下山的时间为何过得这么快？还没做好准备，还以为路漫漫其修远，一抬头，已经快到山脚了。

不，我得放慢脚步，我得坐下歇歇，我还要把自己更长久地置放于山林之中。

我的行走

一

"旅游"一词，倒退三十年，在国人语汇中似乎还列在冷僻范围。没几年，长城内外大河上下，旅游潮就一浪高一浪地浪起来。热爱自然还是追赶时尚？生活质量提高还是被商家忽悠？总之是，兴高采烈跑到圈起的某某山头掏了钱，再在手机里留几张可以告知亲友确是本人到此一游的照片，也就心满意足了。

我是在"倒退三十年"之前出道的，那时东游西走，实在冷寂且艰辛。许多地方，往往是"舍我其谁"独自一人摇来晃去。别说买门票，想找个明白人问问路线或遇个同道者交流一下感受都是奢望。

记得去龙虎山，荒野一片，似乎有个很破旧的景区小门，却看不到售票人。小镇黑灯瞎火，寻觅过夜的地方都费了牛劲。总算几经探问找到个开旅店的小妹，曲曲拐拐把我带到一个破平房。热水没有，电灯没有，独自一人守着根�烛盼天明，实在有那么点凄楚孤单的诗情韵味。

荒唐，却也有趣。现在想想，那大概才是更有故事情节的旅游。你没法保证肯定会有的食宿，你或许就遇到进不易退也难的尴尬。然而，这大概也是一种诱惑？不确定性往往更让人神往，没有那地方的广告图像，没有许多过来人的攻略介绍，你面对的是完全陌生毫无概念的一幅新图画，一步步走近，一层层观览，惊叹和欣喜自不待言。

生活天平大致总会保持平衡。荒蛮实在是一道最有效的屏障，把凑热闹和随大溜的现代人阻隔于远方。许许多多山水画卷存留于自然的原生态，缘由就是它们的偏远。那样的状态以后还会不会有？很难说。当初那些山巅水畔附近的人们，肯定想不到几十年后票价涨到天上，砌个大门就有游人挤作一团跑来掏钱的盛况。

国人在趋利道上的模仿能力超乎寻常，炒作和包装肆意泛滥。现在走出去，不经意就可以看到指引你到这里那里销魂的游览路标。山水沟壑道桥村舍，略带几分姿色，即可以圈成一个收费景点。开发还是破坏？很难说了。不过我想，果真这能长久？三十年前的境况对现代人而言已有点恍然若梦，三十年后呢？世事人情，我们恐怕也未必意料得到。

岁月长河流逝，当初繁华一时盛极一时的，几乎无一例外地烟消云散。人为造就的东西，迟早都要归还自然。不过归还回去的，是锦上添花还是满目疮痍？后人评说吧。其实后人也难以评说，因为没有了比较。三十年前我经历的游走，现代旅游者们怕就没法想象。没法想象怎么比较？留给小百姓的，也只能是遇到什么是什么了。

生在乱圈山头的时代，生在炒作景点的时代，那就随缘，不随缘你又能如何？还是上面那句话：生活天平大致总会保持平衡。高价门票，包装了的山水，许多媚俗节目，但是，出行毕竟是轻松而舒适了。轻松和舒适不也是一种体验？而且，看没看到什么，看没看出什么，更主要的或许还在于旅游者的眼睛和心灵。

二

出游，正规组团的不必讲了，即使"自助"，喜欢拉帮结派的也很多。网上"相约同行"，天南地北集合成游击小分队，呼啦啦杀向既定目标，很开心，很时尚。群游的好处是热闹，互相有照应，而且男女搭配，爬山不累，没准还能磨擦出浪漫火花。最起码，路途舟车中去卫生间，不必大包小包全驮到身上，不必心意悬悬惦念行李架上的物件被梁间君子随手提走。

但人多也有麻烦，彼此总有投缘不投缘默契不默契的问题。你喜谈风月，他爱聊足球。你觉得某处不错想静静多停一会儿，他却在身边絮叨着没意思要往前走。若如此，好端端的游兴肯定受影响。除非你就是想去结识人，就是想一大帮在一起乱哄哄混账。

我出游，基本单奔。不是故作清高，而是机缘不合，没在合适时机遇到合适同伴。当然也不遗憾，独游有好处，自在，随意。想哪个时辰出窝，想怎样东绕西窜，想到什么地方发呆，想不想看某某景点，考虑都不必考虑就能决定。

缺点也不少，麻烦要独自应对，没人对你负责。所以遇到赳赳武夫争座位或小偷小摸掏口袋一类事，最好忍气吞声躲开。还有经济问题，团队行动 AA 制，挤一辆车混一间屋，节约银两。独行侠呢，国家没设"独行局"，你也不是处级局级"公仆"，谁接待谁买单？全部自己料理。尤其每夜住宿或到偏远地区租车，免不了就得浪费。最麻烦的是行于半途时的吃饭和如厕，背包相机零七碎八不敢离身，背上背着脖子上挂着手上握着，全副武装一级战备。以此姿态再捧一碗面或再蹲于坑边用力，有苦说不出，自然就会想到约伴的好处。幸而这种人间烟火的考验不长，对付过去也就忘了，又可以悠悠然做独行逍遥大仙。

其实，独行时更多更深的体会，不是自在，不是浪费，也不是蹲坑的艰难，而是"孤独"。

用"孤独"这个词有点牵强，起码此"孤独"不同于小资情调的彼"孤独"。那种"孤独"是正宗产品，雅致而奢侈，得置身于酒吧或卧房，需要共鸣，需要倾吐，需要抚慰，需要填充什么进去才行。

而我所谓"孤独"，简单而直白，就是独自上路，旁无他人。孑然一身，徜徉于山高水长，行走于异域他乡，且行且想，自言自语。思绪不被搅扰，随起随灭。或一缕乡愁，或一点怀念，或触景而生感慨，或因缘巧合有所领悟……这是一种类似月下品茶的孤独，微苦，清香，散淡，随意，而又略带一点点逝者如斯人生如寄的惆怅。

每个人的出行都有自己的原因。或猎奇，或玩酷，或表现时尚，或热爱山水。我呢？不好说。也有猎奇，也爱山水，但更多的似乎是在逃避，或逃避中又在寻找。逃出喧闹纷杂的现实，去寻找正常人生之外别的东西。这别的东西中，就有"孤独"，旅行途中的"孤独"。

无所谓到不到哪里，只要逃避出去。躲入"孤独"，敞开自己的思想。

三

异域他乡，云游放浪，孤独途中，是人生一种别有滋味的体验。

孤独中，或眺望车外变幻的景色，或探寻远方未曾领略的风光，或徘徊于崎岖的山路，或驻足于奔涌的江边……一面便有难以捉摸的情绪在胸中忽生忽灭。往往这种时候这种场景这种心境，才能更冷静客观地剖析自己的内心的审视自己的历史。回首已踏过的人生旅程，几多浮沉，悲欢得失，刹那间云集心头，都那样真切而又似乎无足轻重。卑微也罢壮举也罢，得意也罢烦忧也罢，无非烟云般飘忽而去的往事。渐渐沉淀下来的，是迷蒙中未达到的目标与未完成的夙愿，格外清晰催人猛醒。

孤独中，自然免不了游子的惆怅和思乡的情怀。远隔千山万水，故乡的明月才分外动人心魄，简陋的小巢也才让人倍感温馨。或许就是人们通常所谓：把握住的东西我们经常会不大在意而忽略其珍贵的价值。朝夕相伴的亲友邻舍，耳熟目详的狭小庭院，曾经以为是局限了自己的故乡山水，因为太接近太熟悉了，才使你觉得无谓，才让你忽生厌倦，才会撩拨你走向远方陌生世界的念头。

而终于出走，踏上漫长的孤独旅途，你也许才能醒悟，离开了的那个世界，已经与自己的生命紧密相连不可分割，那里的一草一木一山一水，无不在记忆中留下难以抹去的印迹。在那个世界里，你扎下生存的根须，你才是主人，你才有鲜活的生命，你才是挥洒自如的自己。而在旅途，在他乡，你不过是游人，是过客，是浮萍，是匆匆而来又匆匆而去的旁观者。你深入不了那里的生活，你的心里会有一个声音总在召唤：月是故乡明。

孤独中，往往还会想到未来，想着前面等待自己的又一目标地。不论顺利还是坎坷，不论苦痛还是甜蜜，我们终究是一步步走到了现在。人生未完，旅途也就还在延伸。下一站会走到哪里？又该怎样走去？走到那里将有怎样的故事和风景？红尘扑面，风雨兼程，人生许多时候大概只能这样。在孤独中我们一站又一站地走，似乎确有目标，也许并无道理。但还是得走，不停地走。

四

身的漂流，也带着心的漂流。场景不同，人群变换，个体与现实拉开了距离。你只能是匆匆过客，只能是厕身于世外的旁观者。过客就易于从流动中感觉日常生存环境的禁锢与狭小，旁观就能从另一种角度去领悟生活的琐屑和无谓。

对一个游走者而言，无论走过的旅途是平淡还是离奇，都有一些值得品味的东西。翻开在车上、在途中、在候车时、在各种小旅馆的灯下草草涂写的文字，我往往会在旧事的回忆中把实际过程剪裁成几幅不连贯的画面并揉入自己那时以及现在的所思所想。

说不清这是不是一种艺术加工，但我不愿束缚自己的笔。

其实，打开记忆，有很多情节值得去写：
在吐鲁番与一个香港老翁的同行和交流；
苍凉戈壁巧遇一个独行天涯的上海女士；
四川嘉陵江边遭遇车匪劫掠的闹剧；
徒步长城，从古城墙上跌下来摔断脚踝；
太岳山中掉进瀑布下的水坑，几乎送命；
……
我还能比较完整地坐在这里回想、写字，应该说，我太幸运了。
感谢上苍！

世间人或事，本来就是进化大过程中流动的片断，未必非要人为地把片断演绎成完整故事。其实片断往往比完整更耐人寻味。一张好的摄影作品，必然要有所舍弃，有所选择。就比如我们去通常意义的"风景"区，又何尝能一览无遗？也不过是只看局部，只看片断。

这话有狡辩的成分，我与许多人一样，喜欢给自己找点似乎说得通的理由。既然这么写，给自己找点理由总比自己也不以为然要好。而且，我有时不大相信只能这样不能那样的说教。偶尔，还会与这种说教找找别扭。写成写不成什么在其次，能与冠冕堂皇的东西捣捣乱，不也是乐趣？

我希望自己是个不拘于什么堂皇"道理"的寻常人，不必装样子给别人讲"道理"。

五

大病手术之后，更要时时回想我的行走。

我应该可以归类为经常外出到处行走观光看风景的人。然而，我喜欢的未必是要看到什么风景，似乎潜意识里更向往的，只是行走时的那一段旅途。

旅途虽然与风景有关，但又很不同。风景大致算是一种比较明确的目标，但对我而言，明确的目标并不重要。去哪里，看什么，往往不过是我行走的借口。真正吸引我也感动我的，是那种上路和在路途的感觉。走出去了，走出熟知的环境，心灵似乎就挣脱了旧有的桎梏。走在有一点悬念和未知的旅途，灵性似乎就在任性随意的过程中复苏。

　　曾在一篇游记中写道：旅途中我最喜欢的状态是独自倚坐在车窗边，一面恍惚地眺望窗外流动的风景，一面放纵自己思绪的翻飞。片断的，跳跃的，不连贯的，没有方向性的念头联想和星星点点的记忆不时从心中掠过，渐渐糅合成略带惆怅情调的沉思。

　　是不是类似于自我催眠？周围的嘈杂隐去了，车外的风景朦胧了，沉思延伸成心路上的行走，走向内心的深处。这是一种如云、如雾、如茶、如酒的享受。它远比那些被人们无数次炒作过的旅游景点更具韵味，更具内涵，也更具诱惑力。带着魅惑，令人上瘾。

　　然而，那已经是过去的故事了，我已很久没有踏上旅途。

　　在静夜里，有时会回想，想象那些给过我激情和诗意，给过我感悟和文字的旅途。没有了这些曾经的旅途，我的生命或许就会失去许多色彩和意义。好在，有过那些行走，有过那些没陷入具体目标的旅途。

　　从死亡线大体挣扎回原先的正常状态，看人生看自己的眼光肯定大为改变。跟一个朋友讲，现在自己最大的挫折感，是远离了旅途。

　　内心深处，时时萌动着走入河山自然的欲望。我不能远离了那条释放自己的道径，我需要那种不稳定的多少有点悬念和期盼的出游。

　　有没有重出江湖的机会？不知道了。现在横亘于眼前的是另外一种与疾病斗气的旅途，棘莽丛杂，凶险隐伏。走得过去吗？能走多远？

附：行吟录

登华山

斗室临绝顶，轩窗收巅连。

大河东流去，仰啸独凭栏。

抚苍松，倚怪石，

华山系我不了半生缘。

一沟风月踏破，

清流洗尽尘颜。

山花野草，峰回路转，

东坡快风伴我十八盘。

回心石前要回此心未为晚，

老君犁沟果想离垢有何难？

挥汗上云台，擦耳金锁关。

箫鸣凤舞，展袂真能却尘寰？

下搏亭，上南天，

松云极顶舒目万重山。

过客来去，雨复云翻，

岿然不动华山自华山。

幽谷无春秋，沧海几桑田，

秦桧唐柏证我逍遥愿。

九州留浪迹，无事活神仙，

且唱归去来，飘飘直下五里关。

江湖万顷，飞发广袖，

悠悠五柳心远地自偏。

大雄果其然，何惧在人间？

敞襟怀，披肝胆，

纯情即是倚天屠龙剑。

斩得千重垢，此心乃玉泉。

（与女儿登华山，宿于华山北峰旅舍，凭窗而作。群仙观、回心石、老君犁沟、云台、擦耳崖、金锁关、搏亭、南天门、五里关、玉泉院皆华山景点。）

走剑门

山苍翠，水空蒙，

长剑欲倒舞狂龙。

雷鸣撼幽谷，金牛展奇雄，

醉倒骑驴陆放翁。

又是细雨时，春色总撩人，

拍岩起大笑，抚臂叹古今。

纷纷战事眼前过，

血光剑戟满乾坤。

思往昔，意难平，

漫漫古道掩征尘。

走关隘，过曲径，

嶙峋怪石伴我晋狂人。

自在天涯路，羞作白头吟。

别来一去四十载，

难酬少年放浪情。

三峡吟

迎长风，起长吟，
望不尽，江山壮阔，两岸峥嵘。
峰峦舞青翠，大江跃蛟龙。
云低暗，三闾大夫发孤愤；
雨秀美，楚阳神女总多情。
白帝托良臣，巨石起八阵。
铁索横大江，寄奴展奇勋。
万里多风流，苍狗又白云。
挥手间，下三巴，走荆门，
儿时梦，梦难醒，难成真。
壮心虽未改，微雪染双鬓。
自扪心，自感奋，
中流击楫啸苍穹。
未留丹心照日月，
何有此生！何有此生！

江南游

千里走长卷，
写不尽沧海桑田。
鸿泥踪迹，随意过客，
一怀波涌浪翻。
春秋几度，无限河山，
依旧花稠雨雾江南。
逝者如斯，龟蛇锁不住，
黄鹤几时复还？
琅琊台上寻醉翁，

采石矶头访谪仙。

泛竹舟，武夷水曲意悬悬。

登匡庐，秀峰云低拂衣衫。

想此生亦然——

绝壁险滩，山路回环，花明柳暗。

自沉吟，恨无鲁阳戈，

今古能有几人共语悲欢？

笔下情怀，老大那堪！

徒有江湖志，只换作一纸嗟叹。

曳杖幽谷，仰目云天，

谁识得乃翁独步巉岩？

凌霄舞大风，五岳寻仙，

任流年尽情抛洒，快意人间。

逍遥游

带露三径草，

散漫五柳烟。

一川风月野味，

苏子曰：正是清欢。

笑孩童扑蝶，

田埂溪畔；

看翁媪话语，

槐荫瓦檐。

何须化外做神仙？

此地，别有洞天。

独旅情怀

曲林幽径，移步繁英。
石涧飞流光，浅月亦朦胧。
枝梢小雀，为我啭清音。
莫唱归去辞，山野丘冈自多情。
五湖夜，挥葱茏，
挥羽扇，歌苍穹。
细叶芳草清纯地，翠崖飞瀑奏弦琴。
豪杰古来逍遥志，一怀情绪寄飞云。

山中禅院

一瞬，峰峦隐隐，那一座禅林。
随意山野，道是晨光暮云。
秋情烈烈，风幡动，潭渊不动修行。
俯江水，卷滔滔幻梦，
去亦何曾醒，岁月人生。
休戚戚，寰宇一粒，万古红尘。
不若湖海客，率意天下大雄。

马背词

云浓风紧天气，由缰信马得意。
何事燕然未勒，草路云天来去。
休道白发千丈，我自长歌一曲。
冷眼繁华若梦，乃翁倒著接篱。

旅途诗

　　一冬病痛，反复缠绵。近况略好，遂外出。旅途对我而言，算是激励。兴致所来，难免劣习发作，随手涂抹几行"打油"。居然集了十数首，也是此行收获。

一　出行

二竖缠绵方住手，衰翁策杖又远游。
此行放浪无远近，率意轻风不系舟。

二　车中幽梦

云天柏路常入梦，妙玉一枝花叶浓。
我有萋迷多盘桓，任尔流年舞葱茏。

三　再走商城遗址

槐米枝头春日暮，蒿深蓬乱旧时图。
西东年卅成故事，几次刘郎又何如？

四　入秦岭

青牛老妪荒村小，翠黛横烟秀绿苗。
水碧溪清几转环，杨梨如雪任飘摇。

五　重游皇泽寺

凭江曳杖费踌躇，哪有当年旧道途？
宇观亭台新一遍，烟云野草绘唐书。

竹隐红墙花色艳，寺在危石林叶间。
漫听今人说二圣，武妇旧貌变春颜。

磴道曲廊几徘徊，当年红军碑不在。
唯有亭榭迷离处，江湖老叟又重来。

（二十年前初游皇泽寺，其宇观楼台已毫无印象，而寺后空旷处，曾有红军碑数十幢却记忆深刻。）

六　赠三易

明月南凫伴我行，苴门剑外草青青。
从来聚散寻常事，推杯三易话纵横。

七　风雨剑门

巉崖危壁访旧痕，巴山蜀水总销魂。
此身一介江湖客，斜风细雨走剑门。

八　归程

林山扑面还远去，曲水回环几依依。
休言归程仍旧地，相逢一会只一期。

九　车中赋愁

新词已罢莫赋愁，景幻云心水长流。
依稀旧日成何事？窗前白了少年头。

十　车外风景

正是夕阳无限好，花溪瓦屋石横桥。
忽忆儿时顽劣态，驱牛追犬漫山坳。

十一　夜过西安答友人

长车已过咸阳城，唯有斜月照乃翁。
不见灞桥折枝柳，一怀离意寄葭萌。

十二　远游归来

轻骑万里走河山，览胜寻幽亦随缘。
百年弹指一过客，何须缩首效缚蚕？

游蜀道赠友人

寻芳几度陵江岸，昭化城头起大喧。
星月抵膝大朝驿，风云携手剑门关。
念念不忘葭萌道，依依惜别天曌山。
此情一握青川柳，何必空谷啼杜鹃？

离上党赴并途中作

才从上党与天齐，又是汾水草依依。
土林扉障纷排列，山背绵延任马蹄。

轻轨已过几重关，歧路徘徊忆当年。
岭色湖光仿佛是，如流过客景依然。

长河落日成一梦，年少张狂不自省。
变幻旅途荒唐事，只把白发作诗文。

游苏州

一

清狂年少走天涯，学步刘郎花复花。
乱影流光吴江去，危栏送目空嗟呀。

二

如潮游人自踽踽，太平江南醉眼迷。
岂邀明月舞汗漫，只把旧事说依稀。

三

霜叶残桥夜半钟，盘垣几破子胥魂。
曲水丘山还几许，依旧渔樵壶酒中。

四

阊门细雨话忠王，劫灰几变古疆场。
铁马枯骨温柔地，香风十面走霓裳。

五

廊轩踏遍难成句，翘首谁会风云意？
软语吴歌不销愁，一枝残叶幻春泥。

旅　舍

残梦隐约在枕上低语徘徊，
栀子花温馨而缥缈于记忆尽头。
烟云往事在横陈的阡陌消散，
古道蔓延出春草般浪漫欢歌。
兴许有一丛翠绿在云山深处召唤，
沉甸甸希望又催我走出帘幕重重。
瞬间过客的一缕思念留给旅舍吧，
说不清一颗心走向一颗星有多遥远。

古　城

雕花窗棂飞舞起朵朵彩蝶，
青砖任苍苔描出斑驳旧事。
小小一方天井飘几朵浅云，
清茶和静寂正酝酿曲赋诗词。
总以为岁月会昏然沉睡，
却又火辣辣幻梦中酿一场新奇。
婆婆眼中地老天荒的传说，
任红灯笼朦胧成袅娜少女。
宅院深深还依旧寂寞，
浊酒沉醉了青衫游子。
檐下石板路脚步多少来去，
江岸渔翁又一蓑烟雨如丝。

冬游江南

江南冬雨，
依旧浅淡婉约如宋词，
染湿游人心事。

涂几行喟叹在堤畔，
情怀泼洒处，
怎耐得这点点滴滴。

桐叶寒枝的诗章不写也罢，
桥头独步，
更哪堪一江云雾沉迷。

已失落情思灿烂的时节，
细雨小巷，
多少油纸伞早成故事。

这一条孤寂行旅，
可会引我走上远山小道，
横过这没有文字的冬季？

彩蝶翩跹的幻梦，
兴许再飞云天，
一怀灿烂留给芳草萋萋。

大漠孤旅

思绪无垠飘飞于苍凉天际，
销魂的大漠，
奏响一行铿锵步履。

欲念诱惑着在无语的异乡，
播撒流浪之歌，
汗水打湿沉沉空寂。

淡蓝星空晨曦哗然喧笑，
这一篇枯黄旧事，
去寻找曾被染绿的历史。

路　途

我知道记忆在淡淡远去，
又一个酷烈夏日，
那曾经燃烧过的故事。

岩壁已绽出星星般苔痕，
是该忘却了，丢下吧，
电闪雷鸣后猩红的战栗。

久远的蒲公英呵，
你在飘飞呢或是悄然落坠？
渴望着听到芽草步履。

不，还是我来吧，
棘丛中，石山中，
总有第一行蹒跚的印迹。

游　走

江波溪涧横流处，
有多少悬念和情节，
火凤凰飞舞的灵台。

欲望寻找栖息地，
两峰间一溪新竹，
招摇着甜蜜的古柏。

月色曾经浸染长发，
那旅途被欢笑打湿，
荷塘留下我的徘徊。

心底隐藏着一种舞蹈，
谁知道路途有多远，
走出去也许会走回来。

登　山

太阳和蓝天让我变回顽劣孩童，
疯一次从悬崖向下坠落，
让惊恐和尖叫拥抱沟谷丛林。

不过是成人眼里荒唐炫耀，
为心底热烈眷恋着的亲人，
证明我还有不计后果的野心。

有悬念的玩法不妨试试，
人世间谁能免跌伤和创痛，
三十年后会酿成记忆里的温馨。

向上向前是俗世习惯的召唤，
而坠落和迂回也许更有内容，
何必去设想歧途会引出怎样剧情。

谁都不可能回到过去，
未来是迷雾小路中永远的不确定，
只希望快乐伴随脚下的旅程。

小　路

野心从怒放的草丛走过，
化一曲舞姿婉约的长歌。
矢车菊绽放着玲珑笑语，
儿时的温热又溢满荒坡。
向太阳走去是遥远记忆，
任诗情飞撒于沟谷田禾。
谁说这不是庄严行旅？
读春去秋来好一番因果……

秋　游

那一径秋草摇曳绵延，
目送飞鸿于云淡天蓝。
多少未竟的心中风景，
恍若嗟叹时一缕轻烟。
还会有几许脚下沟壑？
夕阳几度又大河阳关。

旅　途

走向你，走向那朵神奇的巅峰。
歧路弯弯，欲念怒放出无数棘丛。
一段物质丰腴的季节，
又何必割舍不掉心头旧梦？
或许可以醉卧于美酒怀抱，
我却渴望着，挣扎于道途泥泞。
下一站会在哪里？未知让人困惑，
却也更激起我走向你的豪情。
不要停下脚步，就算宿命，
哪怕是一场没故事的追寻……

图书在版编目（CIP）数据

我行 / 杜建文著 .—沈阳 : 辽海出版社 , 2019.7
ISBN 978-7-5451-5601-0

Ⅰ . ①我… Ⅱ . ①杜… Ⅲ . ①散文集—中国—当代
Ⅳ . ① I267

中国版本图书馆 CIP 数据核字 (2019) 第 149543 号

责任编辑：刘　波　海美丽
责任校对：丁　雁
封面设计：陈丽维

───────────────────────────

出 版 者：辽海出版社
　　　　地址：沈阳市和平区十一纬路 25 号
　　　　邮编：110003
　　　　电话：024-23284469
印 刷 者：天津雅泽印刷有限公司
发 行 者：辽海出版社

───────────────────────────

幅面尺寸：170mm×240mm
印　　张：18
字　　数：320 千字

───────────────────────────

出版时间：2019 年 7 月第 1 版
印刷时间：2019 年 7 月第 1 次印刷
定　　价：60.00 元

版权所有　翻印必究